Zur Autorin

Birte Stährmann, geboren 1967, aufgewachsen in Flensburg,
lebt mit ihrem Mann in Stuttgart.

Berufliche Stationen

Krankenschwester, Lehrerin für Pflegeberufe,
Kommunikationswirtin, Fundraiserin.
Arbeitet als Referentin für Presse- und Öffentlichkeitsarbeit
sowie Fundraising für eine Non-Profit-Organisation.
Fachbuchautorin zahlreicher Veröffentlichungen
(unter dem Namen Birte Mensdorf).
„Der Duft nach Vanille" ist ihr erster Roman.

Homepage

www.birte-staehrmann.de

Birte Stährmann

DER DUFT NACH VANILLE

Roman

© 2016 Birte Stährmann
Buchumschlag: Nina Vogel
Fotos Umschlag: fotolia
Foto Autorin: Torsten Köster
Lektorat: Martin Stährmann

Verlag: tredition GmbH, Hamburg

ISBN
Paperback   978 –3– 7345 – 0043 - 5
Hardcover   978 – 3–7345 – 0044 - 2
E-Book   978 – 3–7345 – 0045 -9

Printed in Germany

Für Martin –

weil Leben lieben heißt.

Inhalt

TEIL I - Anfänge

„Eine Parfumflasche ist zerbrochen, das gute Laken hat einen grünlichen Fleck; ein Geruch steigt auf, und jetzt erinnert sich die Nase. Die hat das beste Gedächtnis von allen! Sie bewahrt Tage auf und ganze Lebenszeiten. Personen, Standbilder, Lieder, Verse, an die du nie mehr gedacht hast, sind auf einmal da."

Kurt Tucholsky (in „Koffer auspacken", 1927)

1

Die Neonröhren flackerten und sirrten. Den großen Raum erhellten sie grell und zwangen dazu, wach zu bleiben. Kein Tageslicht fiel hinein. Hohe, fahrbare Bücherregale standen in Reih und Glied. Vor einem Schreibtisch beugte sich ein großer, schlanker Mann über eine stabile Kiste aus Holz. Tief atmete Frank die entströmenden Gerüche ein und war völlig versunken. Es roch nach staubigem, altem Papier und schwach nach einem weiteren, sich gleich wieder verflüchtigenden Duft. Dieser währte lange genug, um auf Franks Gesicht ein Lächeln zu zaubern, und zu kurz, um als Erinnerung in sein Bewusstsein zu dringen. Vorsichtig entfernte er die Holzwolle, zog Schutzhandschuhe an und nahm das ganz oben liegende Buch heraus. Bevor Frank das Objekt seiner Begierde betrachten konnte, musste er mehrere Hüllen Seidenpapier entfernen. Da war er wieder, dieser Duft, der nichts zu suchen hatte an diesem Ort; der nichts mehr zu suchen hatte in seiner Welt. Lange her – aus und vorbei.

Aufmerksam betrachtete Frank das Buch; Schweißperlen sammelten sich auf seiner Stirn. Seine Narbe am Kinn juckte, wie immer bei schwülem Wetter. Seit über einer Woche war die Klimaanlage im Büchermagazin der Bibliothek kaputt – und das Mitte Juli, im heißesten Monat. Seit einiger Zeit hatte der Erweiterungsbau der Bibliothek Priorität – selbst für dringende Reparaturen schien kein Geld mehr übrig zu sein. Draußen zeigte das Thermometer seit über einer Woche jeden Tag über dreiunddreißig Grad Celsius an, und die Innentemperatur war auf fast dreißig Grad gestiegen. In der Kessellage der Innenstadt Stuttgarts kühlten die Gebäude nachts bei solchen Temperaturen kaum noch ab, die Straßen und Häuser speicherten die Wärme. Frank war es schleierhaft, wie er bei dieser Hitze konzentriert arbeiten sollte.

Vorsichtig legte er das Buch auf die Filzunterlage seines Schreibtisches und wischte sich mit einem Handtuch den Schweiß aus dem Gesicht. Dann nahm er das Buch erneut in die Hand und vertiefte sich in die Betrachtung des im Jahr 1752 erschienenen Werkes mit dem Titel: „Die kunsthistorischen Schätze von Florenz um 1750". Es trug einen Ledereinband mit Rückenvergoldung und enthielt neben dem Text mehrere Original–Kupferstiche. Der Einband war weder berieben noch bestoßen. Franks geschulter Blick erkannte gleich, dass es sich um ein sorgsam gefertigtes Buch handelte, bei dem ein wahrer Buchbindermeister am Werk gewesen sein musste. Das Vorsatzpapier wies zwar leichte Stockflecken auf, aber innen war es - bis auf ein paar angestaubte Seiten - frisch. Schon lange hatte Frank kein solch schönes Werk über Italien in den Händen gehalten. Vorsichtig blätterte er die ersten Seiten des Buches um.

Das Buch lag zuoberst, zusammen mit etlichen anderen Werken sorgsam verpackt, in der Holzkiste, die am Vortag aus Italien gekommen war. Eine Schenkung eines wohl schon alten Mannes an die Stuttgarter Landesbibliothek, zu Händen von „Bibliothekar Frank Mühe" adressiert. „Ich möchte nicht, dass die Bücher in falsche Hände geraten, wenn ich einmal nicht mehr lebe. Ich habe in Ihrer Stadt viele glückliche Jahre verbracht und bin zu Dank verpflichtet", hieß es in dem mitgeschickten Begleitbrief. Mehr stand nicht darin, die Unterschrift und der Absender waren unleserlich, lediglich der Poststempel „Firenze" war lesbar. Nachlässe erhielt die Bibliothek viele, doch dass Menschen ihre Bücher schon zu Lebzeiten übereigneten, war selten. Und eine Schenkung aus Italien ungewöhnlich. Frank fragte sich, was es für ein Mensch war, dem diese Bücher gehört hatten und weshalb er sie ausgerechnet seiner Bibliothek überließ. Ihn überraschte zudem, dass die Kiste mit seinem Namen adressiert war. Nochmals las er die mit Tinte auf Büttenpapier geschriebenen Zeilen, die – abgesehen von der Unterschrift – gestochen scharf waren. Er suchte nach einem Hinweis, wer der Absender sein konnte, doch er fand nichts. Eigentlich war es auch nicht wichtig, es gehörte schließlich nicht zu seinen Aufgaben, sich bei Spendern zu bedanken. Frank musste lediglich prüfen, ob die Bücher in den Präsenzbestand überführt werden sollten oder ob sie in die Ausleihe kamen. Schon nach oberflächlicher Begutachtung des ersten Werkes ahnte er, dass er Schätze in der Hand hielt. In die ständige Ausleihe kamen diese Bücher sicherlich nicht, dazu waren sie zu wertvoll. Zur Hilfe nahm er sich eine Lupe und betrachtete den ersten Kupferstich, der eine Stadtansicht von Florenz zeigte. Er war begeistert von der feinen graphischen Arbeit und ganz vertieft – da klingelte das Telefon. Frank wollte nicht gestört werden. Er ließ es klingeln. Das Telefon schellte in Abständen von einigen Minuten noch weitere drei Mal. Frank ignorierte es und vertiefte sich stattdessen in die nähere Betrachtung des Stichs. Unwillkürlich strich er über seine Narbe am Kinn, die ihn für immer an Lorenzo erinnern würde, führte das Buch näher an seine Nase heran, schloss die Augen und ließ sich einhüllen von dem feinen Duft, der ihm entströmte. Wie aus dem Nichts tauchten die Bilder und Erinnerungen aus seiner Vergangenheit auf. Sophia …

2

Die erste Begegnung mit der Welt der Bücher hatte Frank, als er fünf war – ein zurückhaltender, blasser Junge mit blonden Haaren und wachen Augen.

Seine Mutter Käthe, Sekretärin bei einem Rechtsanwalt, gab ihn, während sie arbeitete, meist in die Obhut der Familie Estrano, die nebenan wohnte. Der Vater schüchterte Frank anfangs mit seiner volltönenden Stimme ein. Die Stimme war das Kapital von Lorenzo. Als Bariton war er an der Stuttgarter Oper angestellt; dort feierte er erste große Erfolge. Sein Vertrag war schon mehrmals verlängert worden, und die Estranos wurden langsam in Deutschland heimisch. Sie hatten zwei Töchter; die Mädchenwelt von Sophia und Sara war Frank jedoch fremd.

Bei der Mutter Francesca taute er schnell auf. Sie war eine herzliche, vor Temperament sprühende Italienerin, mit einem wogenden Busen, den Frank bei Umarmungen warm spürte, und die Geborgenheit mit jeder Pore ihres Körpers vermittelte. Francesca war anders als seine Mutter, bei der es immer ordentlich und still zuging, die hager war und Menschen auf Abstand hielt. Ihr war es am liebsten, wenn ihr niemand zu nahe kam, ihren Sohn eingeschlossen. Frank lernte früh, wenig Aufmerksamkeit für sich zu beanspruchen und zog sich in seine eigene Welt zurück. Nur bei Francesca taute er auf. „Egal, ob eine Person mehr oder weniger, kochen muss ich sowieso!" Das war Francescas Antwort, wenn seine Mutter ein schlechtes Gewissen äußerte, dass Frank so oft bei den Estranos aß. Francesca hatte Frank in ihr Herz geschlossen und freute sich, dass auch er ihre Nähe sichtlich genoss. Sie nahm ihn ernst; so ließ sie ihn manchmal die Gerichte abschmecken und beherzigte seinen Kommentar. „Das schmeckt aber gut!" Begeistert blickte Frank Francesca an. Wenn er nichts sagte, würzte sie nach, dann war es noch nicht „perfetto". Frank genoss es, sich von den gut duftenden Essensgerüchen umhüllen zu lassen.

Er lernte eine neue Welt kennen. Bei ihm zu Hause roch es meistens nur nach Putzmitteln. Wenn seine Mutter kochte, schloss sie die Küchentür und öffnete das Fenster weit, damit die Essensgerüche schnell aus der Wohnung zogen. Ihr gemeinsames Essen glich eher einer Pflicht, und es schmeckte selten gut. Seine Mutter würzte das Essen kaum, damit es gesünder war. Zudem wollte sie nicht, dass beim Essen gesprochen wurde. „Das gehört sich nicht, mit vollem Mund zu sprechen; konzentriere dich auf das Essen", bremste sie Frank, wenn er etwas erzählen wollte. Meist hielt sich Frank an diese Regel, und sie nahmen ihre Mahlzeiten schweigend ein.

Ganz anders als die Küche seiner Mutter, die klein, sauber und aufgeräumt war und nur zum Kochen und Essen genutzt wurde, bildete die chaotische und dennoch behagliche Küche der Estranos den Lebensmittelpunkt der Familie. In der Mitte stand ein großer Tisch mit Stühlen; dort wurde das Essen zubereitet und gegessen, dort machten die Kinder ihre Hausaufgaben. Bunt getöpfertes Geschirr, Töpfe und Pfannen standen in offenen Regalen griffbereit. An einer Wand stand ein mehrflammiger Gasherd, auf dem häufig etwas vor sich hin kochte. Von der Decke hingen Gewürze. Die Fensterbank bevölkerten wohlriechende Töpfe mit Kräutern. Oft stand Frank vor den Töpfen und zerrieb, wie Francesca es ihm gezeigt hatte, ein Blatt zwischen den Fingern. Den unbekannten Duft Italiens mit Salbei, Basilikum und Zitronenmelisse saugte er tief ein. „Francesca, komm schnell, das riecht aber gut!" rief Frank begeistert aus und hielt Francesca seine klebrige Kinderhand vor die Nase, als er das erste Mal Blätter von Zitronenmelisse zerrieb. Die Gerüche sorgten für ein warmes Gefühl in seinem Bauch, wie nach einem leckeren Essen, und er fühlte sich nicht mehr so alleine. „Wachst nur! Hier bekomme ich so gute Kräuter nicht. Und wie soll ich kochen, wenn Kräuter aus meiner Heimat fehlen?" So redete Francesca mit den Pflanzen, während sie sie goss. Das Geheimnisvollste war für Frank die Speisekammer. In ihr hingen von der Decke Schinken und Salami herab, stand Käse unter der

Glasglocke und es gab Einmachgläser, mit unergründlichem Inhalt, in den verschiedensten Farben und Formen. Wann immer Frank bei den Estranos war, musste er sich diese Schätze ansehen. Kam Francescas Mann von den Proben heim, fühlte Frank sich überflüssig. Alles drehte sich dann um Lorenzo. Er nutzte die unbeobachtete Zeit, um einen Blick in die Speisekammer zu werfen und ihre verführerischen Gerüche aufzusaugen. Frank fühlte sich in dieser Küche und bei den Estranos geborgen und mehr zu Hause als bei seiner Mutter, auch wenn ihm dies lange nicht bewusst war. Erst als es diesen Rückzugsort eines Tages nicht mehr für ihn gab, konnte er sich dies eingestehen.

Franks Vater starb, als der Junge zwei Jahre alt war. Seitdem musste seine Mutter für ihn und sich alleine sorgen. Sie heiratete nicht noch einmal. Frank wurde der Fixpunkt seiner Mutter. Allerdings konnte sie mit Kindern nicht wirklich etwas anfangen, und auch die Welt ihres Sohnes blieb ihr fremd. Sie war eine Frau, die nie gelernt hatte, Gefühle zu zeigen, und hielt Frank auf Distanz. Zudem geriet sie immer wieder an die Grenzen ihrer Belastbarkeit. Gelegentlich schaffte sie es nicht, die Betreuung ihres Kindes und ihre Arbeit als Sekretärin zu vereinbaren. Eines Mittags musste seine Mutter den zu dieser Zeit fünf Jahre alten Frank alleine lassen, da Francesca keine Zeit hatte. In sein Zimmer brachte sie einige Bilderbücher und einen Becher mit warmer Milch, die er nicht mochte. „Ich bin bald wieder da. Frau Sauer, vom oberen Stock, kommt und schaut nach dir." Dann strich sie ihm zum Abschied flüchtig über den Kopf und verließ das Zimmer. Frank hörte nicht zu, denn er hatte unter den Büchern sein Lieblingsbuch entdeckt. An guten Tagen las seine Mutter ihm daraus vor. Nun blätterte Frank die Seiten alleine um und erzählte sich die Erlebnisse von der Maus, die nicht wie die anderen Mäuse große Nahrungsvorräte anlegte, sondern stattdessen Farben, Sonnenstrahlen und Wörter für den Winter sammelte. Immer wieder nahm Frank das Buch hoch und steckte seine Nase tief hinein. Das Buch roch nach Druckerschwärze und leicht verstaubt, aber für Frank duftete es nach warmen Sonnenstrahlen und reifem Obst. Vom Anschauen und Riechen wurde Frank müde. Als Frau Sauer eine halbe Stunde später nach ihm sah, schlief er, das Buch mit beiden Armen fest umschlossen.

Neben der Küche der Estranos wurden fortan Bücher für Frank wichtig. Ihm reichte es jedoch nicht, sich ein Buch anzusehen oder in ihm zu lesen. Immer musste er auch seine Nase in das jeweilige Buch stecken, um die Geruchsbotschaften aufzunehmen. Endlich roch es auch in der Wohnung seiner Mutter nach etwas! Ein Erlebnis wie beim ersten Mal hatte Frank nicht mehr, aber jedes Buch vermittelte ihm seine eigene Duftwelt. Nicht nur der Inhalt, sondern auch der Geruch entschied fortan darüber, ob Frank ein Buch gefiel oder nicht.

3

Ein lauer Sommerabend in der Stadt. Das Leben fand seine Bühne draußen. Aus offenstehenden Lokalen drang Musik hinaus und vermischte sich mit dem langsam nachlassenden Verkehrslärm. Auf den Gehwegen flanierten Paare eng umschlungen oder saßen auf den Terrassen der Lokale bei einem Glas Wein. Frank nahm von alledem nicht viel wahr. In Gedanken versunken eilte er die Straßen entlang, bis er die Haltestelle der Straßenbahn erreichte. Frank war auf dem Weg nach Hause. In gut einer Stunde war er mit Anna zum Essen verabredet. In der Bibliothek hatte Frank wieder einmal die Zeit vergessen, so vertieft war er in die Sichtung des Buches mit den Kupferstichen gewesen, so schmerzhaft schön waren die Erinnerungen, die wie aus dem Nichts aufgetaucht waren. Schließlich musste er überstürzt aufbrechen, um nicht zu spät zu kommen. Seine Gedanken kreisten weiterhin um die rätselhafte Büchersendung. Zwar hatte Frank es häufiger mit wertvollen Werken zu tun, aber mit dieser Bücherkiste hatte es etwas Besonderes auf sich, dies spürte er. So hätte er es vorgezogen, seine Studien in Ruhe fortzusetzen, aber sein Pflichtbewusstsein Anna gegenüber gewann schließlich doch die Oberhand.

Nach zehn Minuten Fahrt mit der Straßenbahn und einem kurzen Fußweg war sein Zuhause erreicht, eine Zweizimmerwohnung mit Balkon und Parkett im Westen der Stadt. Die Wohnung war spärlich möbliert. Im Wohnzimmer standen ein durchgesessenes Jugendstilsofa, das er von seinem Vater geerbt hatte, zwei Sessel, ein kleiner Tisch und eine Stereo-Anlage. Zwei Wände waren mit Bücherregalen bestückt, die bis an die Decke reichten. Franks ganzer Stolz war der Bücherschrank seines Vaters, in dem er nun antiquarische Werke aufbewahrte. Seine Mutter war vor einem Jahr gestorben; von ihr mochte er keine Erinnerungsstücke für andere sichtbar aufbewahren.

Den Schwerpunkt seiner Büchersammlung bildeten Kinder- und Jugendbücher. Als Kind hatte Frank kaum eigene Bücher besessen, sondern überwiegend welche aus der Bücherei geliehen. Das Geld war zu knapp gewesen. Als Erwachsener verspürte er daher eine Sehnsucht, seine früheren Lieblingsbücher sein Eigen zu nennen. Eine Zeit lang sammelte er alles, was er in die Finger bekam, durchstöberte die Antiquariate und ließ keine Antiquariatsmesse aus. Seit einigen Jahren sammelte Frank auch Künstlerbücher. Es faszinierte ihn, wenn der Inhalt in die Gestaltung einfloss und das Buch zu einem Gesamtkunstwerk wurde. Eine ansehnliche Sammlung hatte er zusammengetragen, die inzwischen einen beachtlichen materiellen Wert darstellte. Schon oft hatte er mit seinem Sachverstand für Kostbarkeiten Werke weit unter ihrem eigentlichen Wert erstanden.

Über dem Sofa hing ein großformatiges abstraktes Bild, in kühler Farbgebung. Anna hatte es ihm zum letzten Geburtstag geschenkt. „Damit ich mich bei dir heimischer fühle" – mit diesen Worten hatte sie ihm das Bild überreicht. Frank hatte nicht gewusst, wie er diese Bemerkung verstehen sollte. Da hatte es an der Haustür geklingelt, und danach hatte er es vergessen. Erst jetzt, beim erneuten Betrachten des Bildes, fielen Frank Annas Worte wieder ein. Er fragte sich, was sie damit hatte sagen wollen, verdrängte aber weitere Gedanken daran – aus Angst, dass die Schlussfolgerungen ihm nicht gefallen würden. So ging er in die Küche, um nach der Hitze des Tages seinen Durst zu stillen – ein kleiner Raum, mit einem Küchenschrank aus den fünfziger Jahren, einem Tisch mit zwei Stühlen, auf dem noch die Zeitung vom Morgen lag und ein halbleerer Kaffeebecher stand. Als Frank den Kühlschrank öffnete, blickte ihm enttäuschende Leere entgegen. Er kochte selten und nahm sich wenig Zeit zum Einkaufen. Zum Trinken war nur eine Flasche mit Orangensaft da. Er schenkte sich ein großes Glas ein und stürzte es durstig in gierigen Schlucken hinunter; vom Geschmack nahm er nicht viel wahr.

Danach ging er unter die Dusche. Das Wasser war erfrischend, dennoch ließ Frank sich keine Zeit, den Strahl zu genießen. Er wollte Anna nicht warten lassen. Nachdem Frank sich abgetrocknet hatte, schlüpfte er in eine Jeans und ein Leinenhemd, das Anna letzte Woche für ihn ausgesucht hatte.

Anna und Frank. Sie kannten sich aus Studientagen, hatten zusammen die Hochschule für Bibliothekswesen besucht und gemeinsam für das Abschlussexamen gelernt. Elf Jahre war das her. Seitdem waren sie Freunde und seit ein paar Monaten ein Paar. Beide hatten sich gerade von ihren Partnern getrennt und unternahmen häufig etwas zusammen, um sich abzulenken. Irgendwann trösteten sie sich dann gegenseitig. Der alte Song „Tausendmal berührt, tausendmal ist nichts passiert ..." wurde zur Realität und es erschien Frank und Anna naheliegend, nach dieser Nacht zusammen zu bleiben. Dennoch fühlte sich ihre veränderte Beziehung für Frank immer noch fremd an. Viele Jahre hatte er gedacht, dass Anna ebenfalls in Bücher vernarrt war, doch seit sie ein Paar waren, war er sich nicht mehr sicher. Sein Eindruck verstärkte sich, dass von ihrer ursprünglichen Leidenschaft für dieses Medium nur noch nüchternes Kalkül übrig geblieben war – der Gedanke an die monatliche Gehaltsüberweisung und den erhofften Karrieresprung.

Anna arbeitete als Bibliothekarin am Mailänder Platz in der neu erbauten Stadtbücherei. Der Volksmund nannte sie wegen der gefängnisartig anmutenden Architektur „Stammheim zwei" oder „Bücherknast". Frank hatte eine Stelle in der Landesbibliothek, mit einem Präsenzbestand von fast sechs Millionen Werken, die in einem Gebäude aufbewahrt wurden, das in vielen Räumen noch den Charme der siebziger Jahre verströmte, dringend saniert werden musste und gerade erweitert wurde.

Wann immer es ging, gestalteten Frank und Anna die Abende und Wochenenden gemeinsam. Seit einigen Wochen wünschte sich Frank verstärkt, wieder mehr Zeit alleine verbringen zu können. Anna und ihm schien die gemeinsame Basis abhandengekommen zu sein. Wenn er ihr ein neu erworbenes Buch aus seiner Sammlung zeigte, spürte er deutlich, dass ihr Interesse nur gespielt war. Immer mehr fragte er sich, was sie eigentlich verband.

Mit fünfminütiger Verspätung kam er am vereinbarten Treffpunkt an. Von weitem sah Frank Anna an einem der Tische sitzen. Groß, schlank – fast ein wenig mager, blonde halblang geschnittene Haare, gleichmäßige Gesichtszüge, mit einem wachen Blick. Sie trug ein braunes, schmal geschnittenes Leinenkleid, das ihre spitzen Schultern hervortreten ließ. Warum fühlt es sich so normal an, wenn ich sie sehe, fragte Frank sich, während er ihr zur Begrüßung einen Kuss gab. Außer freundschaftlicher Vertrautheit spürte er nichts. Frank vermisste, dass sein Herz schneller klopfte oder sich sonst etwas in ihm regte. Vielleicht waren sie einfach zu lange Freunde gewesen? Anna unterbrach Frank in seinen Gedanken. „Wo warst du denn heute Mittag? Ich habe dich öfters angerufen, aber dich nie erreicht." Vorwürfe statt einer freundlichen Begrüßung. „Was für ein netter Empfang von dir ...!" Frank setzte sich zu Anna an den Tisch. Der Kellner trat an den Tisch mit der Speisekarte: „Guten Abend! Darf ich Ihnen schon etwas zu trinken bringen?" „Da sind Sie wohl etwas zu schnell. Haben Sie nicht bemerkt, dass mein Partner gerade erst gekommen ist?" erwiderte Anna spitz. Freundlich sagte Frank: „Ich weiß bereits, was ich möchte. Bringen Sie mir bitte ein großes Radler. Darauf freue ich mich schon die ganze Zeit." Anna warf ihm einen vorwurfsvollen Blick zu. Trotz des Kerzenlichts auf dem Tisch und der lauen Sommerluft gestaltete sich das Gespräch zwischen ihnen zäh und blieb an der Oberfläche. Früher hatten sie sich viel zu sagen gehabt.

Frank erzählte Anna begeistert von der Schenkung, doch sie unterbrach ihn: „Natürlich ist es schön, dass eure Bibliothek so wertvolle Bücher bekommen hat. Aber nun ist Feierabend, schalte doch einfach mal ab. Genieße den Sommer." Für Frank wieder ein Hinweis darauf, dass die Arbeit für Anna nur noch dem Broterwerb diente, für ihn aber eine nie enden wollende Leidenschaft war.

4

Es war Franks sechzehnter Geburtstag. Freunde hatte er nicht wirklich. In den Pausen las er meist Bücher, statt sich mit Klassenkameraden zu unterhalten. Frank galt in seiner Klasse als Streber, denn er hatte eine sehr rasche Auffassungsgabe und dementsprechend gute Noten. In der Grundschule hatte er sich noch nicht so ausgegrenzt gefühlt. In den ersten beiden Schuljahren war da noch Sophia, die Tochter der Estranos, zwei Jahre älter als er. Sie verstanden sich mittlerweile richtig gut. Wenn er nach der Schule bei den Estranos war, spielten sie miteinander oder er las ihr Geschichten aus seinen Büchern vor. Was Frank betraf, entwickelte sie einen siebten Sinn. Immer wenn er in Schwierigkeiten steckte, war Sophia an seiner Seite. Sie schreckte nicht davor zurück, sich den hänselnden Jungen in den Weg zu stellen. Nur einmal war sie nicht rechtzeitig zur Stelle. Frank wurde an diesem Tag von drei Jungen besonders geärgert: „Seht mal, unsere Brillenschlange. Ja, wo ist denn deine Beschützerin? Gleich fängt er an zu weinen." So stichelten sie und kamen immer näher. Frank war klar, dass er es nicht mit ihnen aufnehmen konnte. In sich spürte er aber eine solche Wut, dass er sich nicht beherrschen konnte. Wütend stand er auf und baute sich vor den anderen auf. Zwar war er schmächtiger, dafür aber größer als die anderen Jungen. „Was wollt ihr von mir? Wirklich mutig, zu dritt gegen …" Weiter kam Frank nicht. Schon boxte ein Junge ihn in den Bauch, ein anderer stieß ihn an der Schulter, der Dritte verpasste ihm einen Kinnhaken. Bevor Frank wusste, wie ihm geschah, fiel er. In diesem Augenblick tauchte ein Lehrer auf, trennte die Raufenden und gab ihnen eine Strafarbeit.

Ab diesem Tag wurde es leichter für Frank. Zwar war Frank weiter im Visier der Bande, doch er ließ sich nicht mehr provozieren, blickte durch die anderen hindurch, wenn sie über ihn lästerten. In ihm drin sah es natürlich nicht so beherrscht aus. Doch sein Innenleben ging niemanden etwas an. Den Jungen wurde er daraufhin zu langweilig – sie suchten sich ein neues Opfer.

Als Frank auf das Gymnasium kam, ließ man ihn ganz in Ruhe. Es gab noch mehr gute Schüler wie ihn, er war nicht mehr interessant genug. Zu zwei Jungen aus seiner Klasse hatte er etwas Kontakt, Thomas und Christian, beide lang, schlaksig und ebenso Brillenträger wie Frank. Sie lasen genauso gerne wie er – und so tauschten sie sich in den Pausen oft über die Geschichten aus, die sie in ihren Büchern erlebten. Allerdings wohnten Thomas und Christian auf dem Land, waren auf den Schulbus angewiesen, und so trafen sie sich nur selten nach der Schule.

Nach Schulschluss war Frank meist auf sich gestellt. Er vertiefte sich in seine Bücher und erlebte wahre Abenteuer. Aus Geldmangel besaß er nur wenige eigene Bücher, dafür eine Leihkarte der Bibliothek. Diese wurde neben der Küche der Estranos mit den einhüllenden Düften zu seiner zweiten Heimat. Einen für ihn unermesslichen Reichtum an Büchern fand er dort. Frank hatte den Eindruck, dass die Bücher dort nur darauf warteten, von ihm entdeckt zu werden. Fast immer kehrte er mit einem großen Bücherstapel nach Hause zurück, denn Frank war ein Schnellleser. Eine Zeit lang bevorzugte er Abenteuerromane, dann die alten Klassiker von Goethe oder Schiller, immer wieder auch Geschichtsbücher.

Die Bücher wählte er schon seit längerer Zeit nicht nur nach dem Inhalt aus. Immer nahm er auch ein Buch mit, dessen Geruch ihm besonders zusagte. Frank wusste nicht mehr, wann es begonnen hatte, aber eines Tages wurde er erneut von dem unbändigen Drang erfüllt, seine Nase in das Buch zu stecken, das er gerade las. Dies gab ihm das Gefühl, das Buch sei nur für ihn geschrieben und gebunden worden. Er hatte den Eindruck, das jeweilige Buch enthülle ihm über die Geruchsbotschaften all seine Geheimnisse – auch die zwischen den Zeilen und Seiten, sozusagen in die Buchdeckel gepressten. Angetan hatten es ihm vor allem die Bücher aus früheren Jahrhunderten, die zum Präsenzbestand gehörten und eigentlich nicht zu entleihen waren. Doch die Bibliothekarin hatte Frank in ihr Herz geschlossen und drückte ein Auge zu. „Nimm es ruhig mit, aber bring es morgen wieder; ich weiß ja, dass du gut mit den Büchern umgehst", sagte sie zu Frank, wenn keine anderen Leser in der Nähe waren.

Kaum war Frank mit seinen Schätzen zu Hause angekommen, ging er in sein karg eingerichtetes Zimmer, in dem nur ein Tisch, ein Bett, ein Stuhl, ein Schrank und ein halbleeres Bücherregal standen. Die Wände waren kahl, aber auf der Fensterbank standen Blumentöpfe mit Zitronenmelisse und Salbei, die er als Ableger von Francesca bekommen hatte und nun hegte und pflegte. Frank hatte keine hohen Ansprüche, wenn er nur seine Bücher um sich haben konnte. Seine Schätze stellte er in das Bücherregal. Nun hatte Frank – wie immer – die Qual der Wahl. Lange Zeit fragte er sich unschlüssig, mit welchem Buch er beginnen sollte. Schließlich interessierten ihn alle, sonst hätte er sie nicht ausgeliehen. Seit einiger Zeit hatte er dieses Problem gelöst. Frank nahm jedes Buch behutsam in seine Hände, schlug es auf und führte seine Nase nahe an die Buchseiten heran. Dann schloss er die Augen, um mit jedem Atemzug die Düfte des Buches mehr in sich aufzunehmen, bis sich der ganz individuelle Duft des Buches entfaltete. So machte Frank es bei allen neu entliehenen Büchern. Schnell traf er dann die Entscheidung, welches Buch als nächstes von ihm gelesen werden wollte. Bevorzugt wählte er Bücher aus, die den Geruch eines langen Lebens und damit einen individuellen Staubduft trugen. Nie überwand er sich, Bücher zu lesen, die einen säuerlichen Geruch hatten. Wenn ein Geruch ihn zu sehr abstieß, das Buch nach Rauch oder Essen roch, kam es vor, dass er es in eine Tüte wickelte und angewidert in den Flur legte, um es am nächsten Tag wieder abzugeben. So sehr ihn der Inhalt auch reizte, Frank hätte es nicht ertragen, diesem Geruch ausgesetzt zu sein.

Seine Mutter bekam von diesem sonderbaren Verhalten nichts mit. Sie war froh, dass Frank ein stiller und belesener Junge war, der in der Schule gut mitkam, gesund war und sich ansonsten mit sich selbst zu beschäftigen wusste. Da die Mutter selbst keine Freundinnen hatte, störte es sie nicht, dass Frank ebenfalls ein Einzelgänger war. So musste sie sich keine Sorgen machen, dass er unter schlechten Einfluss geriet. Seine Mutter war erleichtert, dass Frank so wenig Aufmerksamkeit beanspruchte und zufrieden war, wenn er in Ruhe lesen konnte.

Auch an seinem 16. Geburtstag war Frank gleich nach der Schule in die Bücherei gegangen. Nun saß er auf seinem Bett, hielt das ausgewählte Buch in den Händen, um mit dem Lesen zu beginnen. In der Wohnung war es ruhig, seine Mutter musste noch einige Stunden arbeiten. Auch die Nachbarn schienen nicht da zu sein. Frank war ein wenig traurig, dass sie seinen Geburtstag vergessen hatten. Seit einigen Monaten war Frank nur noch selten zu Besuch bei den Estranos. Zwar spürte er eine starke Sehnsucht nach den vertrauten Gerüchen, der Wärme und Behaglichkeit des Familienlebens, doch er traute sich nicht mehr unbefangen in diese Welt. Sophia, die noch bis vor kurzem seine Freundin gewesen war und die es sogar schaffte, dass er seine Bücher weglegte, um etwas mit ihr zusammen zu unternehmen, hatte sich verändert – sie lebte in einer fremden Welt, zu der Frank keinen Zugang mehr hatte. Hin und wieder begegnete sie ihm auf der Straße, eng umschlungen mit wechselnden Freunden. Lange Zeit war ihm dies gleichgültig, doch seit einigen Wochen war dies anders. So sehr er auch versuchte, nicht an sie zu denken – sie beschäftigte ihn mehr, als Frank sich eingestehen wollte.

Denn nicht nur die Küchendüfte oder der Geruch der Bücher, auch Sophias Duft übte eine magische Anziehungskraft auf ihn aus. Sie strömte einen Duft nach Vanille aus, der bei Frank ganz unbekannte Gefühle hervorrief. In ihrer Nähe fühlte er sich so wohl wie als kleiner Junge beim Trinken einer heißen Schokolade, seinem Lieblingsgetränk. Je seltener Frank Sophia sah, umso häufiger musste er an sie denken. Tagsüber lenkten ihn seine Bücher ab, aber abends im Bett ging sie ihm nicht aus dem Kopf. Seit einigen Wochen träumte er oft wirres Zeug, in dem sie und er vorkamen. Die Träume ließen ihn erregt aufwachen, und seine Schlafanzughose war dann ganz feucht. Frank wusste natürlich, was mit ihm los war. Der Sexualkundeunterricht in der Schule hatte ihn schon vor Jahren aufgeklärt. Dennoch war er verwirrt.

Frank wünschte sich, ein paar Jahre älter zu sein und besser auszusehen, damit Sophia sich für ihn interessierte. Plötzlich wurde er in seinen grüblerischen Gedanken unterbrochen, es klingelte an der Wohnungstür. Widerwillig erhob Frank sich von seinem Bett. „Wer ist da?" fragte er entnervt. „Ich bin es, Sophia." Das hatte ihm gerade noch gefehlt, hoffentlich sah sie ihm nicht an, woran er gerade gedacht hatte, dachte Frank, während er die Tür öffnete. Sophia stand vor ihm mit ihren offenen, schwarzen, lockigen Haaren, rot geschminkten Lippen, Jeans und einem eng anliegendem Top. Aber das Äußere war es nicht alleine, was Frank den Atem stocken ließ. Es war der intensive Duft nach Vanille, der seinen Herzschlag beschleunigte. Frank verfluchte sich, dass er aus Bequemlichkeit seine alte Trainingshose und nicht die neue Jeans angezogen hatte.

5

In seinem Leinenhemd wurde es Frank langsam kühl. Warum hatte er kein Sakko mitgenommen, fragte er sich, während Anna eine Jacke über ihr Kleid zog. Das Essen war längst abgetragen, in den Gläsern nur noch wenig Wein. „Ich möchte noch etwas Wichtiges mit dir besprechen", sagte Anna, betont sachlich. „Kommt ganz darauf an, worum es sich handelt, ich bin gerade ziemlich erledigt", erwiderte Frank. Er wusste nicht, ob er an diesem Abend noch bereit für etwas vermeintlich Wichtiges war. „Du schaust so ernst. Gab es Ärger bei der Arbeit? Bist du immer noch beleidigt, weil du die Leitungsstelle nicht bekommen hast? Aber du hättest dich vielleicht noch mehr dafür engagieren müssen, allzu ehrgeizig bist du ja nicht." Anna strich mit ihrer Hand beiläufig über Franks Kopf und kraulte seinen Nacken. Frank überlegte, ob sie so ähnlich nicht auch einen Hund streicheln würde, und wandte sich ab. Obwohl Anna nicht den eigentlichen Grund erraten hatte, traf sie mit ihren Bemerkungen dennoch einen wunden Punkt. Vor einigen Monaten hatte Frank sich um die Stelle der Fachbereichsleitung beworben, doch ausgewählt wurde eine dreißigjährige Frau – fünf Jahre jünger als er. Diese hatte zuvor in der Bibliothek der Berliner Humboldt–Universität gearbeitet. „Wir müssen die Gleichstellung beachten, da haben Sie doch sicherlich Verständnis", sagte sein oberster Chef, als er ihm die Ablehnung mitteilte.

„Ja, das frustriert mich tatsächlich. Ich wäre für die Stelle der Bessere gewesen, und ..." entgegnete Frank Anna, doch sie fiel ihm ins Wort. „Jetzt schließe das Kapitel endlich ab und wärme es nicht immer wieder auf. Das führt doch zu nichts. Wer weiß schon, wofür das gut ist? Meistens ergibt alles im Nachhinein doch noch einen Sinn. Und ob die Verantwortung für Mitarbeiter für dich wirklich etwas ist? So kannst du wenigstens ungestört arbeiten, bis sich etwas Neues ergibt." Anna sprach betont mitfühlend. Frank spürte dennoch, dass sie mit ihren Gedanken ganz woanders war und ihn vermutlich nur milde stimmen wollte, damit er bereit war für ihre Neuigkeit. Er hatte sowieso keine Lust, länger mit ihr über dieses Thema zu reden. „Nun mache es nicht länger spannend, was hast du mir Wichtiges zu erzählen?" „Nun, ich habe dir doch erzählt, dass mein Vermieter Eigenbedarf angemeldet hat und ich spätestens zum Jahresende aus meiner Wohnung ausziehen muss. Vor einigen Wochen, da habe ich mit einer langjährigen, sehr netten Leserin darüber gesprochen, wie schwer es ist, in Stuttgart eine Wohnung zu finden. Ja, und stell dir vor – heute kam sie vorbei und hat mir eine 110-Quadratmeter-Wohnung mit Parkettboden, Stuck, Balkon und Einbauküche angeboten. Für mich alleine ist die Miete natürlich zu hoch und da dachte ich mir ..." Frank unterbrach sie in ihrem Redefluss: „Was dachtest du dir da?" Er ahnte, was jetzt kam, dennoch musste er diese Frage stellen. Sie verschaffte ihm eine kurze Pause, in der er die Kontrolle wiedergewinnen konnte. Denn was Anna von ihm wollte, erschreckte Frank bereits, bevor sie es aussprach. „Ich dachte mir, wir könnten zusammenziehen. Oft übernachtest du ja sowieso bei mir. Da ist es doch viel günstiger, wenn wir nur eine Wohnung haben. Und bei vier Zimmern ist Platz, um sich auch einmal aus dem Weg zu gehen. Was hältst du davon?" Mit erwartungsvollem Lächeln sah Anna ihn an. Frank musste sich beherrschen, damit Anna nicht die in ihm aufsteigende Panik an seinem Gesicht ablesen konnte. „Das kommt jetzt sehr überraschend für mich. Meinst du nicht, wir sollten uns damit noch etwas mehr Zeit lassen?" warf er vorsichtig ein. „Wir kennen uns doch schon über elf Jahre!" entgegnete Anna, verletzt und enttäuscht. „Das klappt sicher gut mit uns!" Ein fragender Blick blieb an Frank hängen.

6

Sophia schaute Frank aus dunklen Augen an. Jeder ihrer Blicke hatte in den letzten Wochen in ihm für Aufruhr gesorgt. Meistens hatte sie ihn aber gar nicht beachtet, und sie war nur in seinen Träumen aufgetaucht. Nun jedoch stand sie leibhaftig vor ihm, und Frank wäre mit seiner Trainingshose am liebsten im Erdboden versunken.

„Alles Gute zum Geburtstag! Mensch, du bist sechzehn geworden, das muss doch gefeiert werden! Meine ganze Familie ist nicht da, deine Mutter arbeitet – irgendjemand muss dir doch gratulieren!" Frank wusste nicht, wie ihm geschah. Vielleicht träumte er? Aber im Traum konnte er nicht riechen, und nun duftete es eindeutig nach Vanille. Unauffällig zwickte er sich in seinen Arm – nein, das tat eindeutig weh. Also stand Sophia tatsächlich vor der Tür. „Ist etwas mit dir? Du schaust so komisch!" „Nein, alles klar. Ich bin nur so überrascht. Aber ich finde es eine prima Idee von dir!" stammelte Frank. Sein Mund wurde vor Aufregung ganz trocken, es fiel ihm schwer zu sprechen. „Na, dann komm doch mit zu uns", forderte Sophia ihn auf und ließ nicht erkennen, ob sie seine Aufregung bemerkte. „Einen Augenblick, dann komme ich." Während er noch sprach, schloss Frank die Tür vor der verdutzten Sophia.

Schnell zog er seine neue Jeans an und fand in seinem Schrank ein Hemd, das nicht allzu spießig aussah. Beim Blick in den Spiegel fragte Frank sich, was Sophia vorhatte. Erst beachtete sie ihn monatelang kaum, und nun lud sie ihn sogar ein. Er überlegte, ob da nicht etwas faul war. Dennoch – auch eine faule Einladung war besser als gar keine, dachte Frank, als er bei den Estranos klingelte. Sophia öffnete und führte ihn in die Küche. Wie oft hatte er hier bereits die Wärme, die vielfältigen Düfte und das fröhliche Chaos genossen. Nun erkannte er den Raum nicht wieder. Überall waren Kerzen angezündet, der Tisch war für zwei Personen festlich gedeckt. Sogar Weingläser standen bereit, im Hintergrund lief Musik von Pink Floyd. Sophia zeigte Frank seinen Platz und bat ihn, fast ein wenig schüchtern, sich zu setzen. Als sie ihm kurz näher kam, nahm er erneut ihren intensiven Duft wahr. Sie roch nach Weihnachten und doch viel besser. Frank spürte, wie sein Gesicht rot anlief, und er war froh, dass nur gedämpftes Licht in die Küche fiel. „Ich habe Penne all`arrabiata gekocht. Das ist das einzige, was ich gut kann. Ja, und zum Anstoßen auf deinen Sechzehnten habe ich von meinem Vater eine Flasche Rotwein genommen." „Das hast du alles für mich gemacht? Ich bin total sprachlos. Warum?" „Warum nicht?" Mehr als eine Gegenfrage erhielt er nicht als Antwort. Stattdessen füllte Sophia ihm reichlich Essen auf. Obwohl Frank aufgeregt war, schmeckte es ihm so gut, dass er mit Appetit aß. Je satter er sich fühlte, desto mehr legte sich seine Aufregung. Sophia schenkte Wein ein und prostete ihm zu. „Auf dich, auf dass es ein tolles Jahr wird!" Frank hatte bisher nur zu Silvester Alkohol getrunken. Schon bald nahm er alle Geräusche nur noch wie durch Watte hindurch wahr, aber er fühlte sich bestens dabei.

7

Frank, ist dir nicht gut? Du siehst auf einmal ganz fertig aus!" Prüfend blickte Anna in sein Gesicht. „Ich weiß auch nicht, ich denke, das ist die Hitze." Frank hatte keine Lust, über sein Befinden zu reden, und wählte daher ein Ablenkungsmanöver. „Okay, lass uns die Wohnung einmal gemeinsam besichtigen; dann sehen wir weiter", sagte er und stellte dies schon beim Aussprechen der Worte innerlich in Frage, nur ließ es sich nun nicht mehr zurücknehmen.

Begeistert fiel Anna ihm um den Hals, die Leute am Nebentisch sahen neugierig zu ihnen herüber. Frank war froh, als der Kellner kam und sie bezahlen konnten. Er brauchte dringend Bewegung. Obwohl sie draußen saßen, hatte er das Gefühl, keine Luft zu bekommen. Anna bemerkte dies offensichtlich nicht. Sie strahlte Frank glücklich an. „Du weißt gar nicht, wie sehr mich das freut! Ich hatte schon Bedenken, dich vielleicht überrumpelt zu haben. Gleich morgen rufe ich bei der Vermieterin an und mache einen Besichtigungstermin aus. Gibt es nächste Woche einen Abend, an dem du keine Zeit hast?" Die Antwort wartete sie gar nicht erst ab, sprach begeistert weiter. Anna bemerkte nicht, dass sie einen Monolog führte. Frank bremste sie nicht, sondern ging schweigend neben ihr her; dabei fragte er sich, warum er sich so schnell hatte breitschlagen lassen. Andererseits – nichts war entschieden, es ging zunächst nur darum, die Wohnung zu besichtigen, und vielleicht war es auch doch eine gute Idee zusammenzuziehen.

Die beiden gingen über den Schlossplatz. Viele Leute waren unterwegs, alle Bänke besetzt, auf der Wiese lagen Paare auf Wolldecken. Das Wasser der Brunnen plätscherte, ein Hund tollte im Wasser. Sommeridylle überall. Eine Jahreszeit, die Frank liebte. Dennoch fühlte er sich nun nur noch müde. „Anna, sei bitte nicht enttäuscht. Aber ich möchte nach Hause, heute Nacht in meinem eigenen Bett schlafen. Ich fühle mich nicht wohl." „Du wirst doch nicht krank werden?" Besorgt schaute Anna ihn an. „Schließlich sollten wir uns die Wohnung baldmöglichst ansehen. Du weißt ja, wie schwer es in Stuttgart ist, eine Wohnung zu finden." Frank begleitete Anna bis zum Taxistand; dort verabschiedete sie sich von ihm. „Ich rufe dich an, sobald ich einen Besichtigungstermin für die Wohnung habe. Wie ich mich freue! Pass gut auf dich auf – nicht dass du doch krank wirst!" Flüchtig umarmte und küsste sie ihn, stieg ins Taxi und fuhr winkend davon. Frank entschloss sich, zu Fuß nach Hause zu laufen. Dringend brauchte er Bewegung, um seine grüblerischen Gedanken zu ordnen. Zu Hause angekommen, ging Frank gleich ins Bett und sank erschöpft in einen traumreichen Schlaf. Am Morgen erwachte er eine Stunde vor dem Klingeln des Weckers; an Weiterschlafen war nicht mehr zu denken.

Sein erster Gedanke galt Sophia, von der er nach Jahren das erste Mal geträumt hatte – kurz meinte er sogar, einen Duft nach Vanille wahrzunehmen.

Sein zweiter Gedanke galt Anna und ihrer Idee des Zusammenziehens.

8

Wann begann es, dass Frank nicht nur die Gerüche der Bücher aufnahm, die er las, sondern auch den Geruch des Papiers, der Druckerfarbe und des Leims zu unterscheiden lernte? Als er etwa zwölf Jahre alt war, begriff Frank, dass er ein gesteigertes Geruchsempfinden besaß. Er entdeckte, dass die Bücher nicht nur nach ihrem Alter und ihren Benutzern rochen, sondern auch nach dem Papier, auf dem sie gedruckt und nach der Leimsorte, mit der sie gebunden waren. Nun machte es ihm noch mehr Freude, die Bücher näher zu untersuchen. So konnte er sich länger mit ihnen beschäftigen, denn gelesen hatte er ein Buch sehr schnell.

Frank brachte sich selbst bei, wie die unterschiedlichen Papiersorten rochen. Die auf kostbarem Papier und die auf einer billigen Sorte gedruckten. Die noch druckfrischen Bücher und die abgestandenen, alten Werke, die den Geruch eines langen Lebens trugen. Er lernte, welche Bücher mit besonderer Sorgfalt und Fachkenntnis hergestellt und entsprechend kostbar waren. Und welche nur für den raschen Konsum bestimmt waren, schnell unansehnlich wurden und einen für seine Nase unangenehmen Geruch verströmten.

Seine Riechübungen dehnte Frank, der nach der Schule viel freie Zeit hatte, bald auf alle Arten von Papier aus: Briefe, Skizzen, Zeitungen, Radierungen, Karten. Alles, was aus Papier war, ihm in die Finger geriet und sein näheres Interesse erregte, hielt Frank sich in unbeobachteten Augenblicken unter die Nase. Da er meistens alleine war, bot sich ihm oft die Gelegenheit, ohne dass jemand etwas bemerkte. Mit den Monaten und Jahren entwickelte er eine regelrechte Riechwissenschaft und lernte, am Geruch das Alter des Papiers und somit des Buches grob zu bestimmen. Er lieh sich Bücher aus über den Geruchssinn, die Buchbinderei und die Druckkunst und erarbeitete sich ein fundiertes Fachwissen. Immer klarer wurde ihm, dass er über einen außergewöhnlichen Geruchssinn verfügte. Frank war sich bewusst, dass diese Fähigkeit etwas Sonderbares war; andere Menschen würden ihn als wunderlich abstempeln, würde er ihnen davon erzählen. So bewahrte er seine Gabe als Geheimnis.

Es gab Bücher, die keine einheitlichen Geruchsmerkmale, sondern widersprüchliche Botschaften trugen. Frank brauchte nicht lange, um herauszufinden, was ihn befremdete: Es waren Bücher, die nicht nur auf einer, sondern auf unterschiedlichen Papiersorten gedruckt waren. Oft waren es Werke mit Fotos, die auf Hochglanzpapier gedruckt waren. Oder Bücher, die repariert und neu gebunden worden waren.

Widersprüchliche Gerüche in der Bücherei nahm Frank eines Tages wahr an einem Buch mit Kupferstichen aus dem achtzehnten Jahrhundert – er durfte es sich ausnahmsweise ansehen, das kostbare Buch wurde eigentlich unter Verschluss gehalten. Vorsichtig blätterte er Seite um Seite um und roch verstohlen daran. Das Buch war alt, dennoch erzählten die Seiten mit den Kupferstichen Frank nichts von ihrem langen Leben. Als Frank ein paar Tage später wieder in die Bücherei kam, sprach ihn die Bibliothekarin aufgeregt an. „Stell dir vor: das Buch, das du dir neulich angeschaut hast – nun, die Seiten mit den Kupferstichen sind nicht alt, die sind gefälscht. Wir hatten gerade einen Antiquar hier, der sich unsere Bücher angesehen hat, und der hat es festgestellt, als er das Buch genau untersuchte. Ich kann`s gar nicht glauben", empörte sich die Frau. „Jetzt weiß ich endlich, weshalb mir das Buch nichts über sich verraten hat", sprudelte es begeistert aus Frank heraus. „Was meinst du? Geht es dir nicht gut?" Besorgt blickte die Bibliothekarin Frank an – ein bisschen merkwürdig war dieser Junge manchmal schon. Frank, der den mitleidigen Blick spürte, erwiderte schnell: „Ach, nichts, ich habe wohl gerade Unsinn geredet."

9

Franks Arbeitstag verlief anders als geplant. Kaum hatte er seinen Computer hochgefahren, klingelte bereits das Telefon. Frau Santorin, seine Chefin, bat ihn, in ihr Büro zu kommen. Frank fragte sich, was sie wohl von ihm wollte. Bisher waren sie sich erfolgreich aus dem Weg gegangen. Vermutlich hatte seine Chefin von seiner Bewerbung um ihre Stelle erfahren und wusste nun nicht so recht, wie sie sich ihm gegenüber verhalten sollte. Wenn es nach Frank gegangen wäre, hätte es ohne einen persönlichen Austausch weitergehen können. Doch nun hatte sie ihn gerufen und als ihr Mitarbeiter hatte er zu folgen.

Um es hinter sich zu bringen, machte er sich sogleich auf den Weg, klopfte an die offenstehende Bürotür und wurde mit einem professionellen Lächeln willkommen geheißen. Ohne Umschweife erfuhr Frank den Grund für die Unterredung mit seiner Vorgesetzten. „Es tut mir leid, Sie müssen in den nächsten Wochen Ihren Arbeitsplatz wechseln. Das Magazin und die Katalogisierung der neuen Werke können warten, aber der Lesesaal muss fach-

kompetent betreut werden. Frau Maier hatte gestern einen Auto-
unfall und liegt im Krankenhaus; sie fällt mindestens zwei Wochen
aus. In dieser Zeit müssen Sie ihre Aufgaben übernehmen.
Außerdem nehmen Sie bitte einen italienischen Kollegen von der
Florenzer Bibliothek, Herrn Carloni, unter Ihre Fittiche. Er hospitiert die nächsten zwei Wochen bei uns. In einer halben Stunde
erwarte ich Sie im Lesesaal, dann stelle ich Sie einander vor. Alles
klar, oder haben Sie noch Fragen?" Frank war verblüfft, wie selbst-
sicher seine Chefin ihre Befehle erteilte und entgegnete nur: „Wenn
Sie meinen? Dann muss ich wohl dorthin, obwohl wir gerade eine
wertvolle Bücherschenkung aus Italien erhalten haben." Es machte
ihn wütend, wie gering sie seine Aufgaben im Magazin zu
schätzen schien. Doch Frank wusste, dass er keine Wahl hatte,
wollte er nicht riskieren, sich bei seiner Chefin vollends unbeliebt
zu machen, und kehrte ins Büchermagazin zurück. Schweren
Herzens zog er die Baumwollhandschuhe wieder an, wickelte die
bereits ausgepackten Bücher in das Seidenpapier und legte sie
vorsichtig in die Kiste zurück. Etliche warteten noch unter der
Holzwolle auf eine erste Begutachtung durch ihn, aber glücklicherweise verdarben sie nicht wie Lebensmittel. Vielleicht war es
auch gut so, dass er keine Zeit hatte, sich um die Bücher zu
kümmern – die schmerzhaften Erinnerungen an seine Vergangenheit führten ihn letztendlich nicht weiter.

Es war an der Zeit, sich der Realität seines Lebens zu stellen -
und diese hieß Anna. Energisch schob Frank die Kiste unter seinen
Schreibtisch, fuhr seinen Rechner herunter, machte die Schreib-
tischlampe aus und ging in den ersten Stock, in dem sich der Lesesaal befand. Noch war es dort leer und still, denn die Bibliothek
öffnete erst in einer halben Stunde. Nicht mehr lange, und Studenten, Wissenschaftler und andere Leser würden die Tische
bevölkern. Eine ruhig–konzentrierte und doch äußerst lebendige
Atmosphäre füllte dann den Lesesaal. Schon einige Jahre hatte
Frank hier nicht mehr gearbeitet. Höchstens tageweise war er eingesetzt gewesen, um Kollegen das neue EDV–gestützte Buchungs-
und Katalogisierungssystem zu erklären. Der Arbeitsplatz unter-

schied sich wesentlich von seinem eigentlichen Aufgabenfeld. War er sonst weitgehend mit seinen Büchern alleine und tauschte sich nur hin und wieder kurz mit seinen Kollegen aus, stand im Lesesaal der Kontakt zu den Lesern im Vordergrund. Franks fachkompetente Beratung war erwünscht, und es blieb nur wenig Zeit für die vertiefende Beschäftigung mit Büchern, Franks vorrangigem Interesse bei der Wahl seines Berufes. Bücher waren beständig. Die Buchstaben, die so schöne Wörter und Sätze bilden konnten, waren immer am selben Platz zu finden. Sie unterlagen keinen Launen wie die Menschen. Frank sah seiner neuen Aufgabe daher mit gemischten Gefühlen entgegen.

Im Lesesaal war schon seine Chefin. Neben ihr stand ein leger und dennoch schick gekleideter Italiener von etwa vierzig Jahren. „Ich möchte Sie vorstellen. Herr Carloni, dies ist Herr Mühe, der sich in der nächsten Zeit um Sie kümmert. Herr Mühe, das ist Herr Carloni von der Florenzer Bibliothek. Er ist zu uns geschickt worden, um unser neues elektronisches Ausleih- und Katalogisierungssystem kennenzulernen. Damit kennen Sie sich ja bestens aus, Herr Mühe. Schließlich haben Sie in der Projektgruppe zur Einführung des Programms engagiert mitgearbeitet und unsere Mitarbeiter geschult – sicherlich können Sie ihm alles gut erklären. Aber nun muss ich leider gehen, in ein paar Minuten habe ich ein wichtiges Meeting mit unserem Direktor. Meine Herren: einen guten Tag miteinander!" Und schon war sie weg. Daniele Carloni sah ihr bewundernd hinterher. „Was für ein Temperament! Was für eine Frau!" „Ja, da fehlen einem wirklich die Worte", ergänzte Frank ironisch. „Da ich der Ältere, sozusagen der Patrone bin: ich bin Daniele und würde es schön finden, wenn wir uns duzen. Ist das okay?" Mit einem offenen Lächeln schaute Daniele Frank an. Frank war etwas befremdet. „Ich bin eigentlich nicht so schnell mit dem Duzen. Aber da wir nur zwei Wochen zusammen haben, muss wohl alles etwas rascher gehen. Okay, ich bin Frank. Aber wieso sprechen Sie, ich meine, sprichst du so perfekt deutsch?" „Perfetto? Ich habe Germanistik studiert, war davon zwei Semester an der Münchner Universität und bin in unserer Florenzer

Bibliothek für die Abteilung mit deutscher Literatur zu-ständig. Da habe ich zwei deutsche Kollegen, die schlechter Italienisch sprechen als ich Deutsch. So ist es für mich inzwischen zu meiner zweiten Muttersprache geworden." Frank, sonst anfangs zurückhaltend im Kontakt mit fremden Menschen, fühlte sich in der Gegenwart von Daniele schnell wohl. Ein wenig erinnerte Daniele ihn an den Mann von Francesca, Lorenzo Estrano. Wie lange er schon nicht mehr richtig an ihn gedacht hatte!

10

Lorenzo Estrano nahm Frank lange nicht richtig wahr. In Lorenzos Augen war Frank einfach ein kleiner Junge, dessen sich Francesca in ihrer Großherzigkeit annahm. Da er still und zurückhaltend war, störte er Lorenzo nicht. Für Frank, der ohne Vater aufwuchs, war Lorenzo von Anfang an ein Mensch, zu dem er bewundernd aufblickte. Manchmal auch mit Schrecken, denn Lorenzo hatte ein stimmgewaltiges Organ, das er nicht immer unter Kontrolle hatte. Meist war er jedoch ein sanftmütiger Mensch, der seine Frau und seine beiden Töchter über alles liebte. Wenn er von den Proben nach Hause kam, nahm er zunächst Francesca in seine Arme, sang eine kurze Begrüßungsarie und wirbelte sie herum, obwohl sie nicht gerade ein Leichtgewicht war. Danach galt seine Aufmerksamkeit seinen Töchtern und im Laufe der Zeit auch Frank, wenn er da war. „Bambini, lasst euch um-armen! Wie schön, euch zu sehen. Erzählt, was habt ihr heute gemacht?"

Lorenzo, der merkte, wie sehr Frank ihn bewunderte, schloss den ernsthaften Jungen immer mehr in sein Herz. Lorenzo spürte, wie sehr Frank die Aufmerksamkeit genoss, die er ihm schenkte. Aber auch Lorenzo bekam etwas von dem Jungen. Durch den Kontakt zu Frank verbesserte sich sein Deutsch, denn der wies ihn, kindlich unbedarft, auf seine Sprachfehler hin. „Du sprichst ja lustig. Das heißt nicht ,der Butter`, sondern ,die Butter`", so verbesserte er ihn einmal. Dafür brachte Lorenzo ihm Italienisch bei, das Frank mit seiner Wissbegierde rasch lernte. Schon bald konnte er sich an den Familiengesprächen beteiligen. Denn mit Frank sprachen die Estranos Deutsch, aber untereinander in ihrer Muttersprache.

Lorenzo und Frank taten einander gut, und einmal sagte Lorenzo zu ihm: „Du bist mein ragazzo, auch wenn du blond und ruhig und nicht wie miei figli dunkel und wild bist. Komm her, mio bambino, und lass dich an mein Herz drücken." Zum Schluss seiner Liebeserklärung sang er „O sole mio!"

Dennoch vernachlässigte Lorenzo auch seine drei Frauen nicht. Nur zu Franks Mutter Käthe fand er keinen Zugang. Als Frank zwölf Jahre war, fragte ihn Lorenzo: „Mio bambino, was ist mit deine Mutter? Warum ist sie immer so senza amore? Warum lässt niemanden an sich heran? Warum es bei euch so ordentlich? Wo ist Leben?"

11

Ein abwechslungsreicher Arbeitstag lag hinter Frank, als er in seine Wohnung zurückkehrte. Nach den anregenden Gesprächen mit Daniele und den vielen Beratungen von Lesern genoss er die Stille und Aufgeräumtheit, die ihn in seiner Wohnung empfing. Niemand, der etwas von ihm wollte! Doch er hatte sich zu früh gefreut – die Lampe des Anrufbeantworters blinkte. Er hörte die Nachricht ab. „Hallo Frank, hier ist Anna. Ruf mich doch bitte zurück, wenn du da bist – es gibt gute Nachrichten. Ich freue mich so, es dir zu erzählen." Frank zögerte den Anruf hinaus. Erst wollte er essen. Aus dem Supermarkt hatte er sich ein Tiefkühlgericht für die Mikrowelle mitgebracht. Gerade als er es warm machen wollte, klingelte das Telefon. Einen Moment war er versucht, es klingeln zu lassen. Sicherlich war es Anna, aber sie würde es ein paar Minuten später erneut probieren, warum sollte er also nicht gleich abheben? „Mühe?" „Hier ist Anna. Endlich bist du da, ich habe den ganzen Tag versucht, dich in der Bibliothek zu erreichen. Zieh dir schnell etwas Anständiges an und dann treffen wir uns in einer halben Stunde vor dem Haus in der Ludwigstraße 50. Ich konnte gleich für heute einen Besichtigungstermin für die Wohnung vereinbaren. Ist das nicht wunderbar?" Annas Stimme überschlug sich beim Erzählen vor Begeisterung. „Das ging aber schnell. Du überfällst mich. Ich bin gerade erst nach Hause gekommen, habe noch nicht einmal gegessen." „Nun hab dich doch nicht so. Ich lade dich anschließend zum Essen ein, vielleicht gibt`s ja einen Grund zum Feiern." „Sei doch nicht so voreilig!" „Wohnungen in Stuttgart sind Mangelware, das weißt du auch. Wir wollen doch nicht riskieren, dass die Wohnung an andere vermietet wird. Ach, sei doch einfach mal ein bisschen spontan, das kann dir nicht schaden." „Wie soll ich das nun wieder verstehen?" „Jetzt spiel nicht den Beleidigten, ich habe es nicht so gemeint. Es wäre einfach schön, wenn du kommen kannst." „Okay, ich mache mich auf den Weg. Bis in einer halben Stunde!" Frank legte den Hörer auf und glaubte nicht, was er eben gesagt hatte. Bis zu seinem letzten Satz hätte er noch einen Rückzieher machen können, nun war wieder einmal alles zu spät. Er spürte Panik in sich aufsteigen und hatte das Gefühl, keine Luft zu bekommen.

Frank hatte bisher noch nie mit einer Frau zusammengelebt. Zwar hatte er vor Anna schon mehrere Beziehungen, doch spätestens nach einem Jahr, wenn es ihm zu eng wurde, beendete er sie. Mit Anna war er erst seit wenigen Monaten ein Paar, und schon wollte sie mit ihm zusammenziehen. Neulich hatte er sich überwunden und mit seinem Studienfreund Jochen über ihre Beziehung gesprochen. „Jochen, ich weiß nicht so recht, ob es mit Anna und mir gut ist, wie es läuft." „Wie meinst du das?" „Anna und ich als Paar, das fühlt sich für mich komisch an. Die ganze Vertrautheit scheint mir manchmal abhandengekommen zu sein. Und so richtig prickeln tut es bei mir auch nicht. Nun macht sie bereits Andeutungen, mit mir zusammenziehen zu wollen." „Mensch, Frank, das ist doch nur, weil es diesmal etwas Ernstes ist. Anna und du, ihr ergänzt euch perfekt. Jetzt genieße es einfach. Vergiss einmal deinen Verstand. Außerdem, taufrisch bist du auch nicht mehr. Wenn nicht jetzt, wann dann? Willst du als Ladenhüter enden?" Jochen versuchte, Frank Mut zu machen. Vielleicht hatte Jochen ja Recht und er sollte sich endlich für eine Frau entscheiden, dachte Frank, während er vor seinem Kleiderschrank stand. Und vielleicht war es sogar ein gutes Zeichen, dass er nicht durch Verliebtheit abgelenkt war. Vielleicht war da in Wirklichkeit etwas ganz Tiefes zwischen ihnen und er wollte es sich nach all den gescheiterten Beziehungen nicht eingestehen. Warum also nicht Anna, mit der ihn so viele Jahre der Freundschaft verbanden? Da war doch schon länger diese tiefe Sehnsucht in ihm, nicht mehr alleine durchs Leben zu gehen. Vielleicht sollte er es einfach mit ihr versuchen.

Seine Hemden und Hosen hingen geordnet auf Bügeln. Frank entschied sich für eine schwarze Jeans, ein weißes Hemd und schwarze Schuhe. Dann verließ er die Wohnung und ging zum etwa eine Viertelstunde entfernten vereinbarten Treffpunkt in der Ludwigstraße. Gerade als Frank ankam, fuhr Anna in ihrem Opel vor. Sie fand einen Parkplatz direkt vor dem Haus – eine Besonderheit im Stuttgarter Westen. Allerdings musste sie dafür auch einen Parkschein lösen, denn in diesem angesagten Stadt- viertel war freies Parken den Anwohnern mit Parkberechti- gungsschein vorbehalten. Anna trug einen leichten Hosenanzug aus braunem Leinen. „Du siehst einfach perfekt aus!" empfing Frank sie mit einem nicht ganz echten Lächeln. Anna schien das nicht zu bemerken, denn sie begrüßte ihn mit einem langen Kuss und strahlte ihn an: „Du bist aber auch nicht zu verachten. Typ, braver Schwiegersohn. Da sammelst du bei der Frau Müllerschön bestimmt Pluspunkte, womit unsere Wohnungsaktien nochmals steigen, denn mich kennt sie schließlich bereits."

Sie standen vor einem fünfstöckigen Haus aus der Wende zum zwanzigsten Jahrhundert und klingelten. Wenig später ertönte ein Summen, die Tür öffnete sich. Anna und Frank betraten ein mit Steinmosaiken gefliestes Treppenhaus. Die Wohnungstüren waren verglast und trugen Buntglasscheiben mit Jugendstilmotiven. Eine geschwungene Treppe mit Holzgeländer führte in die höheren Stockwerke. Die ausgetretenen Stufen knarrten bei jedem Schritt. Im Treppenhaus roch es nach Ausdünstungen vom Kochen und nach einem undefinierbaren Gemisch von Alter. „Ist das schön, Frank", rief Anna aus, als ihr Blick aus dem Fenster in den begrünten Innenhof fiel. „Ja, nicht schlecht. Aber nun lass uns erst einmal abwarten, wie die Wohnung ist, bevor du in Begeisterungsstürme ausbrichst." Frank verspürte keinerlei Euphorie. Sie stiegen die Treppen hinauf. Im vierten Stock stand eine grauhaarige, schlanke Dame um die sechzig in der Tür.

„Guten Abend, Frau Fuchs, und das ist sicherlich Herr Mühe, von dem Sie mir schon erzählt haben. Herzlich willkommen!" Frau Müllerschön reichte ihnen zur Begrüßung die Hand und bat sie in die Wohnung. „Nun wollen Sie sicherlich das Prachtstück sehen. Der ursprüngliche Mieter wurde von seiner Firma kurzfristig versetzt und muss in eine andere Stadt ziehen. Deshalb ist die Wohnung so plötzlich frei geworden, Sie könnten sozusagen sofort einziehen. Es sind nur noch ein paar kleine Handwerksarbeiten zu erledigen." Frau Müllerschön lächelte die beiden an. Frank war erstaunt: „Ich dachte, in einem halben Jahr?" „Hat Frau Fuchs es Ihnen nicht erzählt? Nein, wenn Sie wollen, können Sie Ende September einziehen." Frank musste aufpassen, dass man seinem Gesicht nicht die widersprüchlichen Gefühle ansah, die in ihm aufstiegen. „Schatz, was hast du?" fragte Anna besorgt – ihr schien nichts zu entgehen. „Das waren wohl die vielen Treppen. Wird Zeit, dass ich endlich wieder anfange, Sport zu treiben."

Frau Müllerschön führte sie durch die Wohnung. Die Räume hatten noch die alte Höhe, Stuckdecken mit Rosetten um die Lampenanschlüsse und einen Parkettboden. In der Küche war eine chromblitzende Küche eingebaut. „Die müssten Sie übernehmen, aber der Preis ist fair", sagte die Vermieterin, als sie den abschätzenden Blick der beiden bemerkte. Alle Räume waren großzügig geschnitten und hell. Von einem Raum ging ein großer, von der Küche ein kleiner Balkon ab. „Frank, die Wohnung ist wie für uns gemacht!" Anna ging durch die Räume und wies mit der Hand auf ein recht kleines und dunkles Zimmer. „Sieh mal, hier ist es besonders ruhig – das kann dein Zimmer werden, das hier unser Schlafzimmer, hier das Wohnzimmer und das mein Zimmer – aber natürlich können wir auch tauschen." Sie waren im letzten Raum, mit einem schönen Erker, angelangt. Annas Stimme überschlug sich vor Begeisterung, während sie bereits konkrete Ideen zum Einrichten der Räume äußerte.

„Ja, und wenn sich dann Nachwuchs bei Ihnen ankündigt, können Sie aus einem der Räume einfach ein Kinderzimmer machen und müssen nicht einmal umziehen", warf Frau Müllerschön ein. „Ja, das habe ich vorhin auch schon gedacht. Hier haben wir auch noch genug Platz, wenn wir einmal nicht mehr nur zu zweit sind." Anna strahlte Frau Müllerschön und Frank an. Frank fragte sich, ob er richtig gehört hatte. Er hatte das Gefühl, keine Luft mehr zu bekommen, öffnete die Balkontür und trat hinaus. Sein Blick fiel auf den begrünten Innenhof. „Auch der Blick könnte nicht schöner sein! Und wie ruhig es ist, obwohl wir mitten in der Stadt leben werden!" rief Anna, die unbemerkt hinter ihn getreten war, begeistert aus. „Frank, was für eine perfekte Wohnung – wie für uns gemacht. Das Schicksal meint es wirklich gut mit uns!"

12

Die Wohnungen von Franks Mutter und den Estranos konnten unterschiedlicher nicht sein. Bei den Mühes war es immer aufgeräumt und so sauber, das man vom Boden hätte essen können.

Frank musste sich häufig Vorwürfe seiner Mutter anhören. „Junge, nun krümle doch nicht immer so und räume bitte deine Sachen auf. Du weißt doch, dass ich keine Zeit habe, dir hinterherzuräumen." Frank hatte keine Lust auf Auseinandersetzungen mit seiner Mutter und gewöhnte es sich an, besonders ordentlich zu sein. Unter seinem Bett bewahrte er zwei Schatzkisten auf, große Kartons mit Deckeln. In ihnen herrschte ein wildes Durcheinander. Sie waren für seine Mutter tabu, und zu Franks Erstaunen hielt sie diese unausgesprochene Regel ein.

In einer Kiste bewahrte er Ansichtskarten auf, die ihm die Estranos aus dem Italienurlaub schrieben, und Bilder aus Büchern, die er auf dem Flohmarkt von seinem Taschengeld kaufte, oder von Lorenzo geschenkt bekam, der seine Leidenschaft für „Bücherbilder" erkannt hatte. Einmal im Monat nahm er Frank mit auf den Flohmarkt auf dem Karlsplatz. Unermüdlich konnten die zwei an den Ständen stöbern. Lorenzo hielt vor allem nach Noten Ausschau, Frank schaute sich die zum Verkauf stehenden Bücher und Buchillustrationen an. Besonders faszinierten ihn alte Postkarten und Briefe, auf denen fremde Menschen ihre Grüße niedergeschrieben hatten. Frank stellte sich manchmal vor, dass seine Großeltern und sein Vater, die schon lange tot waren, ihm diese Karten geschrieben hatten.

Wieder zu Hause angekommen, begab Frank sich in sein Zimmer, um die kostbaren Schätze in Ruhe anzusehen und – was für ihn bei Neuerwerbungen automatisch dazu gehörte – an ihnen zu riechen. Seiner Mutter zeigte er sie nicht, denn die hatte sowieso etwas dagegen. „Was bringst du immer so alte Sachen nach Hause? Wer das alles schon in den Händen gehabt hat, das ist doch unhygienisch." So hatte sie ihn einmal empfangen, als er es mit seinen Neuerwerbungen nicht rechtzeitig in sein Zimmer geschafft hatte, und damit Franks Freude zerstört.

In der zweiten Kiste bewahrte er Einmachgläser und Gewürze auf, die er von Francesca bekommen hatte: „Damit deine Mutter auch einmal etwas Neues beim Kochen ausprobiert." Frank kam nie auf die Idee, die Gläser seiner Mutter zu geben, geschweige denn, den Inhalt zu essen. Lieber ertrug er den faden Geschmack ihrer Gerichte als ihr seine Schätze zu überlassen. Immer wieder betrachtete er die blutrote Farbe der eingelegten Tomaten und das schilfige Grün der Oliven. Wenn Frank traurig war oder sich alleine fühlte, rieb er kleine Stücke von Zimt- und Vanillestangen ab, legte sie auf seine Hand, roch daran und träumte sich in die Küche der Estranos mit ihrer Geborgenheit.

Wenn Franks Mutter Besuch bekam, was sehr selten vorkam, vermied sie es, die Küche zu zeigen. Gäste wurden stets ins Wohnzimmer geführt; in diesem lag kein Staubkorn, es sah so perfekt aus wie in einem Möbelkatalog – und es roch nach „nichts".

13

Frank, ist das nicht wundervoll? Wir haben eine Wohnung! Und was für eine – einfach perfekt! Was für ein Glück, dass ich mich mit Frau Müllerschön unterhalten habe. Aber das Schönste ist, dass ich mit dir zusammenziehen kann. Allerdings musst du dir noch ein paar Marotten abgewöhnen, aber das werde ich, verzeih, werden wir schon hinbekommen." Begeistert sah Anna Frank an, umarmte und küsste ihn. Sie saßen in einem chinesischen Lokal, das am Ende der Ludwigstraße lag. Anna wäre lieber zu einem vielversprechend aussehenden Italiener gegangen, doch sie wusste, dass sie Frank dort nicht hinein bekam. Aus einem ihr unbekannten Grund lehnte Frank die italienische Küche ab.

Vor jedem von ihnen stand ein Teller mit dampfendem Chop Suey, das Anna gekonnt mit Stäbchen aß, während Frank die Gabel zu Hilfe nahm. Anna hatte beschlossen, dass sie nun, da der Umzug so unmittelbar bevorstand, das Geld ein wenig zusammenhalten mussten und hatte für beide das Tagesgericht für sieben Euro, inklusive Frühlingsrollen als Vorspeise, bestellt.

„Die Wohnung ist wirklich schön. Ich fühle mich aber echt überrumpelt, es geht mir alles zu schnell. Ich denke, wir sollten noch darüber schlafen. Schließlich sind tausenddreihundert Euro Miete eine ganze Menge Geld." Während Frank ihnen ein weiteres Glas Wein einschenkte, versuchte er, ein freundliches Gesicht zu machen, spürte aber, dass dies misslang. „Nun schau nicht so griesgrämig. Die Miete ist auch nicht höher als das, was wir bisher für unsere Wohnungen gemeinsam zahlen. Und überschlafen? Du weißt doch, wie viele Leute nach einer Wohnung in dieser Lage suchen. Es ist die Traumwohnung schlechthin! Frank, jetzt bekomm doch keine Panik! Es wird schön werden mit uns in unserer Wohnung, schließlich kennen wir uns bereits so lange. Ich weiß schon genau, wie ich sie einrichten werde. Deine und meine Möbel passen zwar nicht zusammen, trotzdem sollten wir erst einmal nicht so viele Möbel neu kaufen. Aber der nahende Umzug ist sicherlich eine gute Gelegenheit, deinen Buchbestand und deine Postkartensammlung auszumisten; da hat sich ja so viel angesammelt. Sicher fühlst du dich freier, wenn du dich von manchem Stück trennst. Und das Geld, das du dafür bekommst, könnten wir gut gebrauchen. Ich fange gleich morgen eine Liste an, was alles erledigt werden muss. Wie gut, dass die Wohnung schon renoviert ist. Denkst du dran, gleich nach Abschluss des Mietvertrages deine Wohnung zu kündigen ...?" Anna redete ohne Unterbrechung, ohne auf eine Reaktion von Frank zu warten, immer wieder fiel ihr etwas Neues ein. Frank spürte, wie das dritte Glas Wein ihm half, alles entspannter zu betrachten. Dass Anna Dinge ansprach, die seine bisherige Art zu leben kritisierten, bemerkte Frank nicht mehr. Er nahm nur noch Anna als Frau wahr, fühlte den lauen Sommerabend und den unwiderstehlichen Drang, mit Anna zu schlafen, am liebsten sofort. „Lass uns bezahlen und zu dir gehen", unterbrach er sie mitten im Redeschwall. „Können wir gerne. Aber mit mir ist heute nichts mehr anzufangen, ich bin total erledigt. Es war ein anstrengender und aufregender Tag."

14

Franks Herz klopfte schnell und heftig. Was hatte Sophia nur in sein Essen getan? Er fühlte sich verwandelt, wie er da an dem Tisch mit den vielen Kerzen saß, Sophia ihm gegenüber. So als wenn er nicht gerade erst sechzehn Jahre alt geworden war, sondern bereits viel älter. „Frank, was ist denn los? Ist alles okay?" fragte Sophia unsicher. „Nein, alles ist bestens. Ich habe bloß das Gefühl, als wäre alles nur ein Traum. Kannst du mich einmal zwicken?" Sophia stand von ihrem Platz auf, trat zu Frank, beugte sich über ihn und kniff ihn in den Arm. Je näher Sophia kam, desto stärker nahm Frank ihren Duft nach Vanille wahr. Er verspürte den Drang, sie an sich zu ziehen, so wie es die Männer in den Filmen machten, wenn ihre Traumfrau in ihre Nähe kam. Stattdessen verspannte sich jeder Muskel seines Körpers und er verharrte bewegungslos. Frank spürte, wie die Wärme sich in seinem Körper ausbreitete und bis in sein Gesicht aufstieg. „Nun, bin ich nur ein Traum?" fragte Sophia und blickte ihn an. „Nein, viel schöner!" Mehr brachte Frank vor Aufregung nicht heraus und fragte sich zugleich, ob er nicht ein wenig zu direkt war. „Komm mit, es gibt noch Nachtisch", sagte Sophia mit weicher, belegter Stimme. „Eigentlich bin ich satt, aber ich kann ja mal probieren", entgegnete Frank unbedarft. Sophia verband ihm die Augen mit einem Schal, dann führte sie ihn durch den Flur in eines der Zimmer, die er nicht kannte. Dort setzte sie ihn in einen Sessel.

Frank hörte im Hintergrund Geräusche, die er nicht einordnen konnte, dann ging ziemlich langsame Musik an. Auf solche Songs tanzten sie neuerdings auf den Schulfesten miteinander, die Jungen und die Mädchen. Frank hatte es bisher nur einmal probiert, als

Meike, ein Mädchen aus seiner Parallelklasse, ihn aufgefordert hatte. Als sie ihn dann noch küsste und dabei die Zunge in seinen Mund schob, war er davon gelaufen. Meike hatte eine Zahnspange im Mund und zudem mochte er sie nicht wirklich.

Frank wurde schwindlig, der Wein, das Tuch vor den Augen und die Aufregung, was nun kommen würde. Da roch er, dass Sophia näher trat, denn ihr Duft nach Vanille wurde immer stärker, je dichter sie kam. Frank spürte, dass er nun nichts mehr denken konnte, fühlte, wie seine Handflächen ganz feucht vor Aufregung wurden. „Gib mir deine Hände, Frank." Schnell wischte er sie an der Hose ab, dann folgte er der Aufforderung. Frank spürte Sophias warme Hände, seine Hände führte sie zu ihrem Kopf: „Taste mich ab." Frank folgte der Aufforderung mit zitternden Händen, fing beim Kopf an, ließ die Schultern folgen und wanderte schließlich den Oberkörper hinunter. Wo er auch hinfasste, er spürte nackte, zarte, warme Haut – Sophia pur.

15

Frank wachte mit Kopfschmerzen auf. Er drehte sich noch einmal um und spürte, dass er nicht in seinem Bett lag, sondern bei Anna war. Frank betrachtete Anna im Schlaf, schön sah sie aus und doch so unnahbar. Auch am Vorabend war nichts mehr zwischen ihnen gelaufen – Anna hatte sich, kaum dass sie im Bett lagen, von ihm weggedreht und war eingeschlafen; Frank dagegen lag noch lange wach. Nun sprang er aus dem Bett, es war schon spät. Für eine Dusche reichte die Zeit, aber auf den Kaffee musste er verzichten. Anna schlief weiter, sie konnte später anfangen. Erst als Frank aus dem Bad kam, erwachte sie: „Guten Morgen. Wie hast du geschlafen, mein Schnuffel?" Seine Antwort wartete sie nicht ab, sondern redete weiter: „Ich habe von unserer neuen Wohnung geträumt, da war es vielleicht schön. Sag, wann meinst du, kannst du mit einziehen?" „Anna, können wir da später darüber sprechen? Du hast wirklich ein Talent, mich im richtigen Moment zu überfallen. Ich bin noch nicht wach, habe zudem keinen Kaffee getrunken und einen Brumm-Schädel. Da kann ich mich wirklich noch nicht mit so wichtigen Dingen beschäftigen. Überfahr mich doch nicht immer so!" „Stell dich doch nicht so an, ist ja schon gut! Monika hat mich schon vorgewarnt; ihr Freund war auch so empfindlich, bevor sie zusammengezogen sind. Sag lieber, wann sehen wir uns wieder?" Annas Stimme mühte sich um Sachlichkeit, kippte aber ins Weinerliche ab. Frank, der dieses Abgleiten auf die emotionale Ebene unfair fand, tat so, als habe er nichts bemerkt. Mit seinen Kopfschmerzen konnte er bei einem Streit nur als Unterlegener hervorgehen, und dies wollte er sich am frühen Morgen ersparen. „Heute geht`s nicht. Ich habe meinem italienischen Kollegen Daniele versprochen, ihm die Stadt zu zeigen. Er ist das erste Mal hier und kennt sonst niemanden." „Wir könnten doch auch etwas gemeinsam unternehmen! Heute ist Freitag, da könnten wir richtig lange fortbleiben, außerdem würde ich ihn gerne kennenlernen." „Vielleicht an einem anderen Abend – heute passt es aber wirklich nicht." „Nun hab dich doch nicht gleich so und spiel nicht den Beleidigten! Ich fände es nur einfach schön, deine Freunde kennenzulernen. Aber wenn dir nichts daran liegt!" Anna trug nun offen ihre Verletztheit zur Schau; ihre Augen glänzten feucht. „Natürlich lernst du Daniele auch noch kennen. Nur heute passt es wirklich nicht. Mach dir lieber wieder einmal einen netten Abend mit deinen Freundinnen! Das hast du doch schon länger vorgehabt. Nun muss ich aber wirklich los!" Frank verabschiedete sich mit einem flüchtigen Kuss auf den Mund, bevor Anna noch irgendetwas erwidern konnte. Er war froh, ihre Wohnung zu verlassen. Als Anna und er noch Freunde waren, konnten sie stundenlange Gespräche führen, ohne aneinander vorbeizureden. Annas scharfer Verstand faszinierte ihn. Davon war in letzter Zeit nicht mehr viel spürbar. Manchmal fühlte Frank sich, als sei er einer Spinne ins Netz gegangen, die ihre Fäden immer dichter um ihn als ihre Beute spann.

Die kühle Morgenluft tat Frank gut. Auf dem Weg in die Bibliothek holte er sich beim Bäcker eine Butterbrezel und einen „Coffee to go". Als er im Lesesaal der Bibliothek eintraf, war Daniele bereits da. Frank begrüßte ihn lächelnd. „Ich dachte, ihr Italiener nehmt es nicht so genau mit der Zeit?" „Na, an meinem zweiten Tag will ich doch keinen schlechten Eindruck hinterlassen. Sonst gehst du vielleicht heute Abend nicht mit dem kleinen Italiener aus?" entgegnete Daniele mit betont italienischem Akzent.

Auch dieser Arbeitstag gestaltete sich angenehm und kurzweilig. Die beiden ergänzten sich gut, Frank konnte gut erklären, und Daniele nahm die Erläuterungen zum EDV-Programm rasch auf und setzte das Erlernte gleich um. Lesenden gegenüber verhielt er sich freundlich und charmant.

Immer wieder hatten sie Zeit, sich zu unterhalten. „Ich freue mich darauf, heute Abend mit dir loszuziehen, Frank. Ich bin auf euer Nachtleben gespannt. In Firenze war ich schon länger nicht mehr unterwegs. Als Vater von zwei kleinen bambini ist immer irgendetwas zu tun. Außerdem wohnen wir außerhalb der Stadt."

Die beiden verlebten einen sehr anregenden Abend, der erst in der Frühe des nächsten Morgen endete. Zuerst aßen sie in einer typisch schwäbischen Weinstube Rostbraten mit Zwiebeln, Spätzle und Salat, dann setzten sie den angebrochenen Abend in zwei angesagten Lounges fort, die Frank selbst noch nicht kannte. Der Gesprächsstoff ging den beiden nicht aus, und der Wein floss reichlich. Daniele erzählte Frank voller Begeisterung von seiner Familie. „Du musst sie unbedingt kennenlernen. Wir leben mit auf dem Weingut von Rosas Vater. Da haben die Kinder – Vincenzo ist acht und Maria sechs – viel Platz zum Spielen. Ihre Oma passt auf, während Rosa von zu Hause aus arbeitet, sie übersetzt englische Bücher ins Italienische. Es klappt gut mit dem Zusammenleben dreier Generationen. Wir können zusammen sein, wann immer wir wollen, und doch kann jeder auch machen, was er will. Fast unglaublich, wie gut wir es miteinander haben. Wenn man ein Buch über uns schreiben würde, wäre es ganz schön kitschig. Aber die Realität ist tatsächlich so. Ich weiß auch nicht, weshalb gerade wir so ein Glück haben. Doch was ist mit dir? Nun erzähle von deiner Familie!"

Daniele war bereits aufgefallen, dass Frank wenig Persönliches erzählte, stattdessen lieber von seiner Arbeit mit den Büchern sprach. Eine Leidenschaft, die Daniele durchaus teilte, aber Menschen aus Fleisch und Blut erhielten bei ihm eindeutig den Vorzug. Bei Frank war er sich da nicht sicher. „Was willst du denn wissen?" erkundigte Frank sich. „Das musst du entscheiden." „Nun, ich bin als Einzelkind aufgewachsen. Mein Vater ist gestorben, als ich zwei Jahre alt war. Meine Mutter hat nie mehr geheiratet, sondern mich alleine großgezogen. Sie hat als Sekretärin gearbeitet. Wir haben eher zurückgezogen gelebt. Und in der Schule war ich ein Außenseiter, weil ich so gute Noten hatte und lange eine Brille mit dicken Gläsern tragen musste. Deshalb musste ich auch keinen Wehrdienst leisten, sondern wurde ausgemustert. So habe ich nach dem Abitur gleich mit dem Studium begonnen. Seit dem Ende des Studiums arbeite ich hier in dieser Bibliothek. Meine Mutter lebte ganz in der Nähe, wir sahen uns alle zwei Wochen. Vor einem Jahr ist sie gestorben. Seit ungefähr einem halben Jahr bin ich mit meiner Studienfreundin Anna zusammen; wir werden wohl bald zusammenziehen." Frank zählte auf, als habe er die Daten und Fakten auswendig gelernt. „Na, da ist bei dir ja alles wunderbar geordnet! Ich wollte eigentlich nicht deinen Lebenslauf hören. Gibt es irgendwelche Menschen, die dir besonders wichtig sind?"

16

Frank hatte es nicht für möglich gehalten, so viel für einen Menschen empfinden zu können. Seit Sophia ihn an seinem

Geburtstag verführt hatte, waren die zwei unzertrennlich. Eigentlich begriff er immer noch nicht, was sie an ihm fand, schließlich hatte sie ihn in den Monaten davor weitgehend ignoriert. Er fragte Sophia danach. „Willst du es wirklich wissen? Also zuerst, da war es fast ein Spiel für mich. Ich fand dich schon immer süß und hing so viel mit älteren Jungen herum, dass ich einfach einmal wissen wollte, wie es mit einem jüngeren ist. Ja, und als du dann so über alles gestaunt hast, so süß zu mir warst und wir auch so gut miteinander reden konnten, da habe ich mich in dich verliebt. Außerdem bist du gar nicht mehr so jung, und du erzählst mir so viele schöne Geschichten aus deinen Büchern, bringst mich zum Lachen."

Wenn Frank in den Spiegel blickte und seine tiefe Stimme hörte, bemerkte er auch, dass er sich verändert hatte. In der Schule nahmen die Mädchen plötzlich Notiz von ihm, meist unter dem Vorwand, dass sie etwas erklärt haben wollten: „Frank, du bist doch so gut in Mathe. Ich stelle mich da blöd an, ich kapiere es einfach nicht. Kannst du nicht mit mir lernen?"

Frank war plötzlich interessant und seine neue Nickelbrille mit Metallrand verlieh ihm den Touch eines Intellektuellen. All dies war nun jedoch nicht mehr wichtig. Selbst seine Bücher vernachlässigte Frank, und die Bibliothekarin begann sich ernsthaft Sorgen zu machen, weil er nicht mehr in die Bücherei kam. Was für Frank zählte, war einzig und allein, wann und wo er sich das nächste Mal mit Sophia treffen konnte. Andere Jungen in seinem Alter tranken Alkohol, kifften oder machten einen Moped-Führerschein, um in andere Welten zu entschwinden. Dies alles reizte Frank nicht, er hatte Sophia und ihren wunderbaren Duft nach Vanille. Nach seinem Geburtstag waren Sophias Eltern und ihre Schwester Sara noch weitere fünf Tage fort, so dass sie die Zeit nach der Schule, bis zur Rückkehr von Franks Mutter von der Arbeit, in der Wohnung der Estranos verbringen konnten. Sophias Zimmer wurde für Frank zum Ort, der ihm eine nie gekannte Wonne vermittelte. Kaum betrat er den Raum, befand er sich in einer anderen Welt. Nicht nur Sophia, ihr ganzes Zimmer war von einem unwiderstehlichen Vanilleduft erfüllt. War Frank an seinem Geburtstag viel zu schnell von Sophia und ihrem Körper überwältigt, gingen sie nun immer wieder auf eine neue gemeinsame Entdeckungsreise und ließen sich Zeit. Frank hätte es nie für möglich gehalten, dass der Körper einer Frau so viele wunderbare Geheimnisse und Düfte in sich verborgen hielt, die alles andere unwichtig werden ließen.

Neben der körperlichen Anziehung hatten sie einander noch viel mehr zu bieten. Frank erwies sich als begnadeter Geschichtenerzähler und ließ viele der gelesenen Romane vor Sophia auferstehen. Sophia revanchierte sich, indem sie Frank temperamentvoll von ihrem Leben in Italien erzählte. Sobald die Estranos einmal mehr als eine Woche frei hatten, zog es sie in ihre alte Heimat in der Nähe von Florenz; dort lebten sie dann mit der Großfamilie ihrer Mutter unter einem Dach und führten ein freies Leben.

Die gemeinsamen Stunden vergingen stets viel zu schnell. Frank war dennoch immer zu Hause, bevor seine Mutter kam. So gerne er Sophias Duft weiter mit sich herumgetragen hätte, hatte er doch Angst, sich zu verraten. Er wusste, dass seine Mutter nicht damit einverstanden gewesen wäre, dass er mit der zwei Jahre älteren Italienerin zusammen war, und alles daran setzen würde, sie auseinanderzubringen. Seine Mutter war allem Körperlichen gegenüber verschlossen. Der Austausch von Zärtlichkeiten beschränkte sich bei ihr an Weihnachten und an Franks Geburtstag auf eine steife Umarmung und einen Kuss auf die Wange. Frank wollte Sophia und sich nicht verraten. So wusch er sich am ganzen Körper, nachdem er mit Sophia zusammen war. Allerdings ließ er seine Oberarme aus. Wenn er alleine war, schob er den Pulloverärmel hoch, führte seine Nase an seinen Arm und atmete ihren Vanilleduft tief ein. Schon fühlte er sich nicht mehr ganz so alleine. Als Sophias Eltern zurückkehrten, wurde es sehr viel schwieriger mit den Treffen. Frank hatte das Gefühl, dass die Estranos ihn viel besser kannten als seine eigene Mutter.

Kurz nach ihrer Rückkehr von der Reise klingelte es an der Wohnungstür. Als er öffnete, stand Lorenzo vor ihm. Alle Unbeschwertheit verließ Frank, er befürchtete Schlimmes. „Mio Franco, lass dir nachträglich zum Geburtstag gratulieren! Ich habe dir etwas mitgebracht." Lorenzo gab ihm ein in Seidenpapier eingeschlagenes Geschenk. Es war ein Wörterbuch „Deutsch – Italienisch" vom Anfang des zwanzigsten Jahrhunderts, das mit Reisemotiven üppig illustriert war. „Schließlich hat über unsere Sprachen unsere Freundschaft angefangen! Lass dich an mein Herze drücken, mein Sohn." Und schon hielt er Frank in seinen kräftigen Armen, gab ihm rechts und links Küsse auf die Wange. Es war das erste und letzte Mal, dass Lorenzo Frank seinen Sohn nannte.

17

Erst nach langem Zögern antwortete Frank auf Danieles Frage. „Ja, es gab diese für mich wichtigen Menschen. Aber das ist eine komplizierte und zu lange Geschichte, die passt nicht in den heutigen Abend." „Und was ist heute?" hakte Daniele nach. „Heute stehe ich kurz davor, mit meiner Freundin zusammenzuziehen." „Ist sie denn auch die Frau, mit der du dein Leben teilen möchtest?" Daniele hatte zwischen den Zeilen Franks Zweifel herausgehört. Der Kellner kam an den Tisch und nahm eine neue Bestellung auf. Frank ließ die Frage unbeantwortet und Daniele ihn mit weiteren Fragen in Ruhe. Die Unbeschwertheit der zurückliegenden Stunden war jedoch verflogen. Andererseits war ein tiefes Vertrauen zwischen ihnen gewachsen. Frank, der sonst lange brauchte, bis er sich einem anderen Menschen öffnete, staunte und genoss es. Bei Daniele hatte er das Gefühl, gar nicht viel sagen zu müssen und doch verstanden zu werden. Auch jetzt hatte Daniele ein gutes Gespür für Frank und lenkte ihn mit Anekdoten aus seinem Alltag ab. Es war bereits früher Morgen, als sie sich trennten.

Das Telefon klingelte, unerbittlich, immer wieder. Konnte Frank das Läuten zunächst noch ignorieren und in die Welt der Träume abtauchen, wurde er irgendwann doch wach, wollte abnehmen, aber sein Anrufbeantworter war schneller. „Hallo Frank, es ist bereits kurz vor zwölf, ich versuche dich schon seit drei Stunden zu erreichen. Melde dich doch bitte!" Es war Anna, erkennbar gereizt. Franks erste Reaktion war, zum Hörer zu greifen und Anna zurückzurufen, um sie zu beruhigen. Dann verwarf er diesen Gedanken wieder. Anna musste lernen, dass er ein eigenes Leben führte und sie keinen Anspruch darauf hatte, immer über alles Bescheid zu wissen. Frank fragte sich, wie es damit erst werden würde, wenn sie zusammenzogen, und spürte ein Gefühl der Enge in seiner Brust. Immer stärker zweifelte er an seiner Entscheidung, mit Anna zusammenleben zu wollen – es fühlte sich einfach nicht richtig an mit ihnen. Andererseits konnte er sich nicht immer vor Entscheidungen drücken und davonlaufen, sobald die Beziehung enger wurde. Frank beschloss, dass es vermutlich richtig war, „Nägel mit Köpfen" zu machen. Nun jedoch wollte er nicht weiter über ihre Beziehung nachdenken. Stattdessen griff er zum Telefon und rief Daniele im Hotel an. „Hallo, hier ist Frank. Na, wie hast du geschlafen?" „Ganz gut, nur Kopfe mir wehe tut", versuchte Daniele zu scherzen, indem er den Italiener herauskehrte. „Sag, hast du Lust, heute mit mir wandern zu gehen? Nach der Stadt solltest du auch unsere Natur kennenlernen." „Wenn du mir eine Stunde Zeit gibst, bin ich bereit." „Okay, in einer Stunde hole ich dich vor deinem Hotel ab. Zieh bequeme Schuhe an. Also, dann bis nachher." „Ciao!"

Kaum hatte Frank den Hörer aufgelegt, klingelte es erneut. „Ja?" „Frank? Hier ist Anna, warum meldest du dich denn nicht! Ich habe mir bereits Sorgen um dich gemacht." Ihre Stimme klang nervös. „Du weißt doch, dass ich mit Daniele unterwegs war. Es ist spät, nein früh geworden und ich habe noch geschlafen." Frank ärgerte sich zugleich, dass er sich vor Anna rechtfertigte. „Ich wollte dich unbedingt erreichen. Heute ist der letzte Tag der Designmesse. Ich dachte, da gehen wir zusammen hin, um uns Anregungen für die Einrichtung unserer Wohnung zu holen. Meine Freundin Katrin war ganz begeistert und meint, das ist sicher genau unser Stil. Was meinst du, bist du fit genug?" „Fit genug schon. Aber ich habe mich mit Daniele zum Wandern verabredet. Das schöne Wetter müssen wir ausnutzen. Er ist schließlich nur noch in der kommenden Woche da." „Das finde ich jetzt wirklich nicht okay von dir. Du hast gestern gesagt, dass wir uns am Wochenende sehen und dann in Ruhe über die Wohnung sprechen und auch einmal wieder etwas miteinander unternehmen können." Anna klang beleidigt. „Seit wann besteht das Wochenende nur aus dem Samstag?" „Okay, du hast Recht. Dann gehe ich eben alleine dorthin. Was hältst du davon, wenn ich euch dafür heute Abend zu mir einlade? Wenn ihr den ganzen Tag an der frischen Luft seid, habt ihr abends sicherlich Appetit." Anna versuchte einzulenken, ihrer Stimme war jedoch anzumerken, dass es sie Überwindung kostete. „Ja, das wird Daniele freuen. Wann sollen wir denn kommen?" „Gegen sieben, wäre das okay für euch?" schlug Anna vor, betont liebevoll. Frank fröstelte, als er antwortete: „Das passt gut. Also, viel Spaß auf der Messe – und dann bis heute Abend." „Habt einen schönen Tag. Bis heute Abend, ich freue mich schon auf euch!"

Frank holte Daniele wie vereinbart am Hotel ab, dann fuhren sie etwa fünfzig Kilometer und waren schon in einer anderen Welt – die Stadt lag hinter, die Natur vor ihnen. Er hatte eine mehrstündige Rundwanderung auf der Schwäbischen Alb ausgesucht. Nach einem steilen Anstieg kamen sie angestrengt atmend – es war immer noch sehr warm – bei der Burg Hohenneuffen an, von der aus sich eine schöne Rundumsicht ins Tal bot.

„Stell dir statt der Felder und Wälder Weinberge, Olivenhänge und Zypressen vor und du siehst, wo ich lebe", schwärmte Daniele. „Da muss es wirklich schön sein!" „Du wirst es schon noch kennenlernen." „Erst einmal wohl nicht, denn demnächst steht der Umzug bevor. Übrigens: Anna möchte dich gerne kennenlernen – sie hat uns heute Abend zum Essen eingeladen."

Der Abend bei Anna verlief kurzweilig. Sie hatte einen Gemüseauflauf zubereitet, der ihr gut gelungen war. Als Nachtisch gab es frischen Obstsalat. Die drei unterhielten sich angeregt miteinander, es war fast wie in den gemeinsamen Studientagen. Als Anna in die Küche ging, um einen Espresso zu machen, sagte Daniele zu Frank: „Deine Anna, nett und schön ist sie. Aber was ist mit Liebe und Leidenschaft – ihr seid wie Freunde!?"

18

Frank konnte sich ein Leben ohne Sophia nur noch schwer vorstellen, und Sophia ging es genauso. Fast ein halbes Jahr war seit seinem Geburtstag vergangen. Monate, die nur davon bestimmt waren, wann sie sich unbeobachtet treffen konnten. Da es draußen kalt und ungemütlich war, blieben ihnen nicht allzu viele Orte. Für das Kino hatten sie meistens kein Geld, und da waren sie auch nicht alleine. Während seine Mutter arbeitete, blieb ihnen zumindest Franks Zimmer. Allerdings mussten sie aufpassen, dass Sophia nicht beobachtet wurde, wenn sie bei den Mühes ein- und ausging. Es wurde immer schwieriger, keinen Verdacht zu erregen.

Frank, der sonst immer in allen Fächern außer Kunst und Sport Einsen und Zweien hatte, bekam in einer Geschichtsarbeit die erste Fünf seines Lebens. Seine Mutter sorgte sich um ihn. „Mein Junge, was ist nur los mit dir? Du wirkst in letzter Zeit immer so unkonzentriert, bist ganz blass – und nun auch noch eine Fünf. Ich habe einen Termin bei unserem Hausarzt vereinbart. Vielleicht bist du ja blutarm und brauchst Eisen." Bei Sophia verschlechterten sich die Noten so dramatisch, dass ihre Versetzung gefährdet war. Sie nahm es leicht, aber ihr Vater schwer. „Du hast Hausarrest, bis deine Noten wieder besser werden. Basta, keine Widerrede!" Sein Blick und der Ton, mit dem Lorenzo diese Worte sprach, ließen erkennen, dass er es ernst meinte und Sophia sich tunlichst an diese Regel zu halten hatte.

Über eine Woche lang hatten Sophia und Frank keine Gelegenheit, sich zu treffen. Frank wusste bis dahin gar nicht, wie lang ein Tag sein konnte. An nichts mehr hatte er Freude; nicht einmal seine Bücher lenkten ihn ab. Am Nachmittag des achten Tages klingelte das Telefon. Frank hob den Hörer ab. „Hallo Frank, ich bin es. Komm schnell. Meine Mutter musste zu Roberto, dem Sohn von Tante Paola – er ist erst fünf. Sie ist überraschend ins Krankenhaus gekommen, und nun passt Mutter auf ihn auf, bis sein Vater von der Arbeit kommt. Sara ist bei einer Freundin. Ja, und mein Vater hat Probe. Wir haben also ein paar Stunden Zeit!" „Ich komme sofort!" Frank war nicht zu halten, keine fünf Minuten später klingelte er bei Sophia.

Endlich konnten sie wieder zusammen sein. Es war so wunderschön, einander wieder neu zu entdecken, dass sie Raum und Zeit vergaßen. Die zwei bemerkten nicht, dass die Haustür aufgeschlossen wurde und sie nicht mehr alleine in der Wohnung waren. Plötzlich klopfte es kurz und schon ging Sophias Zimmertür auf. Es war Lorenzo, der Frank und seine Tochter mit ungläubigen Blicken anstarrte. Dann brach es aus ihm heraus. „Wie kannst du es wagen? Du, der wie ein Sohn für mich war, und meine Tochter Sophia? Sofort hinaus!" Wutentbrannt schrie Lorenzo diese Worte heraus. Er zerrte Frank von Sophia weg und versetzte ihm eine kräftige Ohrfeige. Frank, völlig überrascht, konnte die plötzliche Wucht nicht abfangen, strauchelte, fiel mit seinem Kinn auf die Kante eines Tisches. Sofort fing es an, stark zu bluten. „Lorenzo, bitte – ich liebe Sophia!" besaß er noch den Mut zu entgegnen. Doch Lorenzo ließ sich nicht besänftigen. „Hinaus mit dir, ich will nichts hören. Ich kenne dich nicht mehr! Du bist nicht mehr mein Sohn." Kochend vor Wut und zu weiteren Schlägen bereit baute sich Lorenzo vor Frank auf. Doch der letzte Satz und der hasserfüllte Blick Lorenzos hatten gereicht. Frank raffte seine Kleidung zusammen, warf einen letzten, verzweifelten Blick auf Sophia und stürzte hinaus.

Im Hausflur und sogar noch zurück in der Wohnung hörte er noch lange Lorenzos laute Stimme und dazwischen immer wieder das Weinen von Sophia. Dann vernahm Frank nichts mehr. Das blutende Kinn versorgte er mit einem Druckverband. Doch diese Wunde war es nicht, die tief in ihm schmerzte. Gerne hätte Frank geweint, doch seine Mutter hatte ihm schon früh beigebracht, die Zähne zusammenzubeißen. Als seine Mutter nach Hause kam und fragte, was denn passiert sei, hatte er sich äußerlich bereits so weit gefasst, dass er sich verstellen konnte. „Wir haben heute in der Schule herumgekickt, ich habe einen Ball ans Kinn bekommen und bin dann noch auf eine Bordsteinkante gestürzt." „Das solltest du in Zukunft lieber bleiben lassen. Was da so alles passieren kann! Mein armer Junge!"

Am Abend bekam Frank hohes Fieber. Die Wunde am Kinn ver-heilte schnell, aber ein „rätselhafter Virus" hatte sich laut seinem Hausarzt bei ihm eingenistet. Zwei Wochen verbrachte Frank mit hohem Fieber fast nur im Bett. Als er endlich wieder aufstehen konnte, war seine Nase ständig verstopft, und er konnte keine feinen Geruchsnuancen mehr wahrnehmen.

Nach diesem Ereignis sah Frank Sophia nicht wieder. Ihr Vater Lorenzo nahm sie schon am Tag nach dem Vorfall von der Schule und schickte sie zu Verwandten nach Italien. Francesca, Lorenzo und Sara lebten noch ein paar Monate in der Stadt, bevor auch sie nach Italien zurückgingen. Lorenzo verlängerte seinen Vertrag an der Oper nicht mehr, sondern bewarb sich stattdessen um ein Engagement in seiner Heimat. Frank bekam keine Chance, noch einmal mit einem von ihnen zu reden. Selbst Sara ignorierte ihn völlig und wechselte die Straßenseite, wenn sie Frank begegnete.

Der Duft nach Vanille verschwand aus Franks Leben. Die Narbe am Kinn wurde zum Symbol für diesen Verlust.

<h2 style="text-align:center">19</h2>

Den anstehenden Wetterwechsel bemerkte Frank bereits am Vortag an einem leichten Ziehen seiner Narbe. Nach fast zwei Wochen strahlendem Sonnenschein gab es heftige Gewitter, und es kühlte um zehn Grad ab. In den zurückliegenden Tagen hatte Anna Pläne zur Gestaltung der gemeinsamen Wohnung geschmiedet. Mit Frank war sie einen Abend lang durch Möbelhäuser gezogen, hatte einen Esstisch und Stühle ausgesucht – und Vorhänge im Internet bestellt. Frank konnte seine Wohnung erst auf Ende Oktober kündigen, so blieb ihm noch etwas Zeit, sich an den Gedanken zu gewöhnen, sein Leben fortan mit Anna zu teilen. Ob es wirklich eine gute Entscheidung war, seine Beziehung mit ihr durch das Zusammenziehen zu zementieren? Er beruhigte sich selbst: „Ich habe einfach unrealistische Erwartungen. Es wird Zeit, dass ich mich entscheide. Sonst ende ich irgendwann noch als Eigenbrötler, von dem keine Frau mehr etwas wissen will. Und Anna ist wirklich nicht die schlechteste Wahl."

Abends traf er sich mit Daniele. Sie gingen in die Oper und in ein Rockkonzert. Obwohl sie in so kurzer Zeit zu Freunden geworden waren, sprach Daniele Frank nicht mehr auf Anna an. Danieles letzter Arbeitstag brach an. Am kommenden Tag wollte er mit dem Flugzeug nach Florenz zurück. Franks Kollegin war wieder gesund, so dass er an diesem Tag an seinen vertrauten Arbeitsplatz zurückkehren konnte. Endlich konnte er Daniele in Ruhe sein Reich zeigen. Zunächst führte er ihn ins Magazin, das im Untergeschoss untergebracht war. Bis zur Mittagspause zeigte er ihm die wertvollsten Werke der Bibliothek und spürte erfreut, dass Daniele ebenso begeistert von den Büchern war wie er. Mittags gingen sie noch einmal zusammen essen. Frank und Daniele mussten Schirme aufspannen und Jacken anziehen, denn es regnete und war kühl. „Da sehnst du dich sicherlich nach Italien zurück!" sagte Frank mit Blick auf die dunklen Wolken. „Ja, das ist wahr – es wird einfach Zeit, meine Familie wiederzusehen." „Ich finde es so schade, dass die Zeit mit dir vorbei ist. Bevor du abfliegst, muss ich dir noch Schätze aus deiner Heimat zeigen! Ich hatte sie fast vergessen, so viel anderes hat mich die letzten zwei Wochen beschäftigt." „Welche Schätze?" „Hab Geduld."

Nach der Mittagspause führte Frank Daniele zu seinem Arbeitsplatz. Die Klimaanlage war immer noch nicht repariert und trotz der Abkühlung war der Raum überhitzt. „Na, hier hast du es schön warm. Und überhaupt, wie gemütlich es hier ist – das ist ein Wort, das wir Italiener gar nicht kennen. Sag, warum gefällt dir die Arbeit hier besser als im Lesesaal?" „Hier lässt man mich wenigstens in Ruhe. Nein, im Ernst. Hier habe ich wirklich Ruhe, kann die neu eingetroffenen Bücher betrachten, in ihnen lesen, bevor ich sie katalogisiere. Allerdings ist es mit der Ruhe selbst hier wohl endgültig vorbei. Die Arbeit wird immer mehr, eine Stelle wurde einfach gestrichen." Frank wies mit dem Arm frustriert auf die Bücher- und Zeitungsberge, die sich in den letzten beiden Wochen angehäuft hatten. „Wechseln wir lieber das Thema, sonst mache ich uns noch unsere letzten Stunden kaputt. Ich will dir doch noch etwas ganz Besonderes zeigen." Frank holte die Bücherkiste unter dem Schreibtisch hervor. „Schau, diese Kiste mit Brief kam aus deiner Heimatstadt an, kurz bevor du zu uns kamst. Ist das nicht ein Zufall? Schon lange wollte ich sie begutachten, doch durch die Versetzung in den Lesesaal war noch keine Gelegenheit." Daniele sah sich den Brief an: „Was für eine schöne Handschrift. Wer ist denn der Absender? Vielleicht kenne ich ihn ja?" „Leider nicht zu entziffern." Gemeinsam beugten sie sich über die Kiste. „Ich hätte nie gedacht, dass ich diese Schätze mit jemandem zusammen auspacken möchte. Aber nun finde ich es stimmig, wenn du mir dabei hilfst. Schließlich bist du ein Landsmann des edlen Spenders." „Da fühle ich mich aber geehrt!" „Darfst du auch sein."

Vorsichtig begannen sie die Bücher aus der Kiste zu nehmen, aus dem Seidenpapier zu wickeln und auf den Schreibtisch zu legen. „Das ist ja schöner als Weihnachten; fehlen nur noch der brennende Tannenbaum und eine Weihnachtsmusik", bemerkte Frank. „Ja, und das alles bei fast dreißig Grad Celsius." Neben kunsthistorischen und historischen Schriften fanden sie in der Kiste eine Erstausgabe von Goethes „Die Leiden des jungen Werther" von der Weyggandschen Buchhandlung Leipzig von 1774 und „Die Glocke" von Schiller. Weiter eine Reihe von alten Notenheften aus dem achtzehnten Jahrhundert, die ebenfalls als Erstausgabe datiert waren. Alle Werke waren in einem äußerst guten Zustand. Frank und Daniele entfernten die letzte Lage Holzwolle. Als Frank sich über die Kiste beugte, nahm er, der Gerüche seit einiger Zeit wieder besser unterscheiden konnte, erneut einen zunächst schwachen, ihn irritierenden Duft wahr, der sich verstärkte, als er die letzten drei Bücher und verschiedene handschriftliche Manuskripte und Briefe in die Hände nahm und sie unwillkürlich nahe an seine Nase führte. Es war, als ob seine Nase aus einem langen Winterschlaf erwachte. Plötzlich konnte Frank, der lange Jahre eine chronisch dichte Nase gehabt hatte, wieder frei atmen. Und was er roch, verwirrte ihn ungemein. Neben dem Geruch nach Alter entströmte den Büchern eindeutig ein starker Duft nach Vanille. In diesem Duft steckte Vergangenheit, die zum Riechen nah war. Die gemeinsame Zeit mit Sophia blitzte in diesem Duft auf, erschien ihm gegenwärtig. Frank war nicht mehr ein Mann mit fünfunddreißig, sondern der sechzehnjährige Junge. „Frank, was ist mit dir? Du bist ja ganz blass!" Aus weiter Ferne und wie durch Watte hindurch hörte Frank Danieles Stimme. Ihm war schwarz vor

Augen, rasch setzte er sich auf den Fußboden. „Frank, was ist plötzlich los mit dir? Soll ich einen Arzt rufen?" Daniele war sehr besorgt. Daraufhin erzählte Frank seinem Freund Daniele die Geschichte seiner Kindheit bis zu seinem sechzehnten Lebensjahr, die er bisher noch keinem anderen Mensch anvertraut hatte. Der Duft nach Vanille und sein wieder erwachter Geruchssinn hatten die sorgsam verdrängten Erinnerungen so lebendig werden lassen, als habe er alles erst gestern erlebt.

TEIL II - Entdeckung

1

Franks Geschichte folgte eine lange Stille, die nur vom Sirren des Neonlichtes unterbrochen wurde. Minuten, die wie Stunden schienen, vergingen, bevor Daniele sie durchbrach und Frank in die Gegenwart zurückholte: „Und hast du je wieder etwas von Sophia gehört?" „Nein, nie wieder. Lorenzos Verhalten hat mich damals völlig aus dem Gleichgewicht geworfen. Es zeigte mir, welches Tabu ich seiner Meinung nach gebrochen hatte. Ich kann ihn heute sogar verstehen, denn schließlich war ich sein ‚Sohn'. Sophia und ich, das war in Lorenzos Augen ein klarer Fall von Missbrauch, so schwer nachvollziehbar dies damals aus meiner und sicherlich auch Sophias Sicht war." Daniele spürte, dass Frank nicht bereit war, noch mehr zu erzählen und ließ die letzten Worte ohne weiteren Kommentar oder Nachfragen stehen.

Für Daniele brachen die letzten Stunden in Deutschland an. Frank und er waren in den zwei vergangenen Wochen Freunde geworden. Nun wollte sich die neu gewonnene Vertrautheit nicht wieder einstellen. Sie wurde gestört durch den Duft nach Vanille, der die Luft, nur für Frank deutlich wahrnehmbar, erfüllte. Ein Gewürz, das in jedem gut sortierten Lebensmittelgeschäft zu kaufen und dennoch alles andere als ein gewöhnlicher Geruch in einer Bibliothek war.

Am nächsten Morgen brachte Frank Daniele zum Flughafen. Auf der fünfzehn Kilometer langen Autofahrt wechselten sie nur wenige Worte. Beim Abschied nahmen sie sich in die Arme. „Frank, du weißt, wir haben immer ein Zimmer für dich frei. Komm, wann immer du willst. Nicht nur, weil ich dich unbedingt wiedersehen möchte. Ich glaube, es gibt etwas, das du nicht unerledigt lassen solltest. Wir werden schließlich nicht jünger!

Arrivederci, mio amigo!" „Arrivederci, mein Freund! Aber ich glaube, es ist am besten, wenn ich alles vergesse." Dann entschwand Daniele im „Check-in" und damit aus Franks Blickfeld und Alltag.

Frank griff zum Handy und rief seinen Freund Jochen an. „Hallo, hier ist Frank! Hast du heute Abend schon etwas vor?" „Na, du hast dich aber rar gemacht in den letzten Wochen!" entgegnete Jochen gespielt beleidigt. „Nein, passt mir gut", fügte er sogleich hinzu. „Wie wäre es mit einem gepflegten Bier oder auch zwei? Um acht in unserem Stammlokal?" schlug Frank daraufhin vor. „Okay, ich komme."

Nach dem Gespräch schaltete Frank das Handy aus. Er fuhr in die Stadt zurück, lenkte das Auto mechanisch durch die Straßen und konnte einen Unfall nur im letzten Moment verhindern. In seiner Wohnung übersah er das rote Blinken des Anrufbeantworters und reagierte auch nicht, als das Telefon klingelte und der Anrufbeantworter ansprang. „Hallo Frank, hier ist Anna. Ich habe endlich das ultimative Bett für uns gefunden. Ruf doch an, wenn du nach Hause kommst. Ich freue mich so auf unsere Wohnung!" Frank verzog das Gesicht schmerzhaft und ging ins Bad, um zu duschen. Lange ließ er sich vom warmen Wasserstrahl berieseln. Stellte die Spezialdüse an, um seinen Nacken, der sich immer mehr verspannte, zu massieren. Immer wieder seifte er sich neu ein, als könne er so den Duft nach Vanille loswerden. Aber die Erinnerung ließ sich nicht abwaschen.

Der Abend mit Jochen verlief feucht und von Franks Seite aus bemüht fröhlich. Einmal hakte Jochen nach: „Mensch, Frank, was ist denn los mit dir? Du trinkst doch sonst nicht so viel." „Lass mich einfach den Abend genießen. Ich habe Stress, weil ich demnächst mit Anna zusammenziehe." Womit Frank, wie er fand, nicht gelogen hatte. Jochen, der nicht nur sein, sondern auch Annas Freund war, wollte er nicht die ganze Wahrheit erzählen. Die Vergangenheit gehörte ins Gestern, nicht ins Heute oder Morgen.

Jochen gab sich mit Franks Antwort zufrieden und bohrte nicht nach.

Irgendwann am frühen Morgen gingen die Freunde auseinander. Frank schlief schlagartig ein, kaum dass er sich in seiner Wohnung ins Bett gelegt hatte. Nach ein paar Stunden erwachte er mit rasenden Kopfschmerzen vom Klingeln des Telefons. Frank sprang auf, doch sein Kreislauf machte nicht mit. So blieb er liegen und schlief wieder ein. Als er erneut aufwachte und auf die Uhr sah, war es schon nach zwölf. Auf dem Anrufbeantworter war Annas Stimme: „Wo bist du? Ich mache mir langsam Sorgen. Bitte melde dich!" „Warum kann Anna mich nicht einfach in Ruhe lassen! Wenn sie mir bereits jetzt so wenig Raum lässt, wie soll das erst werden, wenn wir zusammenziehen?" Frank grübelte und unternahm einen weiteren, diesmal erfolgreichen Aufstehversuch. Allerdings taten ihm alle Glieder weh und auch die Dusche weckte seine Lebensgeister nur begrenzt. Erneut klingelte das Telefon, wieder war es Anna. Diesmal war Frank schnell genug und hob den Hörer ab. „Frank, wo warst du? Seit gestern Abend habe ich es immer wieder probiert. Warum hast du sogar dein Handy ausgestellt? Sag, was ist los? Ich habe mir Sorgen gemacht!" „Jetzt stell dich nicht so an, du bist schließlich nicht meine Mutter", entgegnete Frank überzogen verärgert. „Mann, bist du geladen. Natürlich nicht, aber ich bin deine Freundin. Und da fände ich es schön zu wissen, was mit dir los ist." „Ich hatte einfach einen schlechten Tag und wollte meine Ruhe haben. Abends habe ich mich dann mit Jochen getroffen, wir haben zusammen getrunken und bis eben habe ich meinen Rausch ausgeschlafen." Franks Ärger schien Anna nicht wahrzunehmen. „Hat es dich so mitgenommen, dass Daniele wieder nach Italien zurückgekehrt ist, mein Liebster?" „Ja, das auch", antwortete Frank abweisend und machte deutlich, dass er seine Ruhe haben wollte. „Magst du darüber reden?" „Nein, lass gut sein. Lass mich einfach in Ruhe." Frank war sauer, da Anna immer noch nichts verstehen wollte; sie machte einen erneuten Versuch: „Was hältst du davon, dich an diesem Wochenende ganz von mir verwöhnen zu lassen?" „Ich glaube, ich brauche einfach wieder einmal ein Wochenende nur für mich." Annas Stimme kippte. „Da ist doch etwas. Verschweigst du mir etwas, Frank?" Frank war nun richtig genervt. „Nein, lass mich nur einfach dieses Wochenende alleine sein." „Okay, du hast Recht. Ich weiß jetzt, was mit dir los ist. Männer haben ja immer etwas Panik, bevor sie mit Frauen zusammenziehen. Ich habe zwar Eintrittskarten fürs Theater, dritte Reihe Parkett, aber wenn du lieber deine Ruhe willst, dann ist es schon in Ordnung. Melde dich einfach, wenn du wieder kontaktfähig bist."

Franks gedrückte Stimmung war noch schlechter geworden; er kämpfte mit widersprüchlichen Gefühlen. Einerseits hatte er Anna gegenüber Schuldgefühle, andererseits war er verärgert und voller Zweifel. „Wenn sich Anna jetzt schon so aufspielt, dann kann es ja heiter werden, wenn wir zusammenziehen. Da muss ich dann schriftlich um Erlaubnis fragen, wenn ich etwas ohne sie unternehmen will?" Sein Ärger verflog, als Frank an den Fund vom Vortag dachte. Er meinte einen zarten Duft nach Vanille wahrzunehmen und seufzte unwillkürlich auf. Er musste sich ablenken – es konnte nicht sein, dass ihn, der sonst immer alles unter Kontrolle hatte, ein Duft dermaßen aus dem Lot brachte.

Kurz entschlossen zog Frank sich um, Joggen würde ihm gut tun, verließ die Wohnung und fuhr ein paar Stationen mit der Straßenbahn, bis er am Rande eines Parks ankam. Nach den ersten paar hundert Metern dachte er, dass das Laufen heute keine gute Idee war. Mit seinem Restkater in den Gliedern tat ihm jeder Schritt weh. Spaziergänger sahen ihn immer wieder mitleidig an, so gequält sah er offenbar aus; dennoch lief Frank weiter. Mit jeden hundert Metern mehr spürte er, wie die körperliche Anstrengung seine grüblerischen Gedanken verdrängte. Wie er nur noch damit beschäftigt war, weitere Runden durchzuhalten. Frank wurde entspannter und musste nicht mehr unentwegt an Sophia denken.

2

Die Wochen vergingen, der Sommer hatte seinen Höhepunkt bereits überschritten. Die Kiste mit den alten Büchern und Manuskripten schob Frank ganz nach hinten unter seinen Schreibtisch und rührte sie nicht wieder an. Seine Chefin hatte ihn bisher nicht auf die Schenkung angesprochen, so gab es für Frank keinen Anlass, sich mit den Büchern zu beschäftigen. Er tat einfach so, als gäbe es sie nicht. Dennoch hatte sich mit der Bücherkiste ein neuer Duft auf sein Leben gelegt, auch wenn er ihn zunächst nicht bewusst wahrnahm.

Frank stand nun jeden Tag eine halbe Stunde früher auf, um zu joggen, dann duschte er ausgiebig. Selbst wenn er bei Anna übernachtete, hielt er diesen Ablauf ein. Seit Jahren, so schien es ihm, spürte er das erste Mal bewusst das Leben in jeder Pore seines Körpers.

Während des Arbeitstages widmete Frank sich dem Studium und dem Katalogisieren der Neuanschaffungen des Quartals. An drei der fünf Arbeitstage musste er zudem seine Kollegin im Lesesaal vertreten, da sich diese nach ihrem Unfall noch nicht wieder erholt hatte und in der Rehaklinik war.

Seit dem Tag, an dem der Duft nach Vanille in sein Leben zurückgekehrt war, nahm Frank, ob er es wollte oder nicht, Gerüche wieder stärker wahr. Endlich konnte er wieder ungehindert tief ein- und ausatmen. Frank fragte sich, wie er all die Jahre darauf hatte verzichten können. Natürlich gab es Gerüche, die ihn ekelten und die er am liebsten nicht wahrgenommen hätte, wie der Geruch nach Urin in den Unterführungen der Straßenbahn oder der überladene Geruch von Parfüm oder Schweiß, wenn ihm fremde Menschen in der Bahn nahe kamen. Doch die angenehmen Gerüche überwogen.

Mit dem Wiedererwachen seines Geruchssinnes interessierten ihn Bücher nun wieder umso mehr. Wenn ihn niemand sah, saugte Frank ihren Geruch erneut tief in sich auf. Zunächst nur zu Hause, wenn er seine eigenen Bücher zur Hand nahm. Später auch in der Bibliothek. Er merkte, wie lange seine besondere Gabe brachgelegen hatte. Langsam nahm er wieder die feinen Unterschiede der verschiedenen Papiersorten und des Alters der Bücher wahr. Regelrechte Übungen machte Frank, um seine Fähigkeiten zu schulen. Er dachte nicht darüber nach, was ihn dazu trieb, sondern genoss es einfach, die Bücher wieder mit seinem Geruchssinn wahrnehmen zu können.

Auch Franks Einkaufs- und Essgewohnheiten veränderten sich. Hatte er bisher im nahe gelegenen Supermarkt bevorzugt Tiefkühlgerichte eingekauft, die er nur noch in der Mikrowelle erwärmen musste, ging er nun regelmäßig auf den Wochenmarkt und in die Markthalle, dort kaufte er frisches Obst, Gemüse und Fisch. Den Anblick des bunten Angebots genoss er und berauschte sich förmlich an dem Feuerwerk ständig wechselnder Gerüche. Frank gewöhnte es sich sogar an, regelmäßig zu kochen. Auf dem Fensterbrett seiner Küche standen nun Töpfe frischer Kräuter wie Basilikum, Thymian und Zitronenmelisse. Anna war überrascht, als er sie das erste Mal zu einem selbstgekochten Essen nach Hause einlud. „Das ist ja eine ganz neue Seite an dir! Ich wusste gar nicht, dass du kochen kannst." „Meine Mutter war berufstätig, da musste ich schon früh für mich selbst sorgen." „Dass du es so gut kannst. Wer hat es dir beigebracht?" „Meine Mutter und ich selbst." Wer seine eigentliche Lehrmeisterin gewesen war, darüber schwieg Frank. Wirklich kochen gelernt hatte er durch das Zusehen bei Francesca und es später selbst so lange ausprobiert, bis es schmeckte. Nach der Trennung von Sophia war dies die ersten Monate das einzige gewesen, was ihm ein wenig Trost gespendet hatte.

Erinnerungen an seine Kindheit und Jugend vermischten sich immer mehr mit der Gegenwart. Erstaunt stellte Frank fest, dass sie nicht mehr schmerzten. Das erste Mal konnte er an die Estranos denken, ohne dass es ihn aus dem Lot brachte. Jedoch spürte Frank zugleich, dass sich die Sehnsucht nach Sophia und dieser vergangenen Welt in gleichem Maße verstärkte. Anna unterbrach seine Gedanken: „Sag, Frank, was meinst du, wann können wir zusammenziehen?" Anna sprach betont beiläufig, doch eine gewisse Ungeduld war nicht zu überhören. „Meine Wohnung habe ich mittlerweile gekündigt, ich kann Ende September raus. Geht das bei dir auch?" „Nein, ich habe erst auf Ende Oktober kündigen können." „Das ist zwar schade, aber es hat auch Vorteile. Dann bin ich etwas früher drin als du und kann alles schön heimelig für uns machen. Und du kannst zumindest schon über Nacht bleiben." Anna trat auf Frank zu und legte ihre Arme um seinen Hals: „Jetzt wüsste ich allerdings etwas Besseres", und zog ihn mit sich ins Schlafzimmer.

Als sie miteinander schliefen, nahm Frank mit seinem nun wieder geschulten Geruchssinn wahr, was ihn beim Zusammensein mit Anna vermutlich immer schon verwirrt hatte und ihm fehlte: Anna roch nicht. So intensiv er auch an ihrer Haut schnupperte, selbst in den Achselhöhlen und im Intimbereich, er konnte keinen „Anna"–Geruch wahrnehmen. Sie roch nach ihrem Deo und einem Parfüm, aber ansonsten neutral und hinterließ keine Geruchserinnerung. Anna war, wenn es nur nach ihrem Geruch ginge, nicht vorhanden.

Diese Erkenntnis stimmte Frank nachdenklich; das war etwas, was ihm an ihr fehlte. Frank konnte nicht so tun, als hätte er das Nichts nicht gerochen, sondern merkte es bei jedem Zusammensein aufs Neue. Immer schwerer fiel es ihm nun, sich von Anna erregen zu lassen und mit ihr intim zu werden.

Je verzweifelter Franks Bemühungen wurden, an Anna einen eigenen Geruch wahrzunehmen, desto stärker wurden zugleich die Dufterinnerungen und Sehnsüchte, die das Öffnen der Bücherkiste geweckt hatte. Dem Verlangen, die Kiste erneut zu öffnen, gab Frank dennoch über zwei Wochen lang nicht nach.

3

Eines Tages erhielt Frank während der Arbeit einen Anruf von Daniele. Dieser wollte hören, wie es ihm ging und was sich seit seiner Abreise getan hatte. „In einer Woche habe ich Urlaub, aber wir haben nichts geplant, denn bald wird es ernst, ich ziehe mit Anna zusammen", erzählte Frank betont sachlich. „Na, das klingt aber begeistert! Bist du sicher, dass du das wirklich willst? Was ist eigentlich aus deiner Bücherkiste geworden?" Auf die erste Frage ging Frank nicht ein, sondern antwortete gleich auf die zweite. „Ach, für die Kiste habe ich bisher gar keine Zeit gefunden, die steht verschlossen unter meinem Schreibtisch. In den vergangenen Wochen musste ich wieder die Vertretung im Lesesaal über-nehmen." „Na, du musst selbst wissen, was dir wichtig ist. Aber denk dran, wir haben zu jeder Tages- und Nachtzeit ein Zimmer für dich. Ich habe dir übrigens gerade eine Mail geschickt, sieh doch einmal nach! Ich muss jetzt Schluss machen, mein Chef ist im Anmarsch. Arrivederci!" „Danke! Ich melde mich. Arrivederci!" Frank ging schnell an seinen PC – im Postfach war tatsächlich eine Mail von Daniele.

Von: daniele_carlone@biblioteca_firenze.it
Datum: 02.09., 18:13 Uhr
An: frank_muehe@landesbibliothek.de
Betreff: Vanille–Duft
Dateianhang

Buonasera Frank,
in einem populärwissenschaftlichen Magazin, das ich gerade einsortieren wollte, habe ich eine interessante Meldung für dich gefunden. Die solltest du unbedingt lesen, sie ist sogar auf Deutsch.

Buonanotte, Daniele

PS: Du bist uns immer willkommen!

Kurz schwankte Frank zwischen innerer Abwehr und Interesse, doch die Neugierde siegte. Er öffnete den Anhang, druckte den Artikel aus, dann las er konzentriert, bereits die Überschrift beschleunigte seine Herzfrequenz.

Gehirnchemie wird durch Vanille beeinflusst

Es gibt Menschen, die nach dem Vanille-Aroma regelrecht „süchtig" zu sein scheinen. Sie müssen nun nicht mehr fürchten, als anormal zu gelten, denn amerikanische Biochemiker haben plausible Erklärungen für diesen Effekt gefunden.

Vanille besitzt sogenannte lipophile[2] Eigenschaften, mit denen das Aroma die Blut–Hirn–Schranke problemlos überwindet. Seine Struktur legt nahe, dass es Wechselwirkungen mit den Neurotransmittern[3] des Gehirns gibt. Die wichtigsten physiologischen Wirkungen des Coffeins beruhen auf diesen Wirkungen, Vanillin könnte, so die Autoren, ähnlich stimulieren wie Coffein. [...] Zwar wurden in den Tests höhere Konzentrationen eingesetzt als physiologisch erreicht werden können, dennoch spricht dies nicht gegen eine prinzipielle neurologische Wirkung von Vanillin. Man vermutet, dass es innerhalb der Vielfalt der Rezeptorsubtypen einzelne Strukturen im Gehirn gibt, die besonders empfänglich sind. Diese Erkenntnis führt die Autoren zu der Schlussfolgerung, dass das Bewusstsein und Verhalten des Menschen durch einen Aromastoff wie Vanillin ebenso verändert werden kann wie durch Alkohol, Tabak oder Kaffee.

Anmerkung:
Neben der Blut-Hirn-Schranke stellt der Riechnerv (Bulbus olfactorius) den zweiten Aufnahmepfad dar und erlaubt einen transneuralen Transport in das Gehirn. Dies wiederum kann dazu führen, dass Geruchserinnerungen dauerhaft angelegt werden und der Duft nach Vanille mit einer bleibenden Erinnerung verknüpft wird.

[2] fettlöslich
[3] biochemische Stoffe, die die Information an den Synapsen von einer Nervenzelle zu einer anderen Nervenzelle oder zu einem Zielorgan weitergeben

Als Frank am Ende des Artikels angekommen war, legte sich seine innere Unruhe kurz. Nun hatte er sogar einen wissenschaftlichen Beleg dafür vorliegen, dass seine starke Reaktion auf den Vanilleduft nicht nur Einbildung war.

Nach dem Anruf und dem Lesen des Artikels – es war bereits kurz vor sieben und Frank alleine in seiner Abteilung – hielt er es nicht mehr länger aus. Frank zog die Bücherkiste endlich wieder unter seinem Schreibtisch hervor, öffnete sie mit fahrigen Händen und entfernte die schützende Holzwolle. Tief atmete er den der Kiste nur noch schwach entströmenden Duft nach Vanille ein und fühlte sich dennoch wie berauscht.

Dann wiederholte er das Procedere, bei dem ihm beim letzten Mal Daniele Gesellschaft geleistet hatte. Frank zog sich die Baumwollhandschuhe an, holte die Bücher nach und nach hervor und legte sie vorsichtig auf einer weichen Unterlage auf seinem Schreibtisch ab. Dann vertiefte er seine Nase in die Bücher und Manuskripte, um ihre Geruchsbotschaften aufzunehmen. Immer wieder schaute er verwundert auf und legte Werke zur Seite. Nach mehrstündigem Studium, das er nur durch Notizen unterbrach, lag vor Frank ein Stapel mit einem Buch, einem Manuskript, einem Brief und drei Notenblättern samt Liedtexten, die er aussortiert hatte. Für diese Werke hatte er Gemeinsamkeiten notiert.

Gemeinsamkeiten:
Es sind die wertvollsten Werke,
alle tragen den Duft nach Vanille,
und alle weisen außerdem eindeutig widersprüchliche Geruchsmerkmale
auf, das Papier riecht jünger als die Werke datiert sind.

Diese Zusammenfassung sagte noch nichts über die wirkliche Bedeutung seiner Entdeckung aus. Denn das Buch war die seltene Erstausgabe von Schillers „Räubern", im Selbstverlag 1781 erschienen, mit einer persönlichen Widmung Schillers an Goethe.

> *Meinem verehrten Freund Goethe.*
> *Leben Sie recht wohl und lieben mich.*
>
> *Mai 1796*

Das handgeschriebene Manuskript, in Fachkreisen Autograph genannt, enthielt die ersten zwei Strophen von Goethes „Zauberlehrling" mit Streichungen und Ergänzungen. Das nächste Werk war ein mit blauer Tinte geschriebener Brief Goethes an Schiller. Zwar schon etwas verblasst, aber immer noch gut lesbar.

> *Mein verehrter Freund Schiller!*
>
> *Mit der ganzen Sammlung unserer kleinen Gedichte bin ich noch nicht zu Stande; hier kommt einstweilen mein Beitrag von dieser Woche. Wenn wir unsere vorgesetzte Zahl ausfüllen wollen, so werden wir noch einige unserer nächsten Angelegenheiten behandeln müssen, denn wo das Herz voll ist, geht der Mund über, und dann ist es eine herrliche Gelegenheit die Sachen aus der Studirstube und Recensentenwelt in das weitere Publicum hinaus zu spielen, wo dann einer oder der andere gewiß Feuer fängt, der sonst die Sache hätte vor sich vorbeistreichen lassen.*
> *Mir fangen diese Tage nun an recht bunt zu werden; man übernimmt immer mehr als man ausführen kann.*
> *Leben Sie wohl und grüßen Sie Ihre liebe Frau.*
>
> *Ihr Freund Goethe*
>
> *Weimar den 27. Januar 1796.*

Erst kürzlich hatte Frank gelesen, dass Goethe weit über 15.000 Briefe geschrieben hatte. Ein Großteil war verloren gegangen, darunter auch die meisten seiner Briefe an Schiller.

Die Notenblätter enthielten unveröffentlichte Lieder von Franz Schubert, die er – nach der Datierung zu urteilen – im Jahre 1818 für seine Schüler auf dem Gut des Grafen Johann Esterhazy in Zseliz in Ungarn komponiert hatte.

Dank des Internets war Frank recht schnell auf diese Zusatzinformationen gestoßen und überwältigt, denn solche Schätze hatte er bisher nur hinter Glas in Literaturarchiven gesehen wie im nahegelegenen Marbach – und auf Antiquariatsmessen zu für ihn unerschwinglichen Preisen. Nun hielt er sie in seinen Händen.

Aber da waren eben auch diese widersprüchlichen Botschaften. Franks mittlerweile fünfunddreißig Jahre währendes Leben hatte ihn gelehrt, dass Vorsicht geboten war, wenn seine Nase verwirrt war. War es möglich, dass es sich hier um ausgesprochen gut gemachte Fälschungen handelte?

Frank griff zum Hörer. Obwohl es bereits nach elf war, rief er bei Daniele in Italien an. Schließlich hatte dieser gesagt, er könne sich „Tag und Nacht" melden. „Pronto?" tönte ihm nach mehrmaligem Klingeln eine verschlafene Stimme entgegen. „Daniele, hier ist Frank. Tut mir leid, dass ich dich so spät störe." „Warte kurz. Rosa schläft, ich möchte sie nicht wecken. ... So, jetzt geht es. Was hast du denn so Dringendes, dass du meinen Schönheitsschlaf störst?" Frank erzählte Daniele von seiner Entdeckung und Vermutung einer Fälschung – dieser war sprachlos. „Daniele, ist dein Angebot wirklich ernst, dass ich jederzeit zu euch kommen kann?" „Natürlich, sonst hätte ich es nicht gesagt. Ich würde mich sehr freuen, wenn du tatsächlich bald kommst! Besser heute als morgen. Ich glaube, du solltest in verschiedene Angelegenheiten dringend Licht bringen!" Daniele war nun wach und präsent. „Zudem kann ich deine Unterstützung hier auch gut gebrauchen, denn ich habe das Gefühl, dass mein Chef krumme Dinger dreht."

Nach dem Telefonat fuhr Frank nach Hause. Der Anrufbeantworter blinkte dieses Mal nicht. Vielleicht hatte Anna mittlerweile begriffen, dass er manchmal in Ruhe gelassen werden wollte. Frank machte sich etwas zu essen. Den ganzen Tag war er so in die Arbeit vertieft gewesen, dass er ohne Pause durchgearbeitet hatte. Nun verspürte er einen ungeheuren Appetit. Am Vortag hatte er frische Tomaten, Mozzarella und Basilikum gekauft, darüber goss er Olivenöl und Balsamico–Essig. Dazu Weißbrot und trockener Rotwein – fertig war sein Nachtessen. Frank hatte das Gefühl, schon lange nicht mehr etwas so Wohlschmeckendes gegessen zu haben. Es war ihm, als seien mit dem Erwachen seines Geruchssinnes auch seine anderen Sinne empfänglicher geworden. Nach dem Essen konnte Frank immer noch nicht ans Schlafen denken. So wählte er sich ein Buch über die kunsthistorischen Schätze von Florenz aus und begann zu lesen. Gegen eins beschloss er, ins Bett zu gehen. Vor Aufregung fiel es ihm jedoch schwer, Schlaf zu finden. Erst gegen vier schlief er ein, um drei Stunden später vom Klingeln des Weckers aus dem Schlaf gerissen zu werden. Wie gerne hätte er sich umgedreht und weitergeschlafen, doch es half nichts – Frank musste aufstehen.

In der Bibliothek angekommen, griff Frank zum Hörer, um mit seiner Chefin baldmöglichst einen Gesprächstermin zu vereinbaren. Frau Santorin bot ihm an, eine Stunde später bei ihr vorbeizukommen. Frank nutzte die verbleibende Zeit, um die am Vorabend aussortierten Werke vorsichtig in Baumwolltücher einzuschlagen. Zusammen mit seinen Aufzeichnungen, dem Brief des Spenders und dem von der Holzkiste gelösten Adressetikett steckte er alles in eine feste Plastiktüte und verstaute das Paket dann in seiner mitgebrachten Umhängetasche. Die bereits erstellten provisorischen Karteikarten mit den bibliographischen Daten legte er oben auf die Holzkiste, dann verschloss er sie. Von ihrer Existenz wusste niemand, außer Daniele und Frau Santorin, die aber sicherlich keine Zeit hatte, sich damit näher zu beschäftigen. Deshalb würde auch niemand diese Bücher in den nächsten Wochen vermissen. Der offizielle Weg war ihm verwehrt. Frau Santorin würde ihm niemals erlauben, diese kostbaren Werke auszuleihen und mit nach Italien zu nehmen. Doch ohne die

Bücher konnte Frank seinen Verdacht nicht bestätigen oder aus der Welt räumen.

Dann ging Frank zu Frau Santorin und bat sie darum, seinen Urlaub um eine Woche vorzuverlegen und auf drei Wochen zu verlängern. Zu seinem Erstaunen war sie gleich bereit. „Es spricht aus meiner Sicht nichts dagegen, Herr Mühe – Sie müssen ja sowieso dringend alten Urlaub abbauen. Nächste Woche kommt Frau Müller von der Kur zurück, und die paar Tage bis dahin muss einfach jemand anderes einspringen. Sie haben sich Ihren Urlaub wirklich verdient! Was ist eigentlich aus der Schenkung aus Italien geworden? Sind wertvolle Bücher dabei?" Frank fragte sich, ob sie ihn vielleicht beobachtet hatte. Er spürte, dass er rot wurde. „Kann ich noch nicht einschätzen. Mir hat bisher die Zeit gefehlt, mich eingehend mit den Büchern zu beschäftigen. Ich werde mich gleich nach meinem Urlaub darum kümmern." Frank sprach betont freundlich und schaffte es sogar, Frau Santorin anzulächeln. „Na, dann erholen Sie sich gut und kommen Sie motiviert zurück", entgegnete sie, gleichfalls freundlich, und wandte sich sogleich den vor ihr liegenden Papieren zu. Frank verließ ihr Büro und ging zurück an seinen Arbeitsplatz. Er loggte sich ins Internet ein, suchte sich für Freitagabend eine Zugverbindung nach Florenz, buchte einen Liegewagenplatz und kaufte ein Online-Ticket.

Am Abend fuhr Frank bei Anna vorbei und wurde überschwänglich begrüßt. „Schön, dass du einmal spontan vorbeikommst. Wir haben ja noch so vieles zu regeln … ". Weiter sprach sie nicht, denn an seinem Gesicht sah sie, dass etwas nicht stimmte. „Frank, was ist los? Du guckst so versteinert." „Anna, es gibt da etwas, was ich für mich klären muss. Es tut mir leid, aber ich muss vor deinem Umzug erst nach Italien reisen. Ich habe meinen Urlaub um eine Woche verlängern können, so dass ich dir in der letzten Woche beim Umzug helfen kann." Frank bemühte sich, sachlich zu bleiben. Anna entgegnete zunächst nichts, sondern musterte Frank abschätzend mit einem plötzlich kalten Blick.

„Weshalb musst du nach Italien reisen, wenn wir zusammenziehen wollen und noch so viel erledigen müssen? Du verhältst dich wirklich immer sonderbarer." „Das kann ich dir jetzt nur zum Teil erklären." Frank zeigte Anna die Bücher und berichtete ihr von seinem Fund. Allerdings verschwieg Frank seine eigentlichen Beweggründe. „Verstehst du nicht? Solch wertvolle Bücher, an mich adressiert. So etwas ist einmalig! Ich muss einfach herausfinden, von wem sie stammen. Außerdem brauche ich noch einmal ein paar Tage für mich alleine. Wenn ich zurück bin, ist doch immer noch genug Zeit, um den Umzug vorzubereiten."

„Warum musst du das unbedingt jetzt rausfinden? Das hätte doch auch danach noch Zeit! Ich glaube, da steckt etwas ganz anderes dahinter. Du benimmst dich in letzter Zeit so anders. Hast du Torschlusspanik?" „Nein, habe ich nicht. Ich muss nur einfach etwas klären." „Das darf wirklich nicht wahr sein – dir sind deine Bücher wohl wichtiger als ich?" Anna hatte die Beherrschung verloren und schrie ihn an. „Entscheide dich: Ich oder deine Bücher!" Frank entgegnete gar nichts, sondern saß nur stumm da, während Anna ihn weiter mit Anschuldigungen und Vorwürfen konfrontierte, daran einen minutenlangen Monolog über die Männer und ihre Bindungsängste im Allgemeinen anschloss, der erst nach einer – wie es Frank schien – unendlich langen Zeit zu einem Ende kam. „So, du musst also etwas klären? Dann muss ich jetzt Folgendes klären: Liebst du mich?" „Ich glaube nicht, dass diese Frage zum richtigen Zeitpunkt kommt – liebst du mich denn?" antwortete Frank und sah Anna an. Was er sah, ließ ihn frösteln. Anna warf ihm einen kalten und distanzierten Blick zu. „Ich weiß nicht – war es je Liebe? Wir passen gut zusammen, haben ein ordentliches Einkommen, ähnliche Interessen, du siehst passabel aus. Unser Sex ist zwar nicht so prickelnd, dennoch habe ich mir bisher gut vorstellen können, dass du der Erzeuger meiner Kinder wirst. ... So einfach kommst du mir nicht davon! Erst schmiedest du gemeinsame Pläne mit mir, und dann willst du mich sitzen lassen, während meine biologische Uhr tickt. Wenn du jetzt gehst und diese wertvollen Bücher mitnimmst, die dir nicht gehören, dann wirst du schon sehen, was du davon hast! Aber nun verschwinde endlich. Ich will dich nicht länger sehen!" Frank schwieg; mit allem hatte er gerechnet, nur nicht, dass Anna ihn so abservierte.

Ohne ein weiteres Wort zu sagen oder sich umzusehen, verließ Frank Annas kühl-durchgestyltes Wohnzimmer mit der weißen Ledergarnitur, dem flauschigen, schwarzen Velourteppich, der Design-Stereoanlage und den abstrakten Bildern. Er war erleichtert und verwirrt zugleich, als die Tür ins Schloss fiel.

4

In der Nacht wälzte Frank sich schlaflos im Bett herum. Der Streit mit Anna ging ihm lange nach. Gerne hätte er die Zeit bis zu dem Tag zurückgedreht, an dem aus ihrer Freundschaft eine Beziehung wurde. Nun hatte Frank Anna doppelt verloren, und auch das Bild, das er jahrelang von ihr hatte, war zerstört. Sie würden wohl nie wieder zu einem vertrauensvollen Umgang finden.

Der letzte Arbeitstag vor dem Urlaub war anstrengend. Seine Chefin, Frau Santorin, hatte noch einen weiteren Auftrag für ihn: „Ich möchte Sie bitten, diese Zeitschriften und Zeitungen noch zu katalogisieren, schließlich gehen Sie eine Woche früher als geplant in den Urlaub." Statt eines „Guten Morgen" eine Menge zusätzlicher Arbeit, die eigentlich ein Assistent erledigen konnte. Umso froher war Frank, wenn er daran dachte, seinen Arbeitsalltag drei Wochen lang hinter sich zu lassen. Ohne Mittagspause arbeitete er durch, und doch war es schon nach vier, als er die Bibliothek verlassen konnte. Zu Hause angekommen, klingelte Frank bei seiner Nachbarin, um sie zu bitten, in den kommenden zwei bis drei Wochen nach seiner Post zu sehen. „Mache ich natürlich gerne, aber wollten Sie nicht eigentlich ausziehen?" Neugierig schaute sie Frank an. „Die Buschtrommeln haben da wohl nicht ganz richtig funktioniert, Frau Maier. Nein, erst Ende Oktober; jetzt verreise ich erst einmal. Es ist wirklich nett, dass Sie nach meiner Post sehen." Er lächelte freundlich, aber ließ erkennen, dass keine weiteren Fragen erwünscht waren. Als nächstes rief er Daniele an, um ihm seine Ankunftszeit in Florenz mitzuteilen. „Ja, hallo, hier ist Frank. Es hat alles geklappt. Ich komme tatsächlich morgen – wenn alles gut geht, bin ich vormittags um halb elf in Florenz. Wie komme ich von da aus weiter zu euch?" „Kein Problem. Morgen ist Samstag, da muss ich nicht arbeiten. Ich hole dich am Bahnhof ab." „Ist das wirklich okay?" „Meine Kinder lassen mich sowieso nicht lange schlafen. Vincenzo ist ein absoluter Frühaufsteher. Du wirst ihn ja morgen kennenlernen. Nein, ich komme wirklich gerne!" Das Gespräch verlief kurzweilig herzlich, dennoch brach Frank nach kurzer Zeit ab. „Daniele, ich muss Schluss machen. Gegen acht Uhr geht mein Zug und ich habe noch keine Sachen gepackt. Aber wir können ja morgen weiterreden. Ich freue mich! Ciao, bis morgen früh." Lange stand er unschlüssig vor seinem leeren Koffer. Beim Anblick des kühlen, regnerischen Abends fragte Frank sich, wie wohl das Wetter in Florenz im September war. Er packte schließlich Kleidung nach dem Schichtprinzip ein, um für alle Wetterlagen gerüstet zu sein, außerdem die antiquarischen Werke und einen Reiseführer über Florenz, der schon seit Jahren unbenutzt im Bücherregal auf seinen Einsatz wartete.

An Frau Müllerschön hatte er bereits am Abend zuvor einen Brief geschrieben und um die Aufhebung des Mietvertrags der neuen Wohnung mit Anna gebeten. Bei einer Wohnung in solch einer guten Lage und mit gehobener Ausstattung würde sie sicherlich übergangslos neue Mieter finden. Anna schickte er den Brief zur Kenntnis. Wenn sie die Wohnung alleine mieten wollte, sollte sie es selbst regeln. Auch hatte Frank einen Brief an seinen Vermieter geschrieben, um die Kündigung zurückzunehmen.

Er wusste, dass es noch keinen Nachmieter gab und war daher guter Hoffnung, in der Wohnung bleiben zu können. Wenig später klingelte es, das Taxi war da und Frank keine Minute zu früh mit seinen Reisevorbereitungen fertig.

Teil III - Aufbruch

1

Gleichförmig ratterte der Zug durch die dunkle Nacht. Dank der hohen Geschwindigkeit des ICE kam Frank nach gut zwei Stunden Fahrt in München an. Dort musste er umsteigen in den Nachtzug nach „Venezia Mestre". In einem Vierer–Liegewagen-abteil, das noch leer war, fand Frank seinen reservierten Platz. Die Sitze waren bereits zu Liegeflächen umgebaut. Für jeden Fahrgast lagen ein kleines Kissen, eine Wolldecke und ein Laken bereit. Frank richtete sich auf seiner Liege ein. Einige Zentimeter Länge fehlten, damit er sich ausstrecken konnte. Auch die Möglichkeit, sich in Embryonalhaltung zusammenzurollen, war ihm verwehrt, so schmal war der Liegeplatz. Ihn erwartete eine weitere Nacht, die kaum Schlaf, aber viel Zeit zum Nachdenken bot. Die gleich-förmigen Fahrgeräusche sorgten aber bald dafür, dass Frank nicht mehr unterscheiden konnte, ob er noch wach war oder bereits träumte. Bis halb drei in der Nacht hielt der Zug einige Male, um weitere Fahrgäste aufzunehmen. Franks Herz schlug heftiger, als er das erste Mal italienische Lautsprecherdurchsagen vernahm. Seine Abteiltür öffnete sich und ein rucksackreisendes, englisch sprech-endes Pärchen bezog zwei der freien Pritschen. Eine Weile kehrte Unruhe ein, doch schon bald übermannte auch sie die Gleich-förmigkeit dieser Fahrt durch die dunkle Nacht.

Frank bevorzugte das Reisen mit dem Zug. Obwohl er mit dem Flugzeug viel schneller in Florenz gewesen wäre, hatte er keine Minute gezögert, mit der Bahn zu reisen. Die Langsamkeit des Unterwegs–Seins brauchte er, um sich vom Alten zu lösen und auf das Neue einzulassen. Gerade jetzt, wo ihm viele Gedanken und Fragen ungeordnet durch den Kopf gingen, half ihm diese bedächtige Form des Reisens, gelassener zu werden.

Der Tag erwachte. Die Sonne ging auf und hüllte die vorbeiziehende Landschaft in zarten Nebel. Das Sonnenlicht tauchte die Umgebung in Farbschattierungen von violett und rot bis hin zu rosa. Ein Anblick, der bewies, dass die Realität kitschiger als jeglicher Film sein konnte, dachte Frank. Er trank einen Becher Kaffee, den ihm der Zugbegleiter gebracht hatte. Auch wenn die trübe Brühe nicht wirklich schmeckte, tat ihm die Wärme des Getränks gut, denn es war kühl im Abteil. Frank fröstelte, ob vor Kälte oder Aufregung, war ihm nicht ganz klar.

Das englische Pärchen war bereits ausgestiegen und er hatte das Abteil wieder für sich allein. Nach der Nacht auf den Schienen fühlte Frank sich erschöpft, aber er spürte eine kindliche Neugierde und war voll gespannter Erwartung. Immer wieder tauchte Sophia auf in den vorüberziehenden Bildern der Vergangenheit.

Pünktlich gegen acht Uhr erreichte der Zug Venedig und Frank musste in einen Zug nach Rom, mit Halt in Florenz, umsteigen.

Kaum saß Frank im Zug, wurde er nochmals von Müdigkeit übermannt und schlief ein. Als er wieder erwachte, stellte er erstaunt fest, dass über eine Stunde vergangen war und er sich seinem Reiseziel näherte.

Sanft geschwungene Hügel, schlanke Zypressen und knorrige Olivenbäume wurden schemenhaft sichtbar, außerdem eine weidende Schafherde. Hin und wieder ein paar Häuser aus grob behauenem Stein gebaut und mit roten Ziegeln gedeckt, auf einem Hügel eine Burg. Dazwischen die staubige, trockene Erde abgeernteter Felder, auf die schon lange kein Regen mehr gefallen war.

Bald fuhr der Zug durch dichter besiedeltes Gebiet, die Silhouette von Florenz wurde sichtbar. Eine alte Schönheit, leicht in Nebel gehüllt, der die Spuren der Zeit verschluckte. Frank konnte sich nicht satt sehen an ihrem Anblick. Wenige Minuten später fuhr der Zug im Bahnhof ein. „Stazione Centrale di Santa Maria Novella" las Frank sich laut aus seinem Führer vor. Ihm kam es vor, als hätte er all dies schon einmal erlebt, als käme er von einer weiten Reise endlich nach Hause. Nach wenigen Augenblicken verflüchtigte sich dieses Gefühl, der Bahnsteig kam in Sicht. Frank drängte es, endlich nach draußen zu kommen. Er zog seine Jacke an, hängte seine Tasche um und nahm den Koffer. Ein kurzer Weg durch den engen Gang, dann war Frank draußen auf dem Bahnsteig. Ihn empfing frische Morgenluft, in der die Kraft der Sonne langsam spürbar wurde. Er ging den Bahnsteig Richtung Bahnhofshalle entlang. Es war wie auf jedem größeren Bahnhof - es herrschte dichtes Gedränge. Und doch unterschied sich der Bahnhof von dem seiner Heimatstadt.

Die Begrüßungs- und Abschiedsrituale wirkten auf Frank wie Filminszenierungen, sie schäumten über vor Temperament. Wie in einem Traum kam er sich vor. Dies lag auch daran, dass seine Sinne nach der kurzen Nacht empfänglicher waren. Plötzlich wurde Frank zur Hauptfigur einer Begrüßungsszene, denn Daniele hatte ihn aus der Masse der Ankommenden herausragen sehen und stürmte nun auf ihn zu, an jeder Hand ein Kind, und umarmte ihn. „Benvenuto, Frank! Schön, dass du da bist!" „Ja, ich freue mich so, endlich anzukommen! Ist das ein toller Empfang!" „Darf ich dir meine bambini vorstellen? Dies ist Vincenzo und dies Maria." Die beiden Kinder schauten Frank schüchtern und neugierig zugleich an. Er gab ihnen die Hand und begrüßte sie auf Italienisch. „Hallo Vincenzo und Maria. Schön, euch kennenzulernen, euer Papa hat mir schon ganz viel von euch erzählt." Dann erzählte Frank ihnen von seiner Zugfahrt. Er sprang zwischen Italienisch und Deutsch hin und her. Fast zwei Jahrzehnte war es her, dass er Italienisch gesprochen hatte. Nun versuchte Frank an die Sprache seiner Kindheit und Jugend anzuknüpfen. Dass ihm dies immer wieder misslang, merkte er an den Reaktionen von Vincenzo und Maria. Sie lachten ihn zwar nicht aus, aber kicherten fröhlich – sie fanden es lustig, wie Frank sprach. Immer wieder verbesserten sie ihn in ihrer kindlichen Unbedarftheit und ernteten dafür von Daniele einen strafenden Blick, in dem zugleich viel Wärme und

Zärtlichkeit für seine Kinder mitschwang. „Aber nun lasst uns die Stadt verlassen, bevor die Touristen sie bevölkern. Du wirst Florenz schon noch früh genug kennenlernen. Wenn du Italien erleben möchtest, musst du auf`s Land hinaus. Und genau das machen wir jetzt", sagte Daniele, während er mit Frank und den Kindern auf das Auto zusteuerte.

3

Die Carlonis lebten eine halbe Stunde südlich von Florenz. Dort, wo sich die Hügel sanft in die Landschaft fügten, Weinstöcke und Olivenbäume trugen. Immer schmaler wurde die Straße, bis sie schließlich in einen Schotterweg mündete. Der Blick ins Tal wurde weit. „Schau, Frank, da hinten wohnen wir", rief der kleine Vincenzo und zeigte mit seinem kleinen Zeigefinger aufgeregt in die Ferne. „Na, ich sehe da nichts." Frank bemühte sich, konnte aber wirklich nichts sehen, außer Olivenbäumen, die voller grüner Früchte hingen, und den Staub des Weges, auf dem sie fuhren. „Na, du siehst aber schlecht. Dabei hast du doch eine Brille auf. Komm, ich zeig noch mal – da, siehst du?" Vincenzo nahm Franks Hand, streckte seinen Zeigefinger aus und zeigte erneut in die Ferne. „Nein, ich sehe immer noch nichts außer einer Burg." „Genau, da wohnen wir! Toll, nicht?" Vincenzo war stolz. Frank schaute Daniele fragend an. „Du kannst Vincenzo ruhig glauben. Wir wohnen tatsächlich in einem Castello. Na, stimmt nicht ganz. Die Burg ist schon lange im Familienbesitz, und mein Schwieger-vater hat sie nach und nach restauriert. Seit er pensioniert ist, leben seine Frau und er in einem Teil, der Rest ist zu Ferienwohnungen umgebaut. Du weißt ja, vor allem ihr Deutschen liebt die Toskana – Tourismus lohnt sich. Wir selbst wohnen in einem ehemaligen Dienstbotenhaus." Daniele bog in eine zypressengesäumte Allee ein, die auf die Burg zuführte. Franks Blick hing fasziniert an der Burg. Sie war aus dicken Steinmauern errichtet und bestand aus einem schön restaurierten Hauptgebäude mit Turm und kleineren Steingebäuden. Auf der einen Seite war sie von Olivenbäumen umgeben, auf der anderen, an der die Hügel sanft abfielen, wuchsen Weinstöcke, die bereits weitgehend abgeerntet waren. „Die mächtigen Mauern und Zinnen illustrieren die frühere Bedeutung der Burg als florentinischer Außenposten. Heute beflügelt sie nur noch die Phantasie der Touristen," erklärte Daniele. „Das ist ja spannend! Als Kind habe ich oft davon geträumt, in einer Burg zu Hause zu sein. Man muss also nur lange genug von etwas träumen, damit es in Erfüllung geht." „Willkommen im Castello Olivieri", erwiderte Daniele.

Die folgenden Stunden vergingen turbulent. Daniele stellte Frank zuerst seine Frau Rosa vor, danach alle Familienmitglieder; es waren viele Gesichter und Namen, die er sich gar nicht alle merken konnte. Zugleich bekam er einen starken Kaffee serviert, dazu frisches Bauernbrot, Salami, Schinken und Honig. Daniele und Rosa, seine Frau, gesellten sich zu ihm an den großen dunklen Eichentisch in der Küche, mit Blick auf den begrünten Innenhof. „Noch ist es etwas zu frisch, um draußen zu sitzen, aber du wirst sehen, in drei Stunden herrschen sommerliche Temperaturen", sagte Rosa zu Frank. Sie war eine attraktive, zierliche, kleine Frau, die nicht zerbrechlich wirkte, sondern voller Energie zu stecken schien. Zugleich strahlte Rosa viel Herzlichkeit aus, und Frank fühlte sich gleich wohl in ihrer Nähe.

So vergaß er schnell seine anfängliche Befangenheit, die ihren Erstkontakt begleitet hatte, denn Rosa saß im Rollstuhl, mit dem sie gekonnt umherfuhr. Daniele bemerkte Franks überraschten Blick. „Mir ist neulich erst eingefallen, dass ich dir gar nicht erzählt habe, dass Rosa zeitweise auf den Rollstuhl angewiesen ist. Aber für uns ist es inzwischen so normal, dass ich es einfach vergessen habe. Rosa hatte vor einigen Jahren einen schweren Verkehrsunfall und hat dabei ein Bein verloren." „Meistens trage ich eine Prothese und kann sogar wieder wandern gehen, aber bei der momentanen Hitze ist der Stumpf empfindlich, so dass ich zu Hause lieber den

Rollstuhl benutze." Voller Offenheit sprachen die Zwei über Rosas Behinderung, die sie selbstverständlich zu nehmen schienen. Es half Frank zugleich, nicht neidisch zu sein auf ihre Familienidylle. Auch sie hatten offensichtlich schwere Zeiten durchgemacht. „Es ist sehr schön bei euch! Hinter mir liegen anstrengende Wochen und ich bin sehr froh, Urlaub zu haben und bei euch sein zu können." Behaglich räkelte er sich in seinem Stuhl. „Ich habe gewusst, dass du bald zu uns kommen würdest; Rosa habe ich von deiner Entdeckung erzählt", begann Daniele. Rosa unterbrach ihn. „Ja, und ich habe gleich gesagt: Er muss kommen, so etwas kann kein Zufall sein. Es gibt Dinge, denen muss man nachgehen, sonst lassen sie einen nie in Ruhe, Franco. Aber nun komme erst einmal in Ruhe hier bei uns und in Italien an, bevor du dich auf die Suche begibst." Daniele sagte: „Ja, und bevor du mir hilfst, herauszufinden, ob ich mit meiner Vermutung richtig liege. Am Telefon, erzählte ich dir ja von meinem Verdacht, dass mein Chef Marcelli in krumme Geschäfte verwickelt ist. Aber nun zeige ich dir erst einmal, wo du wohnen wirst."

Daniele führte Frank zu einem kleinen Steinhaus, etwa hundert Meter von seinem eigenen Haus entfernt. Drei Steinstufen führten zum Haus hinauf, eine schwere Holztür führte hinein. Kleine Eidechsen huschten rasch in die Mauerritzen, als sie näher kamen. Sie traten in eine weiß gekalkte Wohnküche mit offenem Dachgiebel, schweren Holzbalken, einem offenen Kamin – einfach, aber behaglich eingerichtet. Von der Küche gingen ein Bad mit Dusche und WC sowie ein Schlafzimmer mit einem großen Bett und einer Terrasse ab. Daniele öffnete sie. Frank trat auf die Terrasse und war überwältigt von der grandiosen Rundumsicht ins Tal: „Welch ein Ausblick! Was für ein schönes Haus! Und hier darf ich wohnen?" „Ja, natürlich, so kann ich mich für deine tolle Unterstützung in Deutschland revanchieren. Das Haus ist derzeit sowieso nicht vermietet und würde leer stehen. Ist doch praktisch für uns alle, du kannst tun und lassen, was du möchtest, und wir leben nicht zu dicht beieinander!" Daniele lachte und händigte Frank den Hausschlüssel aus. „So, nun lasse ich dich erst einmal alleine. Gegen zwei bei uns zum verspäteten Mittagessen?" „Gerne!" Als Daniele gegangen war, packte Frank seine Kleidung aus und legte die verpackten Werke und Schriften dazu. Einen Augenblick war er versucht, sie herauszunehmen, um zu riechen, ob sie auch in Italien noch nach Vanille dufteten, doch dann ließ er es bleiben. Nach der Nacht im Zug und den vielen neuen Eindrücken fühlte er sich müde.

Die Luft war mittlerweile milder geworden, die Terrasse lag im Licht der Vormittagssonne. Frank nahm sich eine Decke und legte sich auf den bereitstehenden Liegestuhl. Er ließ den Blick in die Ferne schweifen und konnte sich nicht satt sehen an den sanft geschwungenen Hügeln, den Zypressen, Weinstöcken und Olivenbäumen. Immer wieder hörte er das Zirpen der Zikaden, flogen Bienen und Schmetterlinge an ihm vorbei, eine Eidechse huschte aus der Ritze der Mauer zu einem sonnigen Platz.

„Schwünge, Weite, Eleganz, die ganze Schönheit des Seins scheint sich hier zu vereinen", dachte Frank, der immer entspannter und müder wurde, bis er schließlich einschlief. Als er erwachte, war es fast halb zwei. Zu Franks Glück war die Sonne inzwischen gewandert; er war ohne Sonnenbrand davongekommen. Er brauchte einen Augenblick, um sich zu orientieren. „Wie gut, ich bin wirklich in Italien", dachte Frank, während er sich staunend umblickte.

Den Rest des Tages verbrachte er in Gesellschaft der Carlonis und Olivieris. Auf einer Wiese hinter der Burg war eine große Tafel gedeckt. Dort versammelten sich über zwanzig Personen: Eltern, Geschwister, Kinder, Cousins und Cousinen. Frank verlor schnell den Überblick und ließ sich treiben. Jeder fragte ihn nach seinem „Woher und Wohin". Frank, der sonst eher zurückhaltend war, ließ sich rasch anstecken von der Offenheit und dem herzlichen Interesse an seiner Person und begann, ebenfalls Fragen zu stellen. Sehr schnell kam das Italienisch flüssiger über seine Lippen.

Zum Mittagessen gab es kalte Speisen, und doch kam es Frank vor, als befände er sich im Schlaraffenland. Die Gaumenfreuden seiner Kindheit erwachten aufs Neue. Der Geschmack würziger, eingelegter Tomaten und Oliven mischte sich mit deftiger Salami, die milde Süße der Honigmelone mit dem rauchigen Geschmack des Schinkens. Dazwischen Schlucke vollen Aromas des selbstgekelterten Chiantis. Der Duft des Weins, eine Komposition aus Himbeeren, Weichseln und ein leichter, nach Vanille duftender Holzton. Der Geschmack nach Brombeeren und Kirschen und frischen Trauben. Immer wieder fragte Frank sich, ob dies alles nicht nur ein Traum sei. Doch er, der sich so lange nur auf seinen Verstand verlassen hatte, konnte plötzlich loslassen, den Tag mit allen Sinnen genießen, ohne sich zu fragen, was kommen würde.

Nach dem Essen lud Danieles Schwiegervater, Angelo Olivieri, Frank ein, ihm die Burg und das Land zu zeigen. Daniele begleitete die beiden. Frank bekam in einer ausgedehnten Führung von Angelo einen umfassenden Einblick in den Besitz. „Es war keine leichte Entscheidung, die Burg zu übernehmen. So vieles war dem Verfall preisgegeben und mussten wir erst aufwändig sanieren. Doch seit einer Handvoll von Jahren sind wir zufrieden, vor allem seit wir die Ferienwohnungen regelmäßig an Touristen vermieten können." „Außerdem verdienen wir auch immer mehr durch den Weinverkauf. Mein Schwiegervater erzeugt einen Chianti Classico, der regelmäßig Preise gewinnt, und außerdem Olivenöl von den eigenen Bäumen", warf Daniele stolz ein. „Ja, aber davor gab es auch viele Jahre, in denen der Ertrag gering und die Arbeit groß war", erwiderte Angelo; in seiner Stimme schwangen Nachdenklichkeit und Stolz mit. Für Frank war es eine neue Erfahrung. Er hatte immer schon in der Stadt gewohnt, und das Landleben war ihm gänzlich unbekannt. Nun nahm er wahr, wie Angelo konzentriert die Qualität des Olivenöls und des Weines prüfte und dabei ein Lächeln, das Zufriedenheit erkennen ließ, sein Gesicht überzog. „Es muss stolz machen, mit seinen eigenen Händen etwas zu schaffen", wandte sich Frank an Angelo. „Ja, sehr, aber das geht nur mit einer wohlgesonnenen Natur."

4

Als Frank am nächsten Morgen erwachte, schien die Sonne von einem wolkenlosen Himmel; es war bereits nach zehn. Er trat auf die Terrasse. Um ihn herum war es still, außer dem Zwitschern der Vögel und dem Zirpen der Zikaden. Die Luft trug einen Hauch von Frische, aber in der Sonne war es bereits angenehm warm. Auf der Mauer sonnte sich erneut eine Eidechse, die schnell davon huschte, als Frank näher trat. So ähnlich müsste es im Paradies sein, überlegte sich Frank, während er eine Badehose anzog, ein Handtuch nahm und das Haus verließ, um im Garten der Olivieris schwimmen zu gehen. Er wunderte sich, niemandem zu begegnen, doch als er an den Pool trat, fand er die Erklärung: „Buongiorno, Frank. Wir sind alle in der Kirche, wollten dich nicht wecken. Lass dir dein Frühstück schmecken. Bis später, Daniele und Rosa." Der Zettel lag, mit einem Stein beschwert, auf einem im Schatten stehenden Tisch am Pool, der offensichtlich für Frank gedeckt war.

Doch erst lockte ihn das blaue Nass. Frank genoss es sehr, das Schwimmbecken für sich alleine zu haben. Runde um Runde zerteilte er das Wasser mit seinen Händen, staunte über den weiten Blick ins Tal und verließ erst nach einer halben Stunde den Pool. Dann stärkte er sich mit bereitstehendem Weißbrot, Salami, Schinken, Honig und ließ sich von einem starken Kaffee durchwärmen. Als Frank fertig geduscht und angezogen war, war es halb zwölf; die Kirchgänger waren noch nicht wieder zurück. Er beschloss, das Alleinsein zu nutzen und die Gegend zu erkunden. Kaum hatte er das Grundstück verlassen, fand er sich inmitten der Weinberge und Olivenhänge wieder. Kleine Wege, begrenzt von Trockensteinmauern, durchzogen sie. Immer wieder bot sich ihm ein überwältigender Blick ins Tal. Frank hatte das Gefühl, sich schon lange nicht mehr so wohl gefühlt zu haben. Ihm wurde klar: unabhängig davon, ob bei seinen Nachforschungen etwas herauskäme, war es richtig gewesen, nach Italien zu fahren. Frank genoss die ihn umgebende Natur, die so anders war als in der dicht besiedelten Gegend rund um Stuttgart. Er strich über Oliven und Weintrauben, dann bückte er sich, um etwas Grünes zu pflücken, das wie die Zitronenmelisse aussah, die Francesca immer in ihrer Küche hatte. Die Blätter zerrieb er zwischen den Fingern, hielt sie an seine Nase und atmete tief den fruchtig-würzigen Duft ein. Ob er schon bald Antworten auf seine vielen Fragen bekommen würde?

Mittags kehrten die Olivieris und Carlonis aus der Kirche zurück und nahmen eine leichte Mittagsmahlzeit ein. Frank hatte keinen Hunger, da er erst spät und üppig gefrühstückt hatte. Nach der Siesta versammelten sich alle am Pool. Am späten Nachmittag zogen Daniele und Frank sich ins Haus zurück. „Nun spann mich nicht länger auf die Folter, und zeig mir endlich, was du entdeckt hast", forderte Daniele Frank auf.

Dies ließ Frank sich nicht zweimal sagen. Sogleich holte er aus dem Gästehaus die Werke und breitete sie auf dem Wohnzimmertisch aus. „Zuerst war ich einfach nur begeistert und fasziniert von diesen Büchern, dem Manuskript, dem Brief und den Notenblättern. So etwas Fantastisches in unserer Bibliothek und dann noch als Schenkung! Doch dann kam es mir merkwürdig vor und ich habe die Werke näher untersucht. Du bist der einzige, der von meiner Spürnase weiß. Ja, und genau die habe ich dann eingesetzt." „Fantasticamente, erzähl, wie ging es weiter?" „Nun, mir fiel auf, dass alle Werke nicht den Papiergeruch aus ihrer Zeit tragen. Zwar sehen die Blätter alt aus, sind vergilbt, tragen Stockflecken, aber ihr Geruch ist widersprüchlich. Unter dem oberflächlichen Geruch nach altem Papier verbirgt sich Frische." Frank fiel es schwer, einen anderen Menschen, der keinen so ausgeprägten Geruchssinn wie er hatte, an seinen Erkenntnissen teilhaben zu lassen. Schließlich wollte Frank, dass Daniele ihm glaubte und nicht an seinem Geisteszustand zweifelte. „Und du bist dir wirklich sicher, Frank?" Obwohl Daniele nachhakte, spürte Frank am Tonfall das Vertrauen, das Daniele in seine besondere Fähigkeit setzte. „Nun, hundertprozentig sicher kann ich mit dieser Methode natürlich nicht sein. Es ist mehr eine intuitive Sicherheit: aber auf diese habe ich mich bisher immer verlassen können." Daniele nahm eines der Bücher in die Hände, schlug es an unterschiedlichen Stellen auf, roch daran, legte es wieder weg, nahm die Notenblätter auf, schnupperte an ihnen, legte sie wieder weg. „Also, ich rieche nichts, außer dem Staub des Alters. Und ich finde auch, die Werke sehen entsprechend alt aus. Es ist schon faszinierend, wie sicher du dir bist." „Ich habe eigentlich keine Zweifel mehr. Bei jedem Riechen nehme ich all diese widersprüchlichen Geruchsbotschaften erneut wahr. Nur bewiesen ist so natürlich noch gar nichts." „Gibt es eine Möglichkeit, deine Vermutungen bestätigen zu lassen?" „Nun, auch deshalb bin ich nach Italien gekommen. Erst neulich habe ich in einer Fachzeitschrift für Antiquare von einem Verfahren gelesen, mit dem man alte Handschriften zweifelsfrei identifizieren kann." Frank holte aus seinen Unterlagen eine Zeitschrift hervor und schlug den betreffenden Artikel auf. „In Florenz arbeitet ein gewisser Professor Spinozea, der ein neues holografisches Verfahren entwickelt hat, mit dessen Hilfe Schriftzüge dreidimensional dargestellt werden können." „Und was soll das bringen?" „Nun, durch diese Darstellung können Reihenfolge und Druckstärke einzelner Striche enthüllt werden. Dadurch werden individuelle Eigenschaften sichtbar und Fälschungen entlarvt." „Ja, das wäre dann der Beweis, den wir brauchen – einfach genial!" „Ganz so einfach ist es leider auch nicht. Denn natürlich ist diese Methode nur zuverlässig, wenn wir zum Vergleich ein Original untersuchen lassen können. Außerdem weiß ich gar nicht, ob Professor Spinozea uns überhaupt empfängt, er ist ein gefragter, vielbeschäftigter Mann." Frank hatte ernsthafte Zweifel, doch Daniele meinte: „Das lass mich nur machen. Vertrau mir, das wird schon klappen. Schließlich hat er sein Verfahren entwickelt, um Fälschungen auf die Spur zu kommen. Da erwacht sicherlich sein Ehrgeiz, wenn er Werke wie unsere untersuchen kann."

Den Abend verbrachte Frank in Gesellschaft der Carlonis und Olivieris auf der Terrasse. Zuerst aßen sie reichlich und äußerst schmackhaft, anschließend saßen sie noch lange zusammen. Nachdem die Sonne untergegangen war, wurde es zwar merklich kühler, aber eingehüllt in eine Decke ließ es sich draußen gut aushalten. „Lass dich nicht täuschen, Franco, das Wetter kann auch hier ganz schnell umschlagen", wandte sich Rosas Vater, Angelo, an Frank, der voller Begeisterung den Abend genoss.

5

Der nächste Tag begann für Frank, trotz Urlaub, mit dem Klingeln des Weckers um kurz nach sechs. Gegen sieben wollte er zusammen mit Daniele nach Florenz aufbrechen, um dessen Bibliothek kennenzulernen und erste Nachforschungen anzustellen. Draußen war es noch dunkel; ihm fiel die um diese frühe Uhrzeit vollkommene Stille auf. Aus der Dusche kam nur lauwarmes Wasser, aber so waren Franks Lebensgeister erwacht, als er in die warme Küche der Carlonis trat. Rosa bereitete, wendig in ihrem Rollstuhl umherfahrend, das Frühstück zu, während die Kinder Maria und Vincenzo, noch in Schlafanzügen, um sie herumsprangen. Daniele saß am Küchentisch, als Frank durch die Außentür den Raum betrat. Ihm stockte der Atem - er fühlte sich um Jahrzehnte zurückversetzt, Frank hatte das Gefühl, in der Küche der Estranos zu stehen. Die Rückkehr in die Vergangenheit währte nur Augenblicke, und doch musste sie eindrücklich sein, denn Daniele sprach ihn an. „Sag, Franco, was ist los mit dir? Du bist ja ganz weiß, wie weißer Marmor." „Ach, ich habe dir doch von Sophia erzählt. Eure Küche hat mich stark an sie erinnert – so ähnlich war es bei ihr zu Hause." „Nun trink erst einmal etwas." Rosa reichte ihm einen Becher voll dampfenden Kaffees. Frank setzte sich an den Esstisch und nahm ein frisch aufgebackenes Brot, strich Butter und Honig darauf. Er war in Gedanken versunken. War es ihm in Deutschland die letzten Wochen gelungen, die erwachten Erinnerungen zuzulassen und zu genießen, spürte er nun neben der Sehnsucht Angst. Obwohl er froh war, in Italien zu sein, fragte Frank sich, ob die Entscheidung für diese Reise wirklich die richtige war. Was versprach er sich davon?

Wenig später brachen Daniele und Frank auf. Daniele hatte eine dunkle Leinenhose und ein passendes Seidenhemd mit farblich abgestimmter Krawatte an. Frank wiederum war leger in Jeans und in ein Leinenhemd, das Anna ihm geschenkt hatte, gekleidet. Anna – wie weit er sich von der Zeit mit ihr, nicht nur kilometermäßig, bereits entfernt fühlte.

Mit dem Auto fuhren sie den gleichen Weg wie bei Franks Ankunft, diesmal in die entgegengesetzte Richtung. Am Horizont ging gerade die Sonne auf und tauchte die im Dunst liegenden Hügelkuppen in warmes Licht. „Hier bei euch ist die Wirklichkeit kitschiger als in jedem Film." „Ja, Franco – dies ist meine Welt, so schön wie ein Film, das ist mein Italien", entgegnete Daniele stolz. Einvernehmlich schweigend fuhren sie weiter, beide in ihre Gedanken versunken und mit dem Ankommen im neuen Tag beschäftigt. Nach einer halben Stunde Fahrt wurden die Häuser von Florenz sichtbar. Die Stadt wirkte verschlafen, die Touristen waren noch in ihren Hotels, die meisten Läden geschlossen und so konnten sie die Straßen zügig durchfahren. Immer wieder machte Daniele Frank auf ein besonderes Gebäude oder eine Kirche aufmerksam und überraschte ihn mit einem lebendigen und umfassenden Wissen zur Stadtgeschichte. „Ich liebe Firenze! Allerdings nicht mehr in drei Stunden, wenn die Touristen die Stadt überfallen, man nirgends mehr einen Platz in einem Straßencafé bekommt, um seinen Espresso zu trinken. Dann ist mir die Stadt fremd. Aber jetzt ist Florenz wirklich wunderschön!"

Wenig später fuhren sie in die Via Gino Capponi und parkten im Parkhaus des Museo Archeologico, das nur wenige Meter entfernt lag von Danieles Arbeitsplatz. Durch einen Seiteneingang betraten sie die Bibliothek – ein schmuckloses Gebäude. Auch an Florenz waren die Bausünden der siebziger Jahre nicht spurlos vorübergegangen. Dennoch war Daniele stolz auf seine Bibliothek, deren stellvertretender Leiter er war. Sie durchquerten das leere Foyer, nur eine Reinigungsfrau arbeitete bereits und grüßte freundlich. „Wir sind eine reine Präsenzbibliothek, fast unser gesamter Bestand ist im Lesesaal zugänglich. Hauptsächlich haben wir wissenschaftliche Spezialliteratur zur italienischen Kunst; Nachbardisziplinen sind aber auch Geschichte und die deutsche Literatur. Hier sind wir vor allem stolz auf unsere Sammlung deutscher Originalausgaben vom Beginn des Buchdrucks bis heute." Daniele erklärte dies und das, während er Frank durch die Räume führte.

Schließlich waren sie vor dem Büro des Leiters angekommen. „Signore Marcelli müsste eigentlich schon da sein, denn er hat in dreißig Minuten eine Besprechung angesetzt; ich klopfe und stelle dich vor", wandte sich Daniele an Frank, während er bereits an die Tür klopfte. „Avanti per favore" tönte es mit kräftiger Stimme. Daniele öffnete die Tür. „Buongiorno, signore Marcelli! Ich möchte Ihnen meinen deutschen Kollegen Frank Mühe vorstellen. Er hat mich betreut, als ich in der Stuttgarter Bibliothek hospitiert habe, und möchte nun unsere Bibliothek kennenlernen." Marcelli begrüßte Frank betont freundlich: „Benvenuto, signore Mühe! Ich hoffe, unsere Bibliothek und Florenz gefallen Ihnen. Ich habe schon gehört, wie freundlich Sie meinen Mitarbeiter in Deutschland eingeführt haben. Lassen Sie es mich bitte wissen, wenn ich Ihnen irgendwie behilflich sein kann." Marcelli war ein Mann um die fünfzig, schlank und durchaus attraktiv. Die Augen blickten wach und neugierig. Dennoch war Frank sich nicht sicher, was er von ihm halten sollte, zumal Daniele ihm gegenüber an der Aufrichtigkeit Marcellis gezweifelt hatte. Höflich antwortete er: „Buongiorno, signore Marcelli. Ich freue mich, Ihre Bibliothek kennenlernen zu dürfen und bin gespannt auf Ihre Schätze." „Ja, sehen Sie sich alles in Ruhe an. Leider habe ich nun gar keine Zeit mehr, gleich habe ich eine Besprechung, aber vielleicht können wir uns ein anderes Mal in Ruhe austauschen. Sie kommen ja sicherlich wieder hierher." Marcelli gab Frank und Daniele die Hand und schenkte ihnen ein freundliches Abschiedslächeln. Frank bemerkte die Erleichterung Danieles, als sie das Büro verließen. Kaum waren sie außer Reichweite, entfuhr es ihm: „Mensch, Daniele, deinen Chef habe ich mir nach deinen Schilderungen aber wirklich anders vorgestellt. Der ist doch gar nicht so unsympathisch?" „Lass dich nicht täuschen. Marcelli ist ein äußerst guter Schauspieler. Nun, ich bin froh, dass ich normalerweise nicht allzu viel mit ihm zu tun habe. Er ist froh, wenn er seine Ruhe hat und ist dienstlich viel außer Haus. Dann überlässt er die Leitung der Bibliothek mir, und alle sind erleichtert. Bis im vergangenen Jahr hatte ich einen richtigen Vorzeigechef, doch der hat überraschend einen Herzinfarkt bekommen und ist verstorben. Seitdem hockt leider signore Marcelli auf diesem Posten." „Da habe ich mich wohl täuschen lassen. Wie ich hast du dann wirklich Pech mit deinem Chef." „Vielleicht auch nicht – wenn an meinem Verdacht etwas dran ist, ist er vielleicht nicht mehr allzu lange mein Chef. Aber dazu später. Komm, ich zeige dir einen Platz im Lesesaal, wo du unsere Schätze genießen kannst. Hier ist dein Gastausweis, damit du keine Schwierigkeiten bekommst; häng ihn bitte sichtbar um." Daniele führte Frank zu einem kleinen Tisch mit Leselampe und einem Stuhl davor. „Nun muss ich aber an die Arbeit. Was hältst du davon, wenn wir uns um zwölf am Ausgang treffen, zusammen Essen gehen und dann ein bisschen durch die Stadt bummeln? Sonst fahre ich mittags manchmal nach Hause, aber Rosa weiß bereits, dass wir heute nicht kommen." „Hört sich gut an, mir wird bis dahin bestimmt nicht langweilig", antwortete Frank und zeigte auf die unzähligen vollgestellten Bücherregale.

Die kommenden Stunden vergingen für Frank wie im Fluge. Beim Betrachten der Bücher verlor er jegliches Raum- und Zeitgefühl. Hatte er den Lesesaal zunächst noch für sich alleine, begann sich dieser ab zehn zu füllen. Vor allem Studenten nutzten die Bibliothek, immer wieder jedoch auch Männer und Frauen mittleren Alters und jene, die die siebzig teilweise deutlich überschritten hatten, aber immer noch von einem großen Wissensdurst erfüllt zu sein schienen. Frank nahm die anderen Leser immer nur kurz wahr, dann vertiefte er sich wieder in das vor ihm liegende Buch. Er betrachtete die berühmte italienische Dante–Ausgabe von 1502 – ein eher unauffälliges Buch und doch von unschätzbaren Wert, da es einen Fortschritt in der Schriftentwicklung gebracht hatte. Als erstes Werk wurde es mit den berühmten Aldus–Kursiv–Typen gedruckt. Das Buch stammte aus der Zeit, in der Deutschland die führende Rolle im Buchdruck an Italien verloren hatte. Daniele hatte wirklich nicht zu viel versprochen. Die Bibliothek bot wahre Schätze, und durch ihn war es Frank möglich, selbst Bücher wie diese, die unter Verschluss standen, näher zu betrachten. Daniele hatte Frank mit einer Kollegin, die den Lesesaal betreute, bekannt gemacht; sie brachte ihm die gewünschten Bücher, eine weiche Unterlage und Handschuhe als Schutz beim Betrachten.

Da Franks Tisch versteckt lag, konnte er zwar die anderen Leser beobachten, von diesen aber kaum gesehen werden. So gab er schon bald der Versuchung nach, in dem Buch, das er betrachtete, nicht nur zu lesen, sondern auch daran zu riechen.

6

Na, du hast dich wohl schon an die italienische Pünktlichkeit gewöhnt – willst du mich um meine wohlverdiente Mittagspause bringen? Zehn Minuten habe ich am Ausgang auf dich gewartet. Ich war schon in Sorge, dass du dich mit einem unserer wertvollen Bücher aus dem Staub gemacht hast." Daniele trat an den Tisch von Frank, der erstaunt aufschaute. „Tatsächlich, ich habe die Zeit vergessen. Tut mir leid. Aber bei den Schätzen, die sich vor mir ausbreiten, wirst du mir hoffentlich verzeihen?" „Gerne, wenn du augenblicklich die Bücher zurückbringst, denn ich sterbe vor Hunger ..." „Das kann ich natürlich nicht verantworten." Frank stand rasch auf und gab die Bücher an Danieles Kollegin zurück.

Als die beiden ins Freie traten, waren sie nach den Stunden in den klimatisierten, abgedunkelten und ruhigen Räumen verwirrt von der Wärme, der Helligkeit und der Betriebsamkeit, die sie nun umgab. „Komm, lass uns ein wenig abseits der Touristenströme gehen", schlug Daniele vor und bog in eine Nebenstraße ein. Kaum waren sie ein kurzes Stück gegangen, wurde es deutlich ruhiger. „Immer wieder wundert es mich, dass die meisten Touristen sich nur unsere Hauptattraktionen ansehen. Dabei zeigt eine Straße wie diese viel mehr von unserem Florenz." Daniele wies auf die drei- bis vierstöckigen Gebäude mit ihren Fensterläden, den Kästen mit Blumen und Kräutern vor den Fenstern, den Wäscheleinen zwischen den Häusern, die voll bunter Wäsche hingen, und Kindern, die auf dem Gehweg ein Hüpfspiel spielten. „Aber nun habe ich wirklich Hunger. An der Ecke liegt ein kleines Restaurant; wenn wir Glück haben, gibt es frischen Fisch." Daniele zeigte auf ein Haus weiter vorne. „Eine gute Idee. Ich merke erst jetzt, dass ich wirklich Appetit habe. Irgendetwas muss in der Luft sein – seit ich hier bin, könnte ich ständig essen." „Dann pass nur auf, dass du in diesem Urlaub nicht dick und rund wirst. Aber eigentlich wundert es mich nicht, unsere Küche ist wirklich etwas Besonderes."

Die beiden hatten Glück, im Außenbereich war noch ein Tisch frei. Kaum hatten sie sich gesetzt, kam der Kellner. „Buongiorno, Daniele. Schön, dass du dich wieder einmal sehen lässt." „Buongiorno, Philippe. Darf ich dir meinen Freund Franco aus

Deutschland vorstellen?" „Benvenuto, Franco. Was darf ich euch bringen? Heute haben wir frischen Salmone mit Spinat und Nudeln, dann hätten wir noch ...", fing Philippe an aufzuzählen, und wurde von Daniele unterbrochen: „Also, wenn es dir, Frank, auch recht ist – den Lachs kann ich nur empfehlen. Ich nehme ihn und dazu ein Glas von eurem Chianti classico und eine große Flasche Wasser." „Hört sich gut an, ich nehme das gleiche!" Während sie auf das Essen warteten, berichtete ihm Daniele von seinem Vormittag. „Das, was du gestern erzählt hast, hat mir einfach keine Ruhe gelassen. Ich habe gleich heute Morgen die Telefonnummer von Professor Spinozea recherchiert und ihm von deiner Vermutung berichtet." Besorgt blickte Frank Daniele an. „Hast du ihm etwa auch berichtet, worauf sich meine Aussage stützt?" Dieser lachte: „Nein, natürlich nicht. Da würde er uns doch gar nicht ernst nehmen. Nein, ich habe stattdessen deine bestechende deutsche Gründlichkeit gelobt und so getan, als ob man dich in der Fachwelt kennen müsste. Und da konnte Spinozea gar nicht mehr anders, als uns trotz seines dichten Termin-kalenders für morgen Abend um sechs einen Termin anzubieten. Wir sollen die Werke und Schriften mitbringen. Vergleichs-handschriften von Goethe, Schiller und Schubert befinden sich bereits in seinem umfangreichen Daten-Archiv. Was sagst du nun?" Frank war begeistert. „Ich danke dir! Das hätte ich nicht für möglich gehalten, dass es so schnell klappt. Toll, dass du dich gleich darum gekümmert hast!" „Es ist nicht nur deine Sache, ich werde aus der Bibliothek ebenfalls zwei der kürzlich er-standenen Werke mitnehmen, sofern deine Geruchsprobe den Fälschungsverdacht bestätigt. Es sind zwar nicht unsere wert-vollsten Werke, dennoch werde ich den Verdacht nicht los, dass mit ihnen etwas nicht stimmt und da noch viel mehr dahinter steckt. Marcelli verhält sich in den letzten Monaten einfach sonderbar." „Na, da bin ich gespannt. Ich könnte mich heute Nachmittag um die besagten Bücher kümmern, wenn du willst." „Aber Frank, eines verstehe ich nicht. Eigentlich bist du hierher-gekommen, um Sophia zu finden – oder? Und nun kümmerst du dich nur um die vermeintlichen Fälschungen." „Ich bin auch wegen Sophia hier, Daniele. Da, wo andere ihrem Bauchgefühl folgen, folge ich meiner Nase. Und die sagt mir, dass ich Sophia, wenn überhaupt, nur über den Umweg der Bücher finde."

7

Nach einem vorzüglichen Mittagessen, das sie mit einem Espresso abrundeten, bummelten Frank und Daniele durch die Straßen und genossen das bunte, fröhliche Treiben bei noch sommerlichen Temperaturen. Am frühen Nachmittag kehrten sie in die Bibliothek zurück. Daniele brachte Frank die „unter Verdacht stehenden Bücher", wie er sich scherzhaft flüsternd, aber doch ernst ausdrückte. „Aber lass dich bitte nicht von signore Marcelli erwischen. Die Bücher sind eigentlich noch gar nicht frei zugänglich."

Frank unterzog die Werke einer eingehenden Untersuchung. Seine Nasenprüfung bestätigte ihm, dass auch diese zwei Bücher mit hoher Wahrscheinlichkeit Fälschungen waren. Sein Herzschlag setzte kurz aus, als er auch an ihnen einen schwachen Duft, wie nach Vanille, wahrzunehmen meinte. „Sicherlich bilde ich es mir nur ein." Doch so oft Frank auch an den Büchern schnupperte – die Dufterinnerung an Sophia wurde stets aufs Neue ausgelöst. Er machte sich Notizen zu den Werken und recherchierte dann im Internet die Hintergründe.

Thomas Mann. Herr und Hund. Ein Idyll. München 1919.
Pappband. Mit Text und Einbandillustrationen von Emil
Preetorius. Erste Ausgabe von nur 10 nummerierten und signierten
Exemplaren. Gut und frisch erhalten.
Geschätzter Kaufpreis: 21.000 €.

Heinrich Heine. Gedichte. Berlin, Maurer, 1822.
Grüner ornamental verzierter Original-Umschlag mit Rückentitel.
Gut erhaltenes, signiertes Exemplar mit nur wenigen Stockflecken.
Geschätzter Kaufpreis: 22.500 €.

Da das vorliegende Werk von Thomas Mann zugleich eine persönliche Widmung an eine gewisse Bertha Stäbler enthielt, war diese Ausgabe vermutlich ungleich wertvoller.

Beide Bücher hatte, wie ein ins Internet gestellter Artikel der Tageszeitung „La Nazione" berichtete, auf der letzten Stuttgarter Antiquariatsmesse die Florenzer Bibliothek erworben mit dem Zuschuss von deutschen Kulturstiftungsgeldern. Doch keines der Originale lag vor Frank, da war sich seine Nase sicher. „Na, was sagen Sie zu den Schätzen unserer Bibliothek, signore Mühe?" Frank zuckte zusammen, als signore Marcelli freundlich lächelnd an seinen Tisch trat. Glücklicherweise waren die zwei Bücher nicht sichtbar, sondern von anderen Büchern und seinen Notizen verdeckt. Frank hoffte, dass Marcelli seine schwer lesbare Handschrift nicht entziffern konnte. „Sie haben einen wirklich beeindruckenden Bestand in Ihrer Bibliothek, signore Marcelli", antwortete Frank höflich und suchte dessen Blick. Er nahm ein unruhiges Flackern der Augen wahr – Marcelli fiel es offensichtlich schwer, seinem Blick standzuhalten. „Ja, wir haben es wirklich gut. Im Gegensatz zu anderen Bibliotheken geht es uns auch in diesen wirtschaftlich schwierigen Zeiten finanziell gut. Wir haben einen tatkräftigen Förderverein, der viel Geld für unsere Bibliothek einwirbt. Außerdem werden wir von Stiftungen Ihres Landes mit großzügigen Fördermitteln bedacht." „Davon träume ich auch. Unsere Mittel werden immer mehr gekürzt, für Neuanschaffungen haben wir leider nur wenig Geld zur Verfügung." „Welche Bücher haben es Ihnen denn ..." – Marcelli kam nicht dazu, zu Ende zu sprechen, denn sein Mobiltelefon klingelte. Im Lesesaal war Telefonierverbot, alle Köpfe wandten sich in seine Richtung. Marcelli ließ sich davon nicht irritieren, sondern nahm das

Gespräch entgegen. „Pronto? Si, wann? Es tut mir leid, ich bin in einer halben Stunde da." Sein Gesicht zeigte einen flüchtigen Ausdruck des Erschreckens, bevor er die Kontrolle zurückgewann und sich mit einem einstudiertem Lächeln Frank zuwandte. „Tut mir leid, signore Mühe. Unsere kleine Unterhaltung müssen wir ein anderes Mal fortsetzen, die Arbeit ruft."

8

Der Abend und der nächste Tag vergingen nach Franks und Danieles Empfinden viel zu langsam. Vor allem Frank war sehr gespannt, ob Professore Spinozeas Prüfmethode die Ergebnisse seiner Riechproben bestätigen würde. Frank spürte eine zunehmende Unruhe. Seit drei Tagen war er nun bereits in Italien und Sophia keinen Schritt näher gekommen. Er fragte sich, ob seine Vermutung, dass die Buchfälschungen und Sophia zusammenhingen, nicht doch nur ein Hirngespinst war – und ob seine Strategie die richtige war, um Sophia zu finden. Das einzige, was dafür sprach, war der Duft nach Vanille.

Endlich war es Abend. Sie fuhren zum Institut, das am Ufer des Arno lag, nahe den Uffizien. Auf der Suche nach einem Parkplatz kamen sie an dem Museum vorbei. Obwohl es in einer Stunde schloss, wartete am Eingang immer noch eine lange Schlange von Menschen darauf, eingelassen zu werden. Mit einem Kopfschütteln wandte sich Frank an Daniele. „Was bringt es, in die Galerie zu gehen, wenn sie gleich geschlossen wird?" „Es sind vermutlich alles Touristen. Die wollen nicht nach Hause kommen, ohne die Eintrittskarte einer der bedeutendsten Kunstgalerien der Welt zeigen zu können."

Zwei Querstraßen vom Institut entfernt fanden sie eine Parklücke. Eine Tafel besagte, dass das Physikalische Institut zur „Università degli Studi Firenze" gehörte. Das Gebäude aus dem ausgehenden neunzehnten Jahrhundert hatte schon deutlich bessere Zeiten gesehen. An der Fassade und im Innern blätterte der Putz ab, der Fliesenboden war abgetreten, die Fenster waren nur einfach verglast, und jetzt, am frühen Abend, war es unangenehm kühl. Der Pförtner empfing sie mit müder Stimme. „Der Professore hat seine Abteilung im Untergeschoss. Denken Sie daran, dass er Sie nachher wieder hinauslässt. Ich habe gleich Feierabend." Frank und Daniele betraten durch eine Glastür das Untergeschoss und eine völlig andere Welt. Sie befanden sich in einem über hundert Quadratmeter großen Raum, umgeben von alten Mauern, von denen der Putz abbröckelte – ein krasser Gegensatz zu den Hochleistungsapparaten, die hier versammelt waren. Nur in einer Ecke des Raumes brannte noch Licht, auch die Rechner waren bereits heruntergefahren. Ein schlanker Mann um die sechzig, mit halblangen, lockigen, graumelierten Haaren, Vollbart, Jeans, Hemd, darüber einen weißen Laborkittel, kam auf sie zu. „Buonasera – Sie müssen die Herren sein, die mich um meinen Feierabend bringen", begrüßte er Frank und Daniele mit einem freundlichen Lächeln. „Buonasera, professore Spinozea. Schön, dass Sie sichZeit für uns nehmen. Ich bin Daniele Carloni, wir haben gestern miteinander telefoniert und das ist mein deutscher Freund Franco Mühe. Beide sind wir Bibliothekare, aber zurzeit im Nebenberuf Buchfälschern auf der Spur." Auch Frank schloss sich der Begrüßung an. Der Professore ergriff erneut das Wort. „Ich freue mich wirklich, Sie zu sehen. Selbst bin ich auch ganz gespannt, wie unser Gerät arbeitet. Wir befinden uns noch in der Erprobungsphase, haben aber schon zahlreiche Anfragen von Restauratoren, die ihre Gemälde mit unserer Lasertechnik untersuchen wollen. Aber wenn es uns auch mit Textdokumenten gelingt, können wir vielleicht zukünftig einen ‚Gutachten–Expertisenservice für Autographen' aufbauen, mit dem wir helfen können, die Finanzen des Institutes zu sanieren. Uns wurden aufgrund der schlechten Haushaltslage die Forschungsgelder kräftig zusammengekürzt. Da wäre die Aufklärung eines ‚Fälscherskandals' genau die richtige Publicity zum Einstieg in diesen noch neuen Markt. Ich bin wirklich gespannt darauf, die Werke unter meinen Laserstrahl zu legen. Lassen Sie uns loslegen!"

Frank und Daniele packten die mitgebrachten Werke aus. Daniele war froh, dass sein Chef Marcelli für eine Sitzung außer Haus weilte und somit nicht bemerkt haben konnte, dass die zwei Neuanschaffungen nicht an ihrem gewohnten Platz standen. Inzwischen war der Professore soweit. Frank und er legten das erste Werk, den handschriftlichen Gedichtentwurf von Goethes „Zauberlehrling", vorsichtig unter den Apparat. Dieser sah aus wie das überdimensionierte Gerät zum Belichten von Schwarz–Weiß–Fotos, mit dem Frank früher in der Foto–AG der Schule gearbeitet hatte. Professore Spinozea erklärte ihnen mit großer Begeisterung den Ablauf: „Ich leuchte nun mit Laserstrahlen die Schreiboberfläche an. Mit einem lichtempfindlichen Gerät werden die Hell–Dunkel–Muster eingefangen und Punkt für Punkt abgescannt. Dadurch werden selbst winzige, relative Höhenunterschiede in der Schrift sichtbar. Dieses Gerät wiederum ist mit meinem Computer dort verbunden, und der fertigt aus den empfangenen Daten eine dreidimensionale Holografie der Buchstaben an." Frank hakte nach: „Ja, aber wie kann man dann feststellen, ob es sich um ein Original oder eine Fälschung handelt?" „Nun, ich vergleiche das Ergebnis mit den in der Datenbank hinterlegten Buchstaben. Mittlerweile haben wir Original–Schriftproben von über zweihundertachtzig historischen Persönlichkeiten, darunter auch Goethe und Schiller." Nun wählte er mehrere Wörter aus, die sowohl in seiner Goethe–Datei hinterlegt als auch auf dem mitgebrachten Brief Goethes an Schiller zu finden waren. Bei jedem Wort, das in seinen zwei Versionen auf dem Bildschirm erschien, wurden kleine, aber feine Unterschiede sichtbar, die allerdings zunächst nur dem geübten Auge von Professore Spinozea ihr Geheimnis enthüllten: „In der eindimensionalen Abbildung sieht es so aus, als ob die Schriftzüge, Schlaufenbildungen und Neigungen der Schrift exakt übereinstimmen. Die Tücken zeigen sich jedoch in der dreidimensionalen Darstellung. Sehen Sie, die Reihenfolge, in der die Striche aufgetragen wurden, die Stärke, mit der sie geschrieben wurden, sie stimmen in keiner Weise überein. Denn sie sind es, die einen Schriftzug so individuell und charakteristisch machen, dass er fast an die Einzigartigkeit eines Fingerabdruckes heranreicht." Frank war aufgeregt: „Dann heißt es also, dass es sich hier um eine Fälschung handelt?" „Ja, es ist eindeutig eine Fälschung. Wenn auch eine sehr gut gemachte, die sicherlich selbst geübte Graphologen nicht aufdecken würden. Es interessiert mich also schon, wie Sie zu diesem Verdacht kamen." „Das ist eine zu komplizierte Geschichte für den heutigen Abend. Vielleicht ein anderes Mal, da bitte ich Sie einfach um Ihr Verständnis." Frank hatte Angst, das Vertrauen Spinozeas zu verlieren, wenn er ihm die Wahrheit erzählte. „Das ist in Ordnung. Wenn wir vorankommen wollen, müssen wir sowieso weitermachen. Schließlich ist es bereits nach sieben und wir haben, wie ich sehe, noch einige Arbeit vor uns. Hoffentlich haben Sie sich auf einen langen Abend eingestellt!"

Der Abend wurde wirklich lang. Gegen neun gönnten sie sich eine Pause und Spinozea bestellte bei dem gegenüberliegenden Ristorante Pizza, Salat, Wasser und Wein. „Ich arbeite gerne in der Nacht. Da bin ich wenigstens ungestört von Telefonanrufen und Besprechungen. Aber nun lassen Sie uns auf die Entlarvung der Fälschungen anstoßen!" Denn bisher hatten sich alle mitgebrachten Werke als eindeutige, wenn auch sehr gut gemachte Fälschungen erwiesen. Bis kurz vor zwölf forschten sie weiter. Auch das Buch „Herr und Hund" und die Gedichte von Heine stellten sich als Fälschungen heraus. Bei den handschriftlichen Signaturen war das Ergebnis schnell eindeutig. Länger dauerte es, das Druckbild der Bücher und die verwendeten Druckfarben zu analysieren. Aber auch hierfür gingen dem Professore die Ideen nicht aus. Ihn begeisterte es, wie vielseitig sich sein Gerät einsetzen ließ: „Das war heute Abend wirklich die Bewährungsprobe für die Methode. Ich bin begeistert! Da das Gerät noch nicht auf dem Markt zugelassen ist, kann ich Ihnen allerdings leider keine schriftliche Expertise ausstellen. Die würde nirgends standhalten. Wenn Sie die Fälscher auffliegen lassen, wäre ich jedoch sehr dankbar, wenn Sie gegenüber der Polizei und der Presse meinen Namen entsprechend erwähnen." „Das ist selbstverständlich; jetzt kommt allerdings auch für uns erst der wirklich schwere Teil", antwortete Frank, und fügte nach kurzem Nachdenken hinzu: „Ich vermute, das, was wir heute entdeckt haben, ist nur Teil eines ungleich größeren Betrugs. Und ob wir dem gewachsen sind, wird sich zeigen." „Melden Sie sich, wenn Sie meine Hilfe nochmals brauchen - und natürlich auf jeden Fall, wenn Sie den Fall gelöst haben", bat Professore Spinozea, während er Frank und Daniele in die Nacht hinausbegleitete.

9

Am nächsten Morgen brachen Frank und Daniele, erschöpft von der zu kurzen Nacht, gemeinsam nach Florenz auf. Erneut versprach es, schön zu werden, aber sie waren zu sehr mit dem Ankommen im Tag beschäftigt, um es wahrzunehmen. Frank begleitete Daniele zunächst in die Bibliothek. Dort recherchierte er in Antiquariatskatalogen, dem Telefonbuch und im Internet nach Adressen von Antiquaren in Florenz. Die Bücherkiste mit der Schenkung des alten Herrn trug einen Poststempel von „Firenze". Frank hoffte daher, dass zumindest ein Teil der Werke aus einem Florenzer Antiquariat stammte und der Antiquar den Käufer kannte. „Wenn nicht, was dann?" Doch daran wollte Frank gar nicht denken, er verdrängte diese Frage lieber. Von den neunundzwanzig ermittelten Adressen strich er acht, da diese nur Bücher anderer Fachgebiete zum Kauf anboten. Es blieben einundzwanzig Antiquariate, die als potenzielle Anbieter in Frage kamen, einige davon in der „Hauptstraße" für Antiquariate, der Via Maggio. Frank überlegte, ob er telefonische Erkundigungen einholen sollte, um eine Vorauswahl zu treffen, verwarf diese Idee aber wieder. Er glaubte nicht, dass die Leute bereit waren, einem Unbekannten am Telefon Auskunft zu erteilen. Zudem bekäme er dann nichts mit von der Mimik und Gestik seiner Gesprächspartner, und die verrieten oft mehr als das gesprochene Wort. Unabhängig davon, was er herausfand – auf jeden Fall würde er auf diese Weise Florenz kennenlernen, schließlich kam er in alle Ecken der Stadt. Mit Hilfe des Stadtplanes stellte er die Reihenfolge für seine Tour zusammen.

Gerade als er zu Daniele wollte, um ihm Bescheid zu geben, kam dieser bei ihm vorbei. „Ich habe die zwei Bücher zurückstellen können, ohne dass Marcelli es bemerkt hat. Was hast du als nächstes vor, Frank?" „Schön, dass du gerade kommst. Ich habe nun alle Informationen beisammen und will los, um in Antiquariaten nach dem Ursprung der Bücher zu forschen. Wann soll ich zurück sein, damit ich mit dir zurückfahren kann?" „Ich habe gerade etwas Zeit. Komm, ich begleite dich noch zum Ausgang." Als sie aus der Sicht- und Hörweite der anderen Leser waren, fragte Daniele: „Und, wie willst du nun vorgehen, um an die gewünschten Informationen zu kommen?" „Ich habe den Brief des alten Mannes dabei, meine Visitenkarten der Bibliothek, außerdem habe ich in Stuttgart Scans von den Autographen und Ausdrucke gemacht. Ich werde mich als Vertreter meiner Bibliothek vorstellen, der dem unbekannten, edlen Spender unseren Dank überbringen möchte und der darauf hofft, ihn mit Hilfe des Antiquars identifizieren zu können." „So gut wie du alles durchdacht hast, wirst du sicherlich Erfolg haben. Aber rechne nicht damit, heute schon etwas herauszufinden. Wenn irgendetwas ist, rufe mich bitte an, du hast ja meine Handy-Nummer. Passt es dir, wenn wir uns um sechs vor der Bibliothek treffen?" „Das passt gut – ich werde da sein. Dir bis dahin gutes Arbeiten! Ciao!" „Ciao!"

Mittlerweile war später Vormittag. Mit der Hilfe des Stadtplans fand Frank sich gut zurecht. Er war das erste Mal in Florenz und blieb immer wieder überwältigt stehen. Die Stadt und ihre scharfen Kontraste faszinierten ihn. Auf der einen Seite die aufragende Präsenz der im Mittelalter und in der Renaissance erschaffenen Bauwerke, wie des Domes Santa Maria del Fiore – auf der anderen Seite der morbide Charme halb verfallener Paläste, dazwischen die allzeit bedrohliche Nähe des Straßenverkehrs, der nie abebbende Schwarm an Touristen und die ihren Alltag lebenden Einheimischen.

10

Eine kleine Glocke, die am Türrahmen befestigt war, bimmelte, als Frank das „Antiquariato di Boticelli" in der Via Maggio betrat. Frank hatte zwar wenig Hoffnung, hier bereits fündig zu werden, denn das Geschäft war hauptsächlich auf Kunstbücher und kunsthistorische Schriften spezialisiert. Dennoch wollte er nichts unversucht lassen, um eine Spur von Sophia zu finden. „Buongiorno signore. Wie kann ich Ihnen helfen?" Aus dem Halbdunkel trat ein kleingewachsener Mann um die sechzig hervor. Noch an die Helligkeit von draußen gewöhnt, brauchten Franks Augen eine Weile, bis sie scharf sehen konnten. „Buongiorno. Ich würde mich gerne zunächst ein wenig umsehen." „Gerne, sagen Sie mir einfach, wenn Sie Hilfe wünschen." Freundlich nickte der Mann.

Frank stand in einem etwa drei Meter hohen und hundert Quadratmeter großen Raum, der bis unter die Decke mit Bücherregalen vollgestellt war; eine Leiter lehnte an einem der Regale. An einer Wand standen statt Regalen verschlossene Bücherschränke, in denen die wertvollsten Werke präsentiert wurden. Es waren jahrhundertealte Bibeln mit handkolorierten Drucken. Ehrfürchtig betrachtete Frank eine der aufgeschlagen stehenden Bibeln, die nur zurückhaltend gestaltet, aber offensichtlich das wertvollste Werk in diesem Raum war. Der Antiquar hatte Frank beobachtet; nun trat er näher an ihn heran. „Sind Sie vom Fach?" Diese Frage bot Frank Gelegenheit, sein Anliegen vorzutragen und nachzufragen, ob dem signore ein alter Herr bekannt war, der diese Werke – Frank zeigte die Scans der Autographen – gekauft und den Brief geschrieben hatte. Eingehend prüfte der alte Herr die Scans. „Nein, tut mir leid, signore. Ich würde Ihnen ja gerne helfen, aber ich kenne weder die Werke noch den signore, der sich hinter dieser kunstvollen Handschrift verbirgt." Bedauernd schaute er Frank an. Dieser bedankte sich höflich und verabschiedete sich.

Auf der Straße hakte er die Adresse auf seiner Liste ab und begab sich zum nächsten Antiquariat, nur wenige Häuser weiter. Auch hier hatte Frank keinen Erfolg. Dieses Mal wurde er unfreundlich behandelt. „Selbst wenn ich den Herrn kennen würde und die Adresse wüsste, Ihnen würde ich sie bestimmt nicht geben. Da kann ja jeder kommen – was ist, wenn Sie etwas ganz anderes wollen?" Frank musste fast dankbar sein, nicht grob vor die Tür gesetzt zu werden. Andererseits konnte er die Besitzerin sogar verstehen. Schließlich könnte er tatsächlich etwas ganz anderes im Sinn haben. Zukünftig sollte er vielleicht etwas zurückhaltender vorgehen.

Als Frank bei der dritten Adresse ankam, war es bereits nach halb eins. An der Tür war ein Schild angebracht. „Ich bin in der Mittagspause. Ab 15 Uhr bin ich wieder für Sie da." Frank bemerkte erst jetzt, welch großen Appetit er hatte. Das Frühstück lag bereits einige Stunden zurück und war zudem nicht üppig gewesen, da er zu aufgeregt gewesen war, um viel essen zu können. Zielstrebig steuerte er eine nahegelegene Trattoria an und genoss es, inmitten von Einheimischen auf einer kleinen Terrasse im Schatten zu sitzen, einen Salat und Tagliatelle mit frischen Steinpilzen zu essen. Nach dem Essen erkundete Frank die nähere Umgebung. Er sah sich den Dom Santa Maria del Fiore an und war erstaunt, welche Kontraste das Bauwerk bot. Zeigte die Außenfassade vielerlei Verzierungen, wirkte das Innere auf den ersten Blick riesig, streng und leer. Dennoch ließ Frank sich auf den Baustil ein und entdeckte schon bald, dass es sehr viel zu entdecken gab. Insbesondere die Krypta, die Überreste einer Kirche trug, und die farbenprächtigen Fresken der Sakristeien faszinierten ihn. Ausnahmsweise bevölkerten keine Heerscharen von Touristen die Kirche. Frank ließ sich viel Zeit für die Besichtigung. Anschließend ging er zurück zum Antiquariat, denn die Zeit war mittlerweile so weit fortgeschritten, dass die Mittagspause vorüber war.

Der Nachmittag verging sehr schnell. In drei weiteren Antiquariaten suchte Frank nach den Spuren des alten Mannes, doch niemand konnte ihm weiterhelfen. Als er sich abends um sechs mit Daniele traf, standen noch sechzehn Adressen auf seiner Liste. „Trotzdem bin ich zuversichtlich, schließlich habe ich mit der Suche heute erst richtig begonnen." Innerlich fühlte Frank sich jedoch zerrissen. Immer wieder fragte er sich: „Was ist, wenn die Suche bis zum Schluss erfolglos verläuft?" Doch eine Antwort wollte Frank lieber gar nicht bekommen. Er klammerte sich an die Hoffnung, dass ihn bald der Zufall wieder zu Sophia führen würde.

11

Weitere zwei Tage vergingen. Franks Suche zeigte keinen Erfolg. Es war Samstag. „Gönne dir doch das Wochenende Ruhe. Schließlich hast du Urlaub, da solltest du alles etwas entspannter angehen." Daniele spürte, dass Frank immer unruhiger und mutloser wurde. Mittlerweile waren nur noch drei Adressen übrig. Wie Frank bereits herausgefunden hatte, handelte es sich bei allen um sehr kleine Antiquariate. So hatte er wenig Hoffnung, dass eines von ihnen Werke von solcher Bedeutung anbot. „Auch wenn die Chancen gering sind, ich muss es einfach versuchen!

Wenn ich bei keiner dieser Adressen Erfolg habe, weiß ich auch nicht weiter. Leihst du mir dein Auto, damit ich nach Florenz fahren kann? Ich kenne mich ja mittlerweile gut aus." Für Frank war klar, dass er seine Suche auch am Wochenende fortsetzen würde. „Natürlich kannst du es leihen. Wir haben ja noch Rosas Wagen." Während Frank Richtung Florenz fuhr, fielen die ersten Regentropfen, seit er in Italien war. Der Himmel war zum ersten Mal nicht wolkenlos blau, sondern regengrau verhangen.

Gerade als Frank den Schotterweg verlassen und in die geteerte Straße einbiegen wollte, kam der Wagen ins Schlingern. Ihm fiel es schwer, die Kontrolle über das Lenkrad zu behalten; irgendwie brachte er den Wagen schließlich zum Stehen. Seine Vermutung bestätigte sich: Der linke Vorderreifen hatte einen Platten. Mittlerweile war der Regen stärker geworden und durchnässte Frank, während er den Reifen wechselte, bis auf die Haut. Ihm war klar, dass er so nicht nach Florenz fahren konnte. Schließlich hatte er nicht vor, die restliche Urlaubszeit im Bett zu verbringen. So wendete Frank den Wagen und fuhr zum Castello zurück. „Du scheust wohl vor nichts zurück, damit ich das Wochenende zum Erholen nutze", begrüßte Frank Daniele scherzend, der gerade mit Vincenzo und Maria zum Einkaufen aufbrechen wollte. „Willst du nicht noch einmal los?" hakte Daniele nach, nachdem Frank ihm von dem platten Reifen erzählt hatte. „Nein, für heute reicht es mir. Vermutlich hätte ich sowieso keinen Erfolg. Da kann ich ebenso gut bis Montag warten und verderbe mir wenigstens nicht das Wochenende. Erst einmal dusche ich richtig warm und ziehe mir trockene Kleidung an, dann sehe ich weiter. Könntest du mir bitte Käse, Brot, Tomaten und Schinken mitbringen? Ich werde es mir tatsächlich an diesem Wochenende einfach nur gemütlich machen. Es wird mir gut tun, ein wenig Zeit mit mir alleine zu verbringen." „Ich bringe dir die Sachen gerne mit, aber du weißt, dass du bei uns jederzeit willkommen bist!"

Daniele fuhr mit den Kindern davon, Frank ging auf das Haus zu. Der Regen hatte Abkühlung gebracht. Während Frank die Stufen hinaufging, fröstelte es ihn. Er spürte, wie viel Kraft die Suche der letzten Tage gekostet hatte. Und freute sich darauf, einmal wieder alleine zu sein. So sehr er das Familienleben mit Daniele auch genoss – auf der anderen Seite zeigte es ihm, wie bedürftig, wie einsam und beziehungsarm sein Leben war. Und nicht immer tat es ihm gut, damit konfrontiert zu werden.

Nachdem Frank geduscht, frische Kleidung angezogen und einen Kaffee getrunken hatte, fühlte er sich deutlich besser. Durch den Regen war das Haus so abgekühlt, dass Frank fröstelte. Er schichtete im Kamin Holz auf und entfachte ein Feuer. Nachdem Daniele ihm die Einkäufe, dazu Wein und Olivenöl von seinem Vater, gebracht hatte, bereitete Frank sich ein „Vesper" zu, wie man in seiner schwäbischen Heimat sagte. Er genoss das Essen, die Ruhe und Behaglichkeit am offenen Kamin. Es tat ihm gut, seinen Gedanken und Gefühlen Raum zu geben. Frank wurde erst jetzt bewusst, dass er, seit er in Italien angekommen war, unentwegt beschäftigt war, er bisher keine Zeit zum Nachdenken gehabt hatte. Sein altes Leben kam ihm weit entfernt vor. Die Arbeit in der Bibliothek, das Leben mitten in der Stadt, die Beziehung zu seiner Studienfreundin Anna, das schwäbische Essen und sein Dialekt, das wechselhafte Wetter, das den Herbst ankündigte ... Schließlich schlief Frank in dem Sessel vor dem Kaminfeuer ein.

12

Das Regenwetter währte nur einen Tag, der Sonntag war bereits freundlicher, und der Montag versprach ein strahlend schöner milder Tag zu werden. Auch an diesem Tag fuhr Frank am Morgen wieder mit Daniele nach Florenz. Zunächst verbrachte er etwa zwei Stunden in der Bibliothek und erkundete den Bestand. Dann brach er auf, um seine Suche fortzusetzen. Zwar fühlte er sich nicht mutlos, andererseits machte er sich keine allzu großen Hoffnungen mehr, eine Spur von Sophia zu finden. Aber Frank wollte nichts unversucht lassen. Wie es weitergehen sollte, wenn auch die Nachforschungen dieses Tages keinen Erfolg brachten – die Antwort auf diese Frage blieb er sich schuldig.

Der erste Antiquar, den Frank an diesem Tag besuchte, war nur schwer zu finden. Das Geschäft lag in einer Seitengasse der Via dei Servi und trug die Hausnummer 5/2. Als Frank vor dem Haus mit der Nummer 5 stand, entdeckte er keinen Hinweis auf das „Antiquariato Christini", an den Klingelschildern war der Name ebenfalls nicht verzeichnet, und auch die Nachbarhäuser lieferten keinen Anhaltspunkt. Gerade wollte Frank gehen, da fiel ihm eine kleine Toreinfahrt an der Seite des Hauses auf. Er trat durch sie hindurch und stand in einem mit Oleanderbüschen, Oliven– und Zitronenbäumen in Kübeln bepflanzten, lichtdurchfluteten Innenhof, den ein zweistöckiges Hinterhaus begrenzte, vor dem ein dunkler Eichentisch mit Stühlen stand. Das Erdgeschoss des Hinterhauses war von einer breiten doppelglasigen Fensterfront begrenzt, an der Seite befand sich eine schwere, gut gesicherte Holztür und über dieser Tür ein verwittertes Schild „Antiquariato Christini".

Frank stockte beim Betrachten dieser grünen Hinterhofidylle der Atem. Das Gefühl, endlich angekommen zu sein, durchströmte ihn. Diese Empfindung, die nur einen Augenblick währte, ließ ihn schwanken. Er trat an die Tür, betätigte die Klinke, doch nichts tat sich. Da entdeckte er einen Zettel: „Werte Besucher, der Laden muss leider bis auf Weiteres geschlossen bleiben." Während Frank diese Nachricht las, trat eine Frau aus dem Nachbarhaus in den Hof. „Signora, können Sie mir vielleicht sagen, wie ich signore Christini erreichen kann? Ich muss ihn dringend sprechen." Zunächst misstrauisch, dann freundlich musterte ihn die Frau. „Genau weiß ich es auch nicht. Er hatte einen Schwächeanfall und musste ins Krankenhaus, aber so wie ich gehört habe, geht es ihm wieder besser und er wird heute entlassen." Frank war unschlüssig, was er tun sollte. Sein Herz klopfte – sollte er kurz vor dem Ziel sein? Deshalb wollte er diesen Ort nicht so schnell verlassen. So ging Frank zum nächsten Laden mit Lebensmitteln und kaufte für sein „Vesper" ein. Dann kehrte er in den Hinterhof zurück, setzte sich auf einen der Stühle und beschloss zu warten. Der Platz gefiel ihm sehr, und er hatte nichts Besseres vor. Obwohl Frank kein Buch dabei hatte, verspürte er keine Langeweile. Er betrachtete seine Umgebung genau, nahm feine, würzige Geruchsunterschiede wahr und schließlich ließ er sich in Tagträumen in die Zeit seiner Kindheit und Jugend entführen. Und da war sie wieder, diese starke Sehnsucht nach Sophia, die er so viele Jahre verdrängen konnte durch den Einsatz kühler Rationalität und die plötzlich, mit dem Duft der Bücher nach Vanille, zurückgekehrt war.

Die Sonne stand bereits hoch am Himmel, es war kurz vor eins, als Frank Schritte hörte. Er drehte sich um und erblickte einen kleinen alten Mann, um die fünfundsiebzig, mit vollen, hochstehenden, kurz geschnittenen, schneeweißen Haaren und einem dichten Schnurrbart, in einem gepflegten Sommeranzug, der jedoch zu locker saß, mit einer Reisetasche in der Hand. „Signore Christini. Kann ich Ihnen helfen?" Erstaunt blickte der Mann Frank an. „Kennen wir uns? Aber ja, helfen können Sie mir tatsächlich sehr gerne." Er gab Frank die Reisetasche und schloss die mehrfach gesicherte Tür zu seinem Laden auf. „Aber nun sagen Sie mir bitte erst einmal, wer Sie sind und was Sie von mir wollen. Kommen Sie, wir setzen uns vor das Haus. Wissen Sie, ich bin gerade erst aus dem Krankenhaus entlassen worden. Nichts Schlimmes, nur ein kleiner Schwächeanfall. Aber da ich gerne hundert Jahre alt werden möchte, muss ich mich nun wohl etwas schonen." Er blickte Frank mit wachen, freundlichen Augen an.

„Signore Christini, ich bin Frank Mühe und Bibliothekar in einer großen Bibliothek in Stuttgart, im Süden von Deutschland. Vor ein paar Wochen haben wir eine große Holzkiste mit wertvollen antiquarischen Büchern als Spende von einem alten Mann aus Italien bekommen. Leider hat er keinen Absender auf der Kiste vermerkt, und die Unterschrift ist unleserlich. Der Poststempel lässt nur erkennen, dass die Kiste in Florenz aufgegeben wurde. Ich bin von meiner Bibliothek beauftragt worden, den Spender zu suchen, um ihm im Namen der Bibliothek für seine großzügige Spende zu danken." Frank blickte signore Christini in die Augen, um dessen Reaktion abzulesen. Er erkannte echtes Interesse. Der alte Herr fragte: „Weshalb kommen Sie dann zu mir?" „Nun, ich vermute, dass der Mann in Florenz wohnt. Und da er ein großer Sammler antiquarischer Schriften und Autographen zu sein scheint, hoffe ich, dass Sie sich kennen. Vielleicht hat er ja sogar bei Ihnen das eine oder andere Stück erworben." „Aber wie sollen wir herausfinden, ob ich ihn kenne?" „Ich habe den Brief und Kopien der Autographen mitgebracht. Vielleicht kennen Sie ja seine Hand-schrift oder eines der Werke und können sich an den Käufer erinnern. Wären Sie bereit, mir zu helfen?" „Grundsätzlich gerne, doch ich würde mich zuvor gerne etwas frisch machen, mir den Krankenhausgeruch von der Haut schrubben. Wenn Sie möchten, können Sie sich in der Zwischenzeit meinen Laden anschauen. Haben Sie keine Scheu, Sie dürfen die Bücher gerne in die Hand nehmen. Dafür sind sie schließlich gemacht." „Ja, natürlich, sehr gerne! Schön, dass Sie mir helfen wollen."

Der Antiquar öffnete die Tür zum Laden, schaltete das Licht an und stieg mühsam die Treppen in den ersten Stock hinauf. Frank war überwältigt von dem, was er in dem Laden sah. Dies galt nicht für die Ordnung. Aus Platzmangel quollen die Bücherregale von Werken über. Jeder Winkel des Raumes war ausgenutzt, und es blieb kaum Platz zum Bewegen. In Türnähe befanden sich ein kleines Schreibpult und ein Stuhl.

Was Frank so begeisterte, war das offensichtliche Engagement des Besitzers für das antiquarische Buch. Das Antiquariat wirkte mehr wie ein Museum als wie ein Verkaufsladen; dafür sprachen die unzähligen Werke, viele Erstausgaben darunter, die von Sammlern gesucht wurden und hier in den Regalen standen. Der alte Mann wiederum lebte offensichtlich nicht im Luxus. Er hatte wohl sein ganzes Vermögen in die Buchsammlung gesteckt. Erst langsam legte sich Franks Staunen, und er begann, Bücher aus dem Regal zu nehmen und näher zu betrachten. Da er sich unbeobachtet fühlte, traute er sich, die Bücher seinem Geruchssinn zu überlassen, damit sie ihre eigenen Botschaften entfalteten. Aber so oft er auch ein Buch zur Hand nahm und an die Nase führte: es roch immer so, wie ein Buch aus der jeweiligen Zeit riechen musste, und es trug auch keinen Duft nach Vanille an sich. Frank zweifelte daher, ob seine Suche dieses Mal Erfolg haben würde.

So vertieft war er, dass er gar nicht merkte, wie signore Christini im ersten Stock leise telefonierte: „Er ist hier bei mir. Du musst nicht länger warten. Was soll ich mit ihm machen?"

13

Eine knappe Stunde mochte vergangen sein, als der alte Herr den Laden wieder betrat. „Nun, signore Mühe, haben Sie etwas Interessantes bei meinen alten Schinken gefunden?" So wie er es sagte, klang es nicht abfällig, sondern wirkte wie eine Liebeserklärung an all seine Bücher. „Etwas? Ich bin überwältigt von Ihrer Sammlung! So viele Kostbarkeiten habe ich schon lange nicht mehr betrachten können. Aber sagen Sie, verkaufen Sie die Bücher überhaupt?" „Das haben Sie schnell erkannt. Es stimmt – ich trenne mich nur noch ungern von meinen Büchern. Es ist mir zu anstrengend geworden, herauszufinden, ob sie in gute Hände gelangen. Ich möchte nicht, dass meine Werke nur wegen ihres

Wertes erworben werden. Da verkaufe ich lieber einmal Bücher weit unter ihrem Wert, wenn sie dafür in die Hände von Liebhabern, die sie sich eigentlich nicht leisten können, geraten. Aber nun lassen Sie uns bitte an die frische Luft gehen, ich habe mich im Krankenhaus wie eingesperrt gefühlt. – Bevor Sie sich setzen: darf ich Sie zuvor noch bitten, in den Laden an der Ecke zu gehen und etwas zu essen zu kaufen? Ich kann Ihnen gar nichts anbieten, mein Kühlschrank ist leer, außerdem brauche ich eine Stärkung." „Ist nicht nötig." Frank holte die unter dem Tisch stehende Tüte hervor. „Wenn Sie mit dem einverstanden sind, was ich bereits gekauft habe, während ich auf Sie gewartet habe, sind wir versorgt. Ich konnte all den Köstlichkeiten nicht widerstehen und habe ohnehin viel zu viel gekauft." Signore Christini schaute schnell in die ihm entgegengehaltene Tüte und war freudig überrascht, als er sah, was Frank alles ausgewählt hatte. „Das sieht aber gut aus. Alles da, was wir brauchen, damit es uns gut geht: Wasser, Trauben, Tomaten, Oliven, Käse, Salami und Brot. Ich komme mir vor wie im Schlaraffenland. Sie glauben gar nicht, wie schlecht das Essen im Krankenhaus war. Bin ich froh, wieder zu Hause zu sein! Könnten wir erst zusammen essen und uns dann über Ihr Anliegen unterhalten? Nach diesen vier Tagen brauche ich dringend ein richtig gutes Essen."

Frank spürte zwar eine gewisse Ungeduld, wollte Klarheit gewinnen, ob diese Spur ihn endlich zu Sophia führen würde, doch die Bitte des alten Herrn konnte er nicht abschlagen, und auf eine Stunde früher oder später kam es nun auch nicht mehr an. „Natürlich. Es passt mir auch gut – mein Frühstück liegt schon einige Stunden zurück, ich habe auch Hunger." „Gehen Sie doch bitte in den ersten Stock und holen Geschirr für uns. Hinter der ersten Tür links ist die Küche, da finden Sie in den Schubladen und Regalen alles, was wir brauchen. Und bringen Sie auch gleich eine Flasche Rotwein und einen Korkenzieher mit. Auf meine Entlassung aus dem Krankenhaus müssen wir unbedingt anstoßen."

Frank fand sich in der kleinen, ordentlich aufgeräumten Küche schnell zurecht, sogar ein Tablett war vorhanden, auf das er alles stellen konnte. Er trug das Geschirr die knarrenden Stufen hinunter in den Hof. Dort saß der alte Herr mit geschlossenen, der Sonne zugewandten Augen und genoss die frische Luft. Frank deckte den Tisch, legte die Lebensmittel auf ein großes Holzbrett, entkorkte den Wein, schenkte ein und wurde angesteckt von der stillen Lebensfreude des alten Mannes, der diese Mahlzeit genoss, als sei sie seine erste und letzte zugleich. Sie aßen schweigend. Obwohl sie einander vor noch nicht einmal zwei Stunden das erste Mal begegnet waren, herrschte keine lähmende, sondern eine einvernehmliche Stille.

Als signore Christini seinen Appetit gestillt hatte, sagte er: „Nun lassen Sie mich sehen, ob ich Ihnen weiterhelfen kann. Zeigen Sie mir doch bitte den Brief, den der signore mit der Bücherkiste geschickt hat." Frank holte aus seiner Tasche den Ordner, in dem er den Brief in einer Schutzhülle verwahrte, und reichte diesen an signore Christini weiter. „Es wäre wirklich schön, wenn Sie uns weiterhelfen könnten. Die Bibliothek möchte dem großzügigen Spender so gerne danken." Diese Lüge, die Frank in Gegenwart der anderen Antiquare leicht über die Lippen gekommen war, fiel ihm gegenüber diesem alten Mann schwer. Einen kurzen Moment war Frank versucht, ihn ins Vertrauen zu ziehen, die Wahrheit zu erzählen. Doch da unterbrach signore Christini seine Gedanken. „Könnten Sie mir bitte meine Brille aus meiner Reisetasche im Flur holen? Ohne sie kann ich leider nicht mehr lesen." „Natürlich, gerne!" Schnell holte Frank die Brille. Der Antiquar betrachtete und las den Brief in Ruhe, bat zusätzlich um eine Lupe aus seinem Laden, um einzelne Wörter näher zu betrachten und prüfte weiter. Frank konnte seiner Mimik nichts entnehmen, und so wartete er gespannt auf die Einschätzung des alten Mannes. „Die Schrift auf dem Brief kommt mir bekannt vor, an den Namen, geschweige denn an ein Gesicht kann ich mich nicht erinnern. Es ist mehr eine Ahnung, nur eine erste vorsichtige Einschätzung." „Lässt diese

Ahnung sich durch irgendetwas konkretisieren?" hakte Frank aufgeregt nach. „Wir können es versuchen! Holen Sie bitte aus meinem Laden die beiden Holzkästen, die neben der Kasse stehen." Frank holte sie und schaute fragend. „Hier bewahre ich die Karteikarten von Kunden auf, die ein besonderes Werk suchen." „Ja, aber wenn Sie sich an den Namen nicht erinnern, wie wollen Sie dann fündig werden?" „Ich liebe Handschriften, finde es faszinierend, wie Schrift und Persönlichkeit zusammen gehören – eine kleine Spinnerei von mir. Ich lasse mir immer die Adressen und Sammelgebiete von meinen Kunden von Hand aufschreiben. Wenn wir die Karteikarten und den Brief nehmen und die Handschriften vergleichen, haben wir vielleicht Glück. Jeder sollte sich einen Kasten vornehmen."

Die Holzkästen waren bis zum Rand gefüllt mit Hunderten von Karteikarten; diese erzählten die Geschichte von mehr als fünf Jahrzehnten Antiquariat. Teilweise waren sie bereits vergilbt und die Schriften blass geworden. Sie waren alphabetisch geführt, aber dies nutzte nichts, wenn man nicht wusste, nach wem man suchte. Den beiden blieb daher nichts anderes übrig, als jede Karte herauszunehmen und mit dem Schriftbild des Briefes zu vergleichen. Bei manchen Karten reichte ein kurzer Blick, um zu erkennen, dass es sich nicht um die gesuchte Handschrift handelte. Bei anderen war ein genaueres Hinsehen erforderlich, um die Abweichungen zu identifizieren. Mehr als eine Stunde saßen signore Christini und Frank bereits über die Karteikästen gebeugt. Es herrschte eine konzentrierte Stille. Die Sonne wärmte auch am Nachmittag noch kräftig und so war es gut, dass das Haus Schatten spendete.

„Signore Christini, wird es Ihnen nicht doch zu viel? Sie sehen mit einem Mal so blass aus." Frank hatte beim Aufsehen bemerkt, dass das Gesicht von signore Christini blass geworden war und feinperligen Schweiß trug. Der alte Herr zögerte eine Weile, bevor er mit schwacher Stimme antwortete: „Es war vielleicht doch zu früh. Ich bin auf eigene Verantwortung aus dem Krankenhaus entlassen worden. Eigentlich sollten noch Untersuchungen laufen. Aber es gefiel mir dort einfach nicht." „Legen Sie sich bitte auf die Bank; ich hole Ihnen von oben ein Kissen und eine Decke." Frank half dem alten signore, sich hinzulegen, ging ins Haus und suchte eine Decke und ein Kissen. Dann forderte er Christini auf: „Geben Sie mir bitte einmal Ihren Arm." Frank tastete nach dem Puls, der nur schwach, viel zu schnell und ohne einen erkennbaren Rhythmus schlug. „Ich glaube, Sie sollten tatsächlich dem Krankenhaus noch einmal ein paar Tage die Ehre erweisen. So hat es keinen Sinn. Nachher fallen Sie in Ihrem Haus um, während Sie alleine sind. Könnten Sie mir bitte die Telefonnummer vom Krankenhaus und von einem Taxidienst geben?" Signore Christini fühlte sich so schwach, dass er keine Widerrede leistete, sondern Frank die gewünschten Nummern nannte. Mit dem Handy rief Frank zunächst auf der zuständigen Station des Krankenhauses an und dann ein Taxi. „Im Krankenhaus haben sie gesagt, Sie können in Ihr altes Zimmer aufgenommen werden. Die Schwestern hatten so viel zu tun, dass sogar Ihr Bett noch bezogen bereitsteht. Und Ihre Tasche ist ja glücklicherweise auch noch nicht ausgepackt."

Frank versuchte zu scherzen, um seine Sorge um den alten Herrn, den er in den wenigen Stunden ihres Zusammenseins schätzen gelernt hatte, zu überspielen. „Ich begleite Sie ins Krankenhaus", erklärte er bestimmt. „Und was wird aus Ihrer Suche?" „Die muss eben warten." „Dann nehmen Sie wenigstens die Karteikästen mit; ich vertraue Ihnen. Außerdem, was sollten Sie schon mit den Adressen anfangen – wie ein Einbrecher sehen Sie mir nicht aus. Und so sehe ich Sie wenigstens noch einmal wieder, schließlich brauche ich die Karten zurück." Signore Christini lächelte, doch seine Stimme klang brüchig, kurzatmig, und man hörte die Anstrengung, die diese Sätze ihn kosteten. „Das ist aber auch wirklich der einzige Grund, weshalb ich Sie wiedersehen möchte", versuchte Frank auf den Scherz einzusteigen. Sein Tonfall und sein Blick ließen verrieten jedoch, dass er ihn mochte und unbedingt wiedersehen wollte. Frank ließ sich den Haustürschlüssel geben, brachte das Geschirr ins Haus, holte die Tasche und schloss die Tür zum Laden ab. Dann markierte er die bereits durchgesehen Karteikarten, steckte sie in die Kästen zurück und diese in eine Tasche, die er im Laden gefunden hatte. Außerdem verstaute er den Brief.

Kurze Zeit später traf das Taxi ein. Ein freundlicher Taxifahrer fuhr direkt in den Hof und half Frank, signore Christini zu stützen, der weiterhin schwach auf den Beinen war. Die Fahrt ins Krankenhaus verlief ohne Komplikationen, in der Aufnahme wurde signore Christini in einen Rollstuhl gesetzt und Frank begleitete den alten Herrn auf die Station. Die zierliche Ärztin ließ sich von Frank die Situation schildern und wandte sich an signore Christini mit einem charmanten Lächeln. „Ich wollte Sie schon gerne einmal wiedersehen. Aber ich hatte mir eher gedacht, einmal in Ihrem Laden vorbeizukommen. Dass Sie so schnell Sehnsucht nach einem Wiedersehen haben, ehrt mich sehr!" Frank blieb noch, bis signore Christini sein Zimmer und Bett bezogen hatte, dann verabschiedete er sich. „Morgen oder übermorgen komme ich wahrscheinlich wieder bei Ihnen vorbei. Seien Sie nun bitte ein wenig vernünftig und machen Sie, was die Schwestern sagen. Schließlich möchte ich bald wieder einen Wein mit Ihnen trinken." Frank verabschiedete sich, nachdem er sich erkundigt hatte, ob er Angehörige oder Freunde verständigen sollte. Doch signore Christini hatte abgewunken. „Nahe Angehörige habe ich keine, und meine Freunde denken sowieso, dass ich hier bin. Ich hatte ihnen noch gar nicht erzählt, dass ich mich selbst entlassen habe." Die beiden verabschiedeten sich herzlich voneinander.

Frank stieg vor dem Krankenhaus in ein bereitstehendes Taxi und ließ sich in die Bibliothek fahren. Etwa dreißig Minuten nach der mit Daniele verabredeten Zeit traf er dort ein; dieser wartete bereits auf ihn: „Na, du musst aber triftige Gründe haben, dass du mich so lange warten lässt. Von der vielgerühmten deutschen Pünktlichkeit ist bei dir nicht viel zu spüren. Was schleppst du da überhaupt

Schweres an?" Während die zwei zum Auto gingen, erzählte Frank ihm von den Ereignissen des hinter ihm liegenden Tages. Erst jetzt merkte er, wie anstrengend die Aufregung und die Sorge um den alten Herrn gewesen waren. Frank freute sich daher, dem Trubel der Stadt zu entfliehen und wieder aufs Land zu kommen. Im Castello Olivieri stellte er die Karteikästen ab, ohne ihnen weitere Aufmerksamkeit zu schenken. Stattdessen genoss Frank es, seine von der Anspannung und der Aufregung verkrampften Muskeln beim Schwimmen zu entspannen. Dann saß er bis zum späten Abend gemütlich im Freien mit Daniele und Rosa zusammen.

Frank nahm sich vor, am kommenden Tag im Castello zu bleiben, um die Karteikarten in Ruhe zu prüfen. Jetzt, wo er seinem Ziel womöglich ganz nahe war, zögerte er plötzlich. Als er kurz vor Mitternacht in sein Ferienhaus zurückkehrte, spürte er eine fast fiebrige Unruhe in sich. Ihm wurde klar, dass er nicht länger warten konnte. Endlich wollte er mit seiner Suche nach Sophia vorankommen. Es war bereits kühl im Haus; Frank entfachte ein Feuer im Kamin, goss sich ein Glas Wein ein, holte die Karteikästen und setzte sich an den Esstisch der Wohnküche. Signore Christini und Frank hatten etwa ein Drittel der Karten gesichtet, bevor der alte Herr den Schwächeanfall erlitt. Somit hatte Frank noch eine Zwei-Drittel-Chance, etwas zu finden. Mit dieser aussichtsreichen Quote motivierte Frank sich, während er erneut begann, die Handschrift des Briefes mit denen auf den Karteikarten zu vergleichen. Es mochte eine halbe Stunde vergangen sein, und Frank wurde langsam müde, als sein Herz plötzlich kräftiger schlug und er inne hielt. Alle Müdigkeit war wie weggeblasen.

Wieder und wieder verglich er die Schrift auf der Karteikarte mit der Schrift auf dem Brief, bis er trotz des schwachen Lichtes so gut wie sicher war, dass es die gleiche Handschrift war. Frank drehte aufgeregt die Karte herum, um endlich den Namen und die Adresse des großzügigen Spenders zu erfahren.

TEIL IV - Spuren

1

Am nächsten Morgen tauchte Frank kurz vor sieben Uhr in der Küche seiner Freunde auf. Alle schauten ihn verwundert an. „Buongiorno! Wolltest du nicht heute ausschlafen? Das ist aber nett von dir, dass du extra früh aufgestanden bist, um mir einen schönen Arbeitstag zu wünschen", begrüßte Daniele ihn scherzhaft, bemerkte aber die Unruhe und Übermüdung, die Frank ausstrahlte. „Was ist mit dir los? Was hast du heute Nacht noch angestellt?" „Ich konnte nicht einschlafen, da habe ich mir die Karteikarten noch einmal vorgenommen – und schließlich bin ich fündig geworden", erzählte Frank sachlich, doch seine Stimme bebte.
„Ja und weiter? Sag schon, wie heißt der edle Spender?" „Das weiß ich leider immer noch nicht." „Was heißt, das weißt du nicht? Eben hast du noch gesagt, du seist fündig geworden. Du willst es wohl besonders spannend machen?" „Tut mir leid, Daniele, ich weiß es wirklich nicht. Es sei denn, dir sagt der Name ‚Der, der mit den Büchern lebt' etwas?" „Heute Morgen sprichst du wirklich in Rätseln – du hast wohl zu viele Filme gesehen. Ich glaube, du brauchst erst einen starken Kaffee."

Wenig später saßen sie im Auto, auf der bereits zur Routine gewordenen gemeinsamen Fahrt nach Florenz. Frank hatte seine Pläne geändert und beschlossen, doch mit in die Stadt zu fahren. „So, nun erzähle mir bitte alles nochmals in Ruhe – so, dass ich es verstehen kann", forderte Daniele Frank auf.

„In der gestrigen Nacht konnte ich keine Ruhe finden. So habe ich schließlich die Karteikarten der Kunden von signore Christini durchgesehen. Schließlich bin ich fündig geworden. Doch als Namen hat unser Spender ‚Der, der mit den Büchern lebt' eingetragen." „Nur diesen Satz? Oder auch eine Adresse?" „Seine Adresse war zum Glück dabei. Eine Seniorenresidenz, ganz in der

Nähe der Piazza della Signoria." „Dann muss dein Unbekannter wohlhabend sein, in der Gegend ist es teuer. Ich bin sehr gespannt, wer sich dahinter verbirgt."

Wenig später fuhren sie in das Parkhaus der Bibliothek. Für einen Besuch in der Seniorenresidenz war es noch zu früh. Frank kaufte sich eine Tageszeitung, setzte sich in ein nahegelegenes Café, trank einen doppelten Espresso und aß ein belegtes Sandwich. Seine Gedanken kreisten um den bevorstehenden Besuch im Seniorenheim, während er aus dem Fenster des Cafés die langsam erwachende Stadt betrachtete, ohne wirklich etwas wahrzunehmen. Gegen neun brach Frank auf und lief zu Fuß zur Piazza della Signoria; zwei Straßen weiter befand er sich bereits am Ziel. Von außen ein unauffälliges Gebäude aus verwittertem Sandstein; eine Messingtafel wies auf die „Casa di riposo Sant Sebastiano" hin, darunter war eine unauffällige Klingel mit Gegensprechanlage und Kamera angebracht, die Frank nun betätigte. „Si?" „Mein Name ist Frank Mühe. Wohnt bei Ihnen ein signore, der sich ‚Der, der mit den Büchern lebt' nennt? Ich würde ihn gerne besuchen." Mit einem leisen Summen öffnete sich die Tür, und Frank trat in einen begrünten Innenhof, der von rankenden Rosen begrenzt war und in dem Akazien Schatten auf die bereitstehenden Stühle und Bänke warfen. Frank ging durch den ansonsten leeren Innenhof und betrat den Empfang. Ein hoher Raum, mit Clubsesseln aus schwarzem Leder, kleinen Tischen, einem großen Kristallleuchter und Orientteppichen, die alle Geräusche schluckten. In diesen Raum, der fast wie eine Kulisse wirkte, fügten sich die alten Menschen unauffällig ein – sie repräsentierten die gleiche Eleganz und Zurückhaltung. Ein Bild des Alterns, das Frank fremd war. Seine Mutter hatte die letzten zwei Jahre bis zu ihrem Tode in einem Pflegeheim verbracht. Dort war niemand so mobil gewesen wie diese hochbetagten Alten; alles hatte verwittert und alt gewirkt, das Haus, das Mobiliar, die Pflegenden und die alten Menschen, die „Bewohner" genannt wurden. Jäh wurde Frank aus seinen Gedanken gerissen. „Sie müssen signore Mühe sein! Der signore erwartet Sie bereits seit gestern. Ach, was sage ich, eigentlich wartet er schon seit einigen Wochen auf Sie. Ich bringe Sie zu ihm." Frank folgte einer elegant gekleideten, alterslos aussehenden Frau, die sich ihm als signora Marbella vorgestellt hatte, durch die Gänge. Ihn verwirrten die Worte der Frau, der signore würde schon seit Wochen auf ihn warten.

An den Wänden der Gänge hingen alte Ölbilder, statt Teppichen zierten die Böden Mosaikfliesen. Immer wieder gingen Türen ab. Signora Marbella erzählte ihm einiges über das Haus: „Hier wohnen unsere Gäste. Es sind in sich abgeschlossene Wohnungen. Jeder hat seine Privatsphäre, aber zugleich Anspruch auf eine Komplettversorgung. Die Wohnungen werden gereinigt, zum Essen können die Damen und Herren in eines unserer beiden Restaurants gehen. Im Obergeschoss gibt es einen Fitnessraum, einen Massageraum, eine Sauna und ein Schwimmbad, im Erdgeschoss eine Bibliothek. Alles ist rollstuhlgerecht und mit Aufzügen ausgebaut. Außerdem bieten wir ein abwechslungsreiches Kulturprogramm an. Unseren Gästen fehlt es an nichts." Frank fühlte sich wie ein potenzieller Kunde. „Aber das Ganze ist sicherlich sehr teuer?" rutschte es ihm heraus. „Über Geld müssen wir mit unseren Gästen nicht sprechen. Sie wissen eben, was dieser Service wert ist. So, da wären wir. Arrivederci, signore Mühe." „Grazie, arrivederci, signora Marbella."

Frank atmete tief durch, bevor er deutlich hörbar an die Tür klopfte. „Avanti, signore Frank Mühe!" tönte es wenig später mit einer kräftigen Stimme, die immer noch eine gewaltige Tiefe erahnen ließ. Für einen Augenblick war es Frank, als kenne er die Stimme. Sein Atem stockte, er hielt kurz inne, dann drückte er die Türklinke hinunter.

Frank trat in einen großzügigen Vorraum, von dem rechts eine Tür in ein Bad führte. Sie war nur angelehnt und öffnete den Blick auf Marmorfliesen und ein Waschbecken mit blitzenden Hähnen. Eine andere Tür stand offen und führte in den Salon. Ein großer

Raum, der auf zwei Seiten mit bis unter die Decke reichenden Bücherregalen und Schränken aus Teakholz gefüllt war. Davor standen zwei elegante Sessel, ein Sofa und ein Tisch. Auf der anderen Seite stand ein eingebauter und mit Marmor umbauter Kamin. Eine Tür führte in einen weiteren Raum, der sicherlich das Schlafzimmer beherbergte. Die Bücherregale öffneten sich hin zu einem großen Balkon. Die Tür stand offen. Auf einer weich gepolsterten Liege sah Frank die Umrisse des „Der, der mit den Büchern lebt". Erkennen konnte er noch nichts – nach der Dunkelheit der Räume blendete ihn das grelle Licht, das durch den Balkon hereinfiel. „Tritt doch bitte näher, Frank! Ich schon lange auf dich gewartet", forderte ihn auf Deutsch eine wohlklingende Stimme auf, die jedoch die Brüchigkeit des Alters in sich trug. Frank stockte der Atem. Die Stimme war ihm vertraut und fremd zugleich.

2

„Mio ragazzo, was bist du groß geworden!" begrüßte der alte Mann Frank mit gerührter Stimme nun auf Italienisch und versuchte, ihn in die Arme zu schließen. Abrupt wich Frank zurück – er war verwirrt und wusste nicht, was er sagen sollte. Vor ihm stand der Mann, der ihn vor fast zwanzig Jahren mit aller Gewalt hinausgeworfen und dadurch sein Leben entscheidend verändert hatte. „Buongiorno, Lorenzo, oder soll ich dich besser mit ‚Der, der mit den Büchern lebt' ansprechen?"

Nachdenklich betrachtete Frank Lorenzo, an den er bei jedem Wetterwechsel, wenn seine Narbe am Kinn schmerzte, denken musste. Immer wieder hatte er sich in den letzten Jahren ausgemalt, wie es wäre, ihm noch einmal zu begegnen. Würde er ihm vergeben können, was würde er ihm sagen? Jetzt, da er tatsächlich vor ihm saß, kam Frank alles unwirklich vor. Er musste blass

geworden sein, denn Lorenzo fragte besorgt: „Ist dir nicht gut?"
„Es ist nichts, ich bin nur einfach überrascht." „Hast du denn gar
nichts geahnt, als die Bücherkiste kam und du den Brief gelesen
hast?" Lorenzo war noch immer ein stattlicher Mann, mittlerweile
Mitte siebzig, mit dichten, lockigen, fast schulterlangen grauen
Haaren und ausgeprägten Gesichtsfalten. Frank versuchte in
Lorenzos Lebensspuren zu forschen, doch zu vage waren die Ant-
worten. So gab er es auf und beantwortete seine Frage. „Geahnt?
Nein. Wir bekommen immer wieder Schenkungen. Nur dass sie
aus Italien kam, hat mich verwundert. Als ich die Bücher ausgepackt habe, wehte mir ein Duft entgegen, der mich an meine
Kindheit erinnerte, mehr war nicht." Dass Frank diesen Duft sofort
mit Sophia in Verbindung gebracht hatte und dieser Duft sein
Leben durcheinandergewirbelt hatte, dies ergänzte er nur in
Gedanken. „Aber, wenn nicht mehr war, wieso hast du dich dann
auf die Suche nach mir begeben?" So schnell gab Lorenzo nicht auf.
„Ich wusste gar nicht, dass ich dich suche. Es war mehr der Duft,
der den Büchern entströmte. Er hat mich an deine Tochter Sophia
erinnert. Ich habe sie all die Jahre nicht vergessen und nun ge-
merkt, dass ich endlich wissen möchte, was aus ihr geworden ist.
Italien als Urlaubsziel ist sowieso schön, ich habe einen guten
Freund, bei dem ich wohnen kann, und da habe ich mich auf die
Reise begeben." Frank erzählte nur diesen kleinen Ausschnitt
seiner Geschichte. Er erwähnte nicht, dass wegen der Bücherkiste
und den damit verbundenen Sehnsüchten seine Beziehung zu
Anna zerbrochen war und er die Kontrolle über sein so wohlge-
ordnetes Leben verloren hatte. „Sag, Lorenzo, was ist aus Sophia
und deinen anderen Frauen geworden?" „Das ist eine lange
Geschichte. Nimm bitte Platz. Ich lasse uns Kaffee und Gebäck
kommen, und dann versuche ich dir alles zu erzählen."

Nun saßen sie einander endlich wieder gegenüber. Frank spürte,
wie sein seit Jahren gehegter Groll bröckelte. Wegen einer fast
zwanzig Jahre zurückliegenden Geschichte konnte er einem Mann,
der seine besten Lebensjahre hinter sich gelassen hatte, nicht mehr

böse sein. Es war fast so, als wenn Lorenzo seine Gedanken lesen konnte. „Ich möchte dir danken, Frank, dass du bleibst. Meine Heftigkeit von damals – ich hoffe, du vergibst mir. Ich habe gesehen, dass eine Narbe geblieben ist. Du siehst, ich bin mittlerweile ein alter Mann. Ich weiß nicht, wie viel Zeit mir noch bleibt. Es wäre nicht gut, im Groll auseinanderzugehen. Das ist auch ein Grund, weshalb ich dich gerufen habe. Zwar über Umwege, aber anders habe ich es nicht gewagt. Sicherlich hättest du dich sonst nicht auf den Weg gemacht. Allerdings hätte ich nicht mehr allzu lange gewartet und mich sonst doch noch direkt bei dir gemeldet. Doch dazu später mehr. Jetzt erzähle ich dir erst einmal, was in den zurückliegenden zwei Jahrzehnten geschehen ist."

Lorenzo berichtete Frank mit brüchiger Stimme und feuchten Augen von seiner Frau Francesca, die vor gut einem Jahr nach kurzer, schwerer Krankheit plötzlich verstorben war. „Ich musste ihr kurz vor ihrem Tod versprechen, dass ich Kontakt zu dir aufnehme. Sie hätte dich selbst sehr gerne noch einmal gesehen, doch es blieb ihr zu wenig Zeit. – Seitdem lebe ich hier. Mittlerweile geht es mir wieder ganz gut. Mein Freund Marco, der Antiquar – ihr habt euch ja bereits kennengelernt –, und ich verbringen viel Zeit zusammen. So oft habe ich schon zu ihm gesagt: Warum setzt du dich nicht zur Ruhe und ziehst auch hierher? Doch bisher wollte er nichts davon hören. Es muss wohl erst etwas passieren."

Immer wieder machte Lorenzo Umwege in seiner Erzählung. Er war ein wenig umständlich, kam nicht auf den Punkt, und doch fesselte er Frank mit seinen Geschichten, wie schon als kleiner Junge. Frank erfuhr viel über die Familie; nur wenn es um Sophia ging, war der alte Mann wortkarg. Mit der Rückkehr nach Italien begann für Lorenzo eine Erfolgsgeschichte. Er wurde in Italien ein gefeierter Opernstar, der auf den bekanntesten Bühnen sang. „Warum habe ich davon nie etwas gehört oder gelesen?" hakte Frank an dieser Stelle der Erzählung nach.

„Nun, ich habe mir einen Künstlernamen zugelegt, damit ich wenigstens zu Hause meine Ruhe hatte vor den Fans. Du hast sicherlich schon einmal von Silvio Plati gehört?" „Ja, natürlich!" „Der war ich." Lorenzo machte nicht viel Aufhebens um seine Person, wenngleich Stolz in seinen Erzählungen mitschwang. Dieser wuchs, als er Frank erzählte, dass er seit einigen Jahren Großvater von drei Enkelkindern war. Sara, die in der Nähe von Rom lebte und verheiratet war, hatte zwei Söhne und eine Tochter. Ausführlich und begeistert berichtete er Frank von den dreien. „Ich will ja nicht ungeduldig wirken. Alles, was du mir erzählst, ist spannend für mich. Aber wie du dir denken kannst, möchte ich besonders gerne wissen, was aus Sophia geworden ist. Von ihr hast du bisher kaum gesprochen, so als ob es sie gar nicht gibt. Hast du ihr vielleicht immer noch nicht verziehen?" „Nein, so ist es ganz und gar nicht. Ich täte alles, um ihr Vertrauen zurückzugewinnen. Als ich sie damals nach Italien zurückgeschickt habe, ist es zum großen Bruch zwischen ihr und mir gekommen. Wir haben fast nur noch über Francesca Kontakt gehabt. Ich glaube, sie hat mir bis heute nicht verziehen, dass ich euch auseinandergebracht habe."

Dann erfuhr Frank, was aus Sophia geworden war; Lorenzos Bericht wurde atemlos und hastig, als ob er nun alles möglichst schnell hinter sich bringen wollte. „Sophia war nach der Rückkehr nach Italien in einem Internat für Mädchen untergebracht. Dort herrschten strenge Regeln, und es blieb ihr nichts anderes übrig als sich zu fügen. Im Kunstunterricht entdeckte Sophia ihr Interesse für Kunst und verbrachte fortan ihre Freizeit damit, ihre Malkünste weiterzuentwickeln. Auch in der Schule wurde sie wieder besser und schaffte nach einer Ehrenrunde einen höheren Schulabschluss. Sophia wollte Kunst studieren und bestand sogar die schwere Aufnahmeprüfung. Zwar war ich mit ihrer brotlosen Studienwahl nicht wirklich einverstanden, doch da ich ihr nicht noch einmal alles kaputt machen wollte, willigte ich ein, ihr das Studium zu finanzieren. Die ersten Semester verliefen gut, Sophia hatte eine erste Ausstellung mit ihren Bildern. Doch dann verliebte sie sich in einen Studenten des Abschlusssemesters, beendete ihr Studium ohne Abschluss und zog mit ihm aufs Land. Fortan war Sophia so etwas wie seine Muse, und ihre eigene Malerei interessierte sie nicht mehr. Dabei ist sie die eigentlich Begabte und nicht Sefrano, ihr Freund." „Ja, und wie ist es weiter gegangen?" „Nun, sie konnten sich eigentlich immer mehr schlecht als recht über Wasser halten. Finanzielle Unterstützung von uns hat Sophia nicht angenommen. So habe ich, wann immer Bilder ihres Freundes zum Verkauf angeboten wurden, Bilder von ihm kaufen lassen. Sie erfuhren nicht, dass ich der Käufer war. So hatten sie wenigstens Geld für das Nötigste.

Kurz vor Francescas Tod wurde dann alles anders: Sophia machte ihrer Mutter großzügige Geschenke. Auf unsere Nachfrage, woher sie das Geld habe, erwiderte sie bloß: Lasst das mal meine Sorge sein! Ihr wolltet ja nicht glauben, dass Sefrano ein erfolgreicher Künstler wird. Aber nun hat er endlich seinen Durchbruch." „Ja, hat dich das denn gar nicht gefreut, Lorenzo? Du schaust so ernst!" „Ja, du hast Recht, ich konnte mich nicht freuen! Ich hatte das Gefühl, irgendetwas ist faul und wollte der Sache nachgehen. Aber ich habe keine Zeit gefunden, meiner Frau ging es immer schlechter. Als dann Francesca gestorben war, ist der Kontakt zu Sophia ganz abgebrochen. Sie muss umgezogen sein, ich habe ihre neue Adresse bisher nicht herausbekommen. Außerdem glaube ich, dass sie in Schwierigkeiten steckt." „Schwierigkeiten – wie meinst du das?" „Nun, etwa drei Monate, nachdem ich gar nichts mehr von ihr gehört hatte, tauchte Sophia plötzlich im Laden von Marco auf. Sie erkannte ihn nicht, doch Marco wusste gleich, wer sie ist – er hat sie schließlich oft genug auf Fotos gesehen. Sophia hat Marco einige der Werke, die ich schließlich zu dir nach Deutschland geschickt habe, zum Kauf angeboten – weit unter dem Preis, der üblicherweise für solche Kostbarkeiten verlangt wird. Als Marco fragte, wie sie an die Werke komme, hat Sophia nur geantwortet: ‚Das ist nicht wichtig.' Marco hat mir zuliebe gekauft und mich aus dem Hinterzimmer angerufen, er wusste ja, dass ich meine Tochter suche. Obwohl ich mich gleich auf den Weg gemacht habe und Marco versucht hat, Sophia zum Bleiben zu bewegen, war sie fort, als ich kam.

Seitdem bin ich auf der Suche, doch sie ist wie vom Erdboden verschluckt. Ist umgezogen, ohne eine neue Adresse zu hinterlassen. Ja, und da kam mir das Versprechen wieder in den Sinn, das ich Francesca gegeben habe. Zudem hatte ich das Gefühl: Wenn sie jemand finden kann, dann bist du es." „Und wie hast du mich gefunden?" „Nun, ich bin ein ‚moderner Alter', habe vor einigen Monaten ein Notebook gekauft und einen Kurs fürs Internet belegt. Da hat man uns gesagt, dass sich das Internet gut eignet, um Personen ausfindig zu machen. Ich habe deinen Namen in die Suchmaschine eingegeben und – siehe da – die Adresse deiner Bibliothek und von deinem Fachbereich gefunden. Und da kam mir die Idee, dir die Bücherkiste zu schicken. Alles Weitere weißt du ja nun selbst." „Und warum hast du dich so umständlich mit mir in Verbindung gesetzt?" „Ja, hättest du denn direkt mit mir geredet?" „Ich weiß es nicht, vermutlich eher nicht." „Siehst du! Dies wollte ich einfach nicht riskieren. Zudem wusste ich selbst nicht, was ich dir hätte sagen sollen. Und da habe ich gedacht, die Bücher sagen mehr als tausend Worte. Ihr Deutsche könnt so großzügige Geschenke doch nicht einfach annehmen, wollt wissen, woher sie kommen. Ich habe einfach darauf vertraut, dass früher oder später deine Neugierde siegt. Und siehst du, es hat geklappt, du bist hier. Allerdings hätte ich nicht mehr allzu lange gewartet, hätte bald den Kontakt zu dir gesucht." Mit warmem Blick schaute Lorenzo Frank an, da klopfte es an die Tür. „Avanti!" „Signore Estrano, was ist mit Ihnen, wir machen uns Sorgen! Sie sind weder zum Mittagessen noch zum Kaffee erschienen. Geht es Ihnen nicht gut?" erkundigte sich eine schick gekleidete, junge Italienerin. „Nein, Isabella. Alles ist in Ordnung. Ich habe Besuch und ganz die Zeit vergessen!" Die Isabella Genannte verließ das Appartement wieder. Frank schaute Lorenzo an und fragte: „Ja, und wie geht es jetzt weiter? Ich bin nun hier – was hast du dir vorgestellt?" „Ich hoffe, dass du dich auf die Suche begibst, um meine Tochter wiederzufinden. Ich muss mich endlich mit ihr versöhnen, bevor es zu spät für mich ist."

Wie findet man einen Menschen, der wie vom Erdboden verschluckt ist? Man versucht, seinen letzten Spuren zu folgen, und erhofft sich Hinweise, wo er sich gegenwärtig aufhält. Frank ließ sich von Lorenzo die Adresse geben, unter der Sophia bis vor wenigen Monaten erreichbar gewesen war. Sie hatte in einer Wohngemeinschaft auf einem alten Hof nahe Arezzo gelebt, zusammen mit ihrem Freund Sefrano und weiteren Bekannten. Wovon sie außer den sporadischen Bilderverkäufen gelebt hatten, wusste Lorenzo nicht. Er hatte Sophia nie besucht. In den vergangenen Jahren hatte sich sein Kontakt zu ihr beschränkt auf ihre Besuche zu den Festtagen und Geburtstagen. Stets war Sophia alleine gekommen, und nach spätestens zwei Tagen hatte sie sich wieder verabschiedet. Die meiste Zeit war sie mit ihrer Mutter zusammen gewesen, mit ihrem Vater hatte sie nur die nötigsten Worte gewechselt. Seit der Beerdigung von Francesca war der Kontakt dann endgültig abgebrochen und auch ihre Schwester Sara hatte nichts mehr von ihr gehört. Frank hätte gerne jede Kleinigkeit über Sophia in Erfahrung gebracht, doch er wollte Lorenzo schonen, den plötzlich alle Vitalität verlassen hatte und der erschöpft wirkte. „Ich werde sie finden, Lorenzo. Ich habe dich gefunden, ist das nicht schon ein deutliches Zeichen, dass ich auch Sophia finden kann?"

3

Beim Verlassen der Seniorenresidenz war Frank sich nicht mehr sicher, ob er sein Versprechen nicht zu voreilig gegeben hatte. „Warum nur kann ich Sophia nicht Sophia sein lassen? Was erhoffe ich mir?" So fragte Frank sich, aber er kannte die Antwort bereits. So oft er in den vergangenen zwei Jahrzehnten auch versucht hatte,

Sophia zu vergessen – es war ihm nie endgültig gelungen. Jede neue Frau in seinem Leben hatte er unbewusst mit ihr verglichen. Keine konnte mit ihrem Bild konkurrieren. Immer hatte Frank das Gefühl, da müsste doch noch mehr sein. Zugleich verachtete er sich dafür, denn sonst brachte ihn nichts allzu schnell aus der Ruhe, und er hatte seine Gefühle unter Kontrolle. So war es ihm all die Jahre auch immer wieder gelungen, die Erinnerungen an Sophia nur kurz aufblitzen zu lassen und dann wieder zu verdrängen. Seit der Lieferung der Bücherkiste klappte dies nun nicht mehr, die Erinnerungen suchten machtvoll Einlass.

In vielerlei Gedanken versunken lief Frank durch die Straßen. Hin und wieder vergewisserte er sich, dass er auf dem richtigen Weg war und kam kurz vor Schließung in der Bibliothek an. Er begab sich in Danieles Abteilung; dieser telefonierte. Frank wartete vor seiner Tür und lief dabei Danieles Chef Marcelli in die Arme. „Hoppla, was ist denn mit Ihnen, Sie sehen gar nicht gut aus. Kann ich Ihnen helfen?" „Nein, es ist alles in Ordnung. Ich bin nur den ganzen Tag in Florenz unterwegs gewesen und etwas müde." Was nicht einmal gelogen war.

Die Begegnung mit signore Marcelli erinnerte Frank daran, dass er nicht nur Sophia, sondern auch Buch- und Autographenfälschern auf der Spur war. Daniele und er hatten schließlich vor einigen Tagen mit Hilfe der Lasertechnik von Professore Spinozea herausgefunden, dass auch die Bibliothek bei den kürzlichen Neuerwerbungen Fälschungen gekauft hatte. Da sie wie die Werke von Lorenzo einen leichten Duft nach Vanille aufwiesen, konnte es eine Verbindung zu Sophia geben. Wenn Frank sich auf die Suche begab, so musste er also zukünftig immer beides im Blick haben. Dies war er auch Daniele schuldig, der ihn so tatkräftig unterstützt hatte und der Gewissheit haben musste, was in der Bibliothek vor sich ging, deren stellvertretender Leiter er war. Daniele hatte mittlerweile sein Telefonat beendet. „Ich habe schon begonnen, mir Sorgen zu machen. Den ganzen Tag habe ich nichts gehört und dein Handy war ausgestellt. Deinem Gesicht nach ist etwas Besonderes passiert. Ich packe nur schnell meine Sachen zusammen, und dann erzähle!" „Ist hier in der Nähe eine Trattoria? Ich würde dich gerne zum Essen einladen." „Ja, gleich um die Ecke. Ich rufe nur eben Rosa an und sage ihr, dass wir später kommen und schon gegessen haben." Schon griff Daniele zum Handy und informierte seine Frau. Sie verließen die Bibliothek. Daniele bog in eine kleine Seitengasse ein, wenig später standen sie vor dem kleinen Lokal.

Da es ein milder Abend war, beschlossen sie, im Freien zu speisen. Erst jetzt bemerkte Frank, wie hungrig er war; seit seinem zweiten Frühstück und dem Kaffee bei Lorenzo hatte er nichts mehr gegessen. So war es ihm recht, dass der Kellner rasch kam, um ihre Bestellung aufzunehmen. Beide wählten einen gemischten Vorspeisenteller, danach frutti di mare, und zum Abschluss teilten sie sich eine Käseplatte. Dazu wählte Daniele einen passenden Wein aus, und zur Abrundung gab es einen Espresso. Während des Abendessens erzählte Frank in aller Ausführlichkeit vom zurückliegenden Tag. Daniele wollte alles ganz genau wissen; dann fragte er: „Und, was hast du nun vor? Wie willst du Sophia finden?" „Nun, morgen fahre ich wieder mit dir in die Stadt. Ich nehme Gepäck für ein paar Tage mit, miete mir ein Auto und fahre zu Sophias letzter Adresse. Dort finde ich sicherlich etwas heraus. Wie es weiter geht, wird sich zeigen." „Wenn es geht, so versuche bitte auch herauszufinden, ob mein Chef Marcelli da irgendwie drinsteckt!" lautete Danieles Bitte, bevor sie sich eine gute Nacht wünschten.

Es war mitten in der Nacht, Frank schlief bereits seit ein paar Stunden, als ihn das Rütteln des Windes an den Fensterläden weckte. Als er die Augen öffnete, zuckten Blitze durch den Raum, rasch gefolgt von krachenden Donnerschlägen. Eine halbe Stunde tobte das Gewitter fast unmittelbar über dem Anwesen, dabei ging ein heftiger Wolkenbruch nieder. Frank wollte Licht machen, doch nichts tat sich. So nahm er seine Taschenlampe – der Strom war offensichtlich ausgefallen – und überprüfte die Fensterläden. Anschließend legte er sich wieder ins Bett. An Schlaf war nach diesem Unwetter zunächst nicht zu denken. Zwar war Frank nicht schreckhaft, aber ein solch heftiges Gewitter hatte er seit Jahren nicht erlebt. Es passte zu seiner inneren Unruhe. So dauerte es eine Weile, bis sich sein Herzschlag wieder normalisierte. Irgendwann siegte die Müdigkeit, und er schlief erneut ein.

4

Als Frank am nächsten Morgen erwachte, drang noch kein Licht in den Raum. Zunächst dachte er, es sei mitten in der Nacht. Doch ein Blick auf die Uhr zeigte ihm, dass es höchste Zeit war aufzustehen, wenn er gemeinsam mit Daniele nach Florenz fahren wollte. Er öffnete die Fensterläden, kühle Luft strömte herein und er blickte in tiefhängende, dunkle Wolken, aus denen kräftiger Landregen fiel. Frank fragte sich, ob er den Wetterwechsel als gutes oder schlechtes Omen nehmen sollte, während er unter der Dusche stand und mit einem kalten Wasserstrahl die Müdigkeit zu vertreiben versuchte. Dann packte er seine Tasche und steckte auch wärmere Kleidung ein. Über diese Entscheidung war Frank bereits froh, als er das Haus verließ, um zu Daniele zu gehen. Hatte er am Vorabend noch ohne Jacke draußen gesessen, kroch nun eine nach feuchtem Laub und nasser Erde riechende Kühle überall hinein, die auf die nahende Jahreszeit, den Herbst, hinwies. Um mehr als zehn Grad war die Temperatur gefallen. Frank fröstelte, als er bei den Carlonis klingelte. Der achtjährige Vincenzo öffnete. „Buongiorno! Franco, hast du dich heute Nacht auch so gefürchtet? Ich und Maria durften zu Mama und Papa ins Bett krabbeln, als das Gewitter so schlimm und laut war." „Das heißt: Maria und ich! Buongiorno, Frank", begrüßte ihn Rosa freundlich und reichte ihm eine Tasse mit dampfendem Kaffee. Die Küche erfüllte eine behagliche Wärme. „Seit Monaten habe ich heute das erste Mal wieder den Ofen geheizt", berichtete Daniele und setzte sich mit Frank an den Frühstückstisch. Rosa ermunterte Frank: „Greif gut zu! Wie mir Daniele erzählt hat, verlässt du uns für ein paar Tage? Vielleicht hast du in Arezzo besseres Wetter – es schwankt manchmal regional sehr." „Danke dir, Rosa. Das wäre schön, wenn es besser wird."

Später, als Frank sich von den Carlonis verabschiedet hatte, einschließlich Daniele, der ihn an einem Autoverleih abgesetzt hatte, musste er an diese Worte denken. Während er darauf wartete, dass der Autoverleiher den Mietwagen vorfuhr, durchtränkte der Regen ihn, obwohl er einen Schirm dabei hatte. Aber es war weiterhin windig und der Regen schien von allen Seiten zu kommen. So drehte er in dem Leihwagen die Heizung voll auf. Die Scheiben beschlugen, und die Fahrt glich zunächst einem Blindflug.

Um dennoch etwas von der Landschaft zu sehen, wählte Frank eine Nebenstrecke nach Arezzo aus. Vor den kleinen Ortschaften staute sich der Verkehr, denn auch für kurze Strecken nahm jeder an diesem Tag das Auto. Es ging zeitweise nur im Schritttempo voran. So blieb Frank Zeit, nach draußen zu sehen. Auch die schönste Landschaft wirkte bei Regenwetter trostlos, und der Blick hinaus lohnte nicht; so konzentrierte Frank sich fortan auf die Straße. Bei dem starken Regen die richtige Entscheidung, denn immer wieder musste er durch tiefe Pfützen fahren. Fast drei Stunden brauchte er für die kurze Distanz. Dann erst kam Arezzo in Sicht. Da Frank den Weg zu Sophias letzter Adresse nicht kannte, fuhr er in die Stadt hinein und parkte den Wagen auf einem der ausgeschilderten Parkplätze. Es regnete noch immer. Frank spannte erneut seinen Regenschirm auf. Die mittelalterliche Handelsstadt präsentierte sich abweisend. Die Patrizierhäuser aus Sandstein rund um den Piazza Grande zeigten sich grau in grau. Frank konnte sich nicht vorstellen, dass hier der Ort war, in dem die Menschen das weit über Arezzos Grenzen bekannte ausgelassene und farbenfrohe Stadtfest „Giostra del Saracino" feierten. Nun war der Platz leergefegt, nur vereinzelt hasteten Menschen an ihm vorbei. Frank erschien die Luft noch kühler als in Florenz, er fröstelte. So steuerte er das nächste offene Lokal an, stellte sich an die Theke und bestellte einen doppelten Espresso.

Nachdem er ihn getrunken hatte, holte er die Adresse von Sophia hervor. „Signore, können Sie mir bitte sagen, wie ich dorthin komme?" Der Kellner schaute sich die Adresse an, dann erklärte er Frank wortreich, wie er zu dem Hof fand. „Da wohnen etwas merkwürdige Leute. Wollen nichts mit uns im Ort zu tun haben, bleiben für sich, erzeugen alles selbst. Was wollen Sie dort?" Frank gab eine unverbindliche Antwort, zahlte seinen Espresso und ging. Draußen regnete es noch immer.

Er folgte der Beschreibung des Kellners. Dennoch verfuhr er sich zweimal, bevor er den verwitterten Wegweiser zur „Fattoria Lischetto" fand. Frank musste noch einige hundert Meter auf einer unbefestigten Schotterpiste fahren, im Hintergrund Weinberge, rechts und links gesäumt von abgeernteten Feldern und einer Herde Schafe, die auf einer kargen Weide grasten. Nach einer scharfen Kurve lag das Anwesen vor ihm. Drei Steingebäude – zwei Wirtschaftsgebäude und ein Wohnhaus. Vor dem Haus stand ein Tisch mit mehreren Stühlen, umrahmt von schönen Akazien. Frank stellte den Wagen ab, stieg aus und wurde von zwei wild kläffenden Hunden begrüßt. Ein kurzer, scharfer Pfiff ertönte, und die Hunde blieben mit wachsamem Blick kurz vor ihm stehen. Ein Mann um die fünfzig in verschmutzter Arbeitskleidung tauchte auf: „Buongiorno – Sie müssen entschuldigen. Die Zwei sind etwas temperamentvoll. Sind Sie auf der Suche nach einem Zimmer?" „Ja, ein Zimmer für eine Nacht wäre gut. Ich wollte heute eigentlich noch weiterfahren, aber das Wetter ist so schlecht, dass ich lieber einen Zwischenhalt einlege."

Frank hatte spontan beschlossen, den Ort, an dem Sophia längere Zeit gelebt hatte, nicht gleich wieder zu verlassen. So hatte er Zeit, sich in Ruhe umzusehen, alles auf sich wirken zu lassen und nicht gleich mit der Tür ins Haus zu fallen. „Na, dann kommen Sie mit ins Haus. Die Hauptsaison ist bei uns im Frühjahr, im Herbst ist es den meisten Touristen bei uns zu trostlos mit den kahlen, ab-geernteten Feldern. Meine Mitbewohner machen alle Urlaub, nur ich halte die Stellung. Mir gefällt es auch jetzt, die Landschaft lädt zum Meditieren ein und ich kann einmal zur Ruhe kommen. Wenn es Sie nicht stört, Ihr Bett selbst zu beziehen und Sie mit einer ‚Brot-zeit' vorlieb nehmen – so sagt ihr Deutschen doch? – können Sie gerne heute Nacht dableiben. Ich bin übrigens Maurice." Mit freundlichem Blick reichte er Frank die erdverschmutzte Hand, registrierte es im letzten Moment und zog sie zurück. „Da sollte ich mich wohl erst einmal waschen gehen, bevor ich Ihnen die Hand gebe. Wenn Sie ins Haus gehen, finden Sie hinter der zweiten Türe rechts Ihr Zimmer. Im Schrank sind Bettwäsche und Handtücher, gegenüber ist das Bad. Gegen acht Uhr gibt es Abendessen."

Nach dieser Einweisung verließ Maurice Frank. Frank betrat das ihm zugewiesene Zimmer – ein breites Eisenbett, ein Tisch, zwei Stühle und ein Schrank aus rohem Holz. Die Wände waren geweißt, der Boden war gefliest. Auf einer Seite befand sich eine Terrassentür, deren Läden geschlossen waren. Im Zimmer war es trotz des Regens stickig und warm, so öffnete Frank die Läden und die Tür, um frische Luft hineinzulassen. Nun erst fiel ihm auf, dass der Boden von einer feinen Sandschicht bedeckt war. Der Blick nach draußen öffnete sich hin zu hügeligen, abgeernteten Feldern. Mittlerweile hatte es aufgehört zu regnen, und die Sonne wagte sich hinter dicken Wolken hervor. Eine karge Schöne, diese Landschaft. Hier also hatte Sophia mehrere Jahre gelebt – vielleicht sogar in diesem Zimmer. Frank konnte sich dies nur schwer vorstellen; ihm wurde bewusst, wie wenig er von Sophia wusste außer dem Traumbild, das er seit vielen Jahren mit sich herumtrug.

Die Zeit bis zum Abendessen vertrieb sich Frank mit einem Streifzug durch die nähere Umgebung. Außer Feldern, Baumgruppen und einem laut „Iah" schreienden Esel gab es nichts Besonderes. Irgendwann hatte Frank genug. Da niemand etwas von ihm wollte, ging er in sein Zimmer, legte sich auf das Bett und war kurze Zeit später eingeschlafen. Erst nach sieben wachte er wieder auf. Draußen war es bereits dunkel. Nach einer kalten Dusche fühlte Frank sich erfrischt und ging in die Küche, der sich ein behaglicher Gewölberaum anschloss. Dort waren zwei Plätze übers Eck gedeckt an einer langen Tafel, die an die zwanzig Plätze bot. Maurice war gerade damit beschäftigt, Schinken von einem großen Laib abzuschneiden. „Kann ich etwas helfen?" „Nein, es steht schon alles bereit, setzen Sie sich doch!" Frank lernte an diesem Abend die italienische Gastfreundschaft erneut von ihrer schönsten Seite kennen. Was von Maurice als „Brotzeit" ange-kündigt war, entpuppte sich als wahres Schlaraffenland mit verschiedenen Schafskäse-, Salami- und Schinkensorten, einge-legten Oliven und Tomaten, frischem Bauernbrot, Trauben und einem guten Wein. „Und das erzeugen Sie alles selbst?" hakte Frank nach, nachdem er seinen ersten Appetit gestillt hatte. „Ja, fast alles, in Bioqualität! Nur der Schinken und das Brot kommen nicht von uns. Da ich alleine bin, reicht mir die Zeit nicht, aber sonst backen wir das Brot selbst in unserem Holzbackofen. Aber nun erzählen Sie mir doch, wie Sie überhaupt hierhergefunden haben."

Da beschloss Frank, nicht länger damit zu warten, Maurice ins Vertrauen zu ziehen. „Ich bin eigentlich auf der Suche nach Sophia Estrano und hoffe, dass Sie mir helfen können. Wir waren in Deutschland Freunde und Nachbarn, haben uns aber zwei Jahr-zehnte nicht mehr gesehen. Durch komplizierte Verwicklungen bin ich gestern ihrem Vater begegnet. Der alte Herr ist sehr in Sorge, weil er seit Monaten nichts mehr von ihr gehört hat. Da auch ich sie gerne einmal wiedersehen würde, habe ich mich auf die Suche gemacht. Ich bin hier, weil dies ihre letzte bekannte Adresse ist. Ich hoffe sehr, dass Sie mir weiterhelfen können."

Maurice blickte ihn nachdenklich an und schüttelte dann den Kopf. „Ich fürchte, nein. Ich mache mir selbst Sorgen um Sophia." Und dann erzählte er Frank von den letzten gemeinsamen Wochen: „Sophia und ihr Freund Sefrano haben fast drei Jahre hier gelebt. Während Sefrano malte, hat Sophia für ihren Lebensunterhalt gesorgt, auf dem Hof mitgearbeitet und die erzeugten Lebensmittel auf dem Markt hier im Ort verkauft. Sefrano blieb erfolglos, aber Sophia hat an ihn geglaubt, auch wenn sie manchmal kaum genug Geld zum Leben hatten. Und eines Tages dann, vor etwa einem Jahr, hat sich gezeigt, dass sie es richtig eingeschätzt hat. Sefrano war plötzlich ein gefragter Künstler und warf mit dem Geld nur so um sich. Wer ihn entdeckt hatte und was für Bilder er verkaufte, darüber hüllte er sich in Schweigen. Wir haben Sefrano in Ruhe gelassen. Schließlich hat er so lange auf seinen Durchbruch warten müssen. Vor drei Monaten sind Sophia und Sefrano plötzlich verschwunden. In der Nacht zuvor habe ich mitbekommen, dass sich die beiden heftig stritten. Da ich einen langen, harten Tag gehabt hatte, bin ich wieder eingeschlafen. Als ich am nächsten Morgen aufgewacht bin, waren Sophia, Sefrano und ihr Auto fort. In der Küche fand ich einen eilig von Sophia geschriebenen Zettel." „Was stand drauf?" „Warten Sie, ich hole den Zettel. Ich weiß auch nicht weshalb, aber ich habe ihn aufgehoben." Maurice suchte und legte dann vor Frank ein liniertes Blatt auf den Tisch, mit offensichtlich eilig gekritzelten Zeilen.

Hallo lieber Maurice! Mache dir keine Sorgen, wir mussten einfach fort, endlich unser eigenes Leben beginnen, suche bitte nicht nach uns. Ich melde mich, wenn wir uns eingelebt haben. Danke für alles.
Liebe Grüße von Sophia

„Ja, und dann?" erkundigte sich Frank, der immer wieder auf das erste sichtbare Lebenszeichen von Sophia starren musste. „Habe ich es akzeptiert, dass Sophia und Sefrano gegangen sind." „Hat sich Sophia inzwischen gemeldet?" „Nein, bisher nicht." „Ist es Ihnen nicht komisch vorgekommen?" „In den ersten Tagen nicht, dann schon. Denn ich erinnerte mich, dass Sophia ein paar Tage vor ihrem Weggang gesagt hatte, dass sie endlich einen Ort gefunden hat, an dem sie sich heimisch fühlt, nämlich hier, bei uns. Irgendetwas anderes musste dahinter stecken. Ich bin dem aber nie nachgegangen, Sophia wird ihre Gründe gehabt haben." „Haben Sie nicht vielleicht doch eine Idee, wo ich Sophia suchen kann?" „Ich habe jetzt, wo es bei uns ruhiger ist, selbst schon einmal darüber nachgedacht, sie zu suchen. Sie ist wirklich sehr überstürzt aufgebrochen. Aus ihren Zimmern haben Sefrano und Sophia fast nur ihre Kleidung mitgenommen – es wirkt so, als wären sie nur für einige Wochen in den Urlaub gefahren. Sophia hat vor etwa einem Jahr, so oft die Arbeit im Haus und auf dem Markt ihr Zeit ließ, wieder angefangen zu malen. Auch ihre Farben, Bilder und ihre Staffelei hat sie nicht mitgenommen. Das kommt mir heute schon merkwürdig vor. Aber vielleicht bringst du Licht in ihr überstürztes Verschwinden." Ohne es zu merken, hatte Maurice das persönliche „du" verwendet. Die Sorge um Sophia verband die beiden. Frank war erleichtert, dass Maurice ebenfalls wissen wollte, wo Sophia steckte und ihm keine Steine in den Weg legte. „Hast du das Zimmer von Sophia schon ausgeräumt?" fragte er. „Nein, dort ist alles so geblieben wie am Tag ihrer Abfahrt. Ich habe anfangs gedacht, dass sie sicherlich bald kommt, um die restlichen Sachen zu holen. Ja, und als sie dann nicht kamen, habe ich es immer wieder verschoben, ihre Zimmer zu räumen. Wenn du willst, kannst du ihr Zimmer sehen. Ich habe neulich selbst schon nachgesehen, ob ich irgendwelche Hinweise auf ihren neuen Aufenthaltsort finde, bin allerdings nicht fündig geworden. Vielleicht bist du erfolgreicher." Maurice stand auf, um Frank das Zimmer von Sophia zu zeigen.

Maurice öffnete die Zimmertür, schaltete das Deckenlicht an und Frank betrat Sophias Welt. Er fühlte sich zwei Jahrzehnte zurückversetzt. So präsent erschien ihre Gegenwart, obwohl sie mittlerweile ein fremder Mensch geworden und das Zimmer seit drei Monaten unbewohnt war. Dennoch schien der Raum von Sophias Duft nach Vanille und von ihrem Temperament erfüllt zu sein. An den Wänden hingen großformatige Acrylbilder, weitere lehnten an den Wänden, und ein gerade angefangenes Werk stand auf der Staffelei. Ansonsten füllten ein großes Bett, ein altes Sofa mit orangefarbenem Überwurf und vielen bunten Kissen, ein dicht bestücktes Bücherregal und ein großer Kleiderschrank den großzügig geschnittenen Raum aus. Maurice öffnete die Fensterläden und die mit Fliegengitter geschützte Tür zur Terrasse. Obwohl es draußen bereits dunkel war und die Umgebung nur in dunklen Umrissen erschien, wirkte das Zimmer lichtdurchflutet.

Es waren Sophias Bilder, die eine faszinierende Leuchtkraft besaßen. Sie fingen die hügelige Landschaft der Toskana ein und den Blick, der sich von der Terrasse bot. Die Farbpalette reichte von Erd- und Grüntönen hin zu orange, rot, gelb – je nach Sonneneinstrahlung. Die Bilder hatten eine intensive Farbwirkung, Explosivität und wirkten doch beruhigend, vermittelten Geborgenheit. Ein Widerspruch, in den Bildern vereint und für Frank ein Abbild seiner Erinnerungen an Sophia. Ein Selbstporträt hätte weniger über ihr Wesen vermittelt als diese Bilder es taten. Frank konnte den Blick nicht abwenden. Immer wieder musste er die Bilder betrachten, die diese faszinierende Landschaft so gekonnt auf die Leinwand projizierten. Er hatte das Gefühl, als müsste Sophia jeden Augenblick neben ihn treten. „Wenn du nichts dagegen hast, lasse ich dich jetzt alleine", sagte Maurice. „Ich muss morgen gegen vier Uhr aufstehen, um den Markt vorzubereiten, und sollte schleunigst schlafen gehen. Wenn du noch länger als diese Nacht bleiben möchtest – gerne! Wenn nicht, so lege mir den

Schlüssel einfach auf den Tisch. Und lass bitte von dir und Sophia hören!" „In Ordnung. Sag, hat Sophia ihre Bilder verkauft? Die sind fantastisch!" „Einmal hat sie erwähnt, dass eine Galerie in Arezzo ein paar ihrer Werke ausstellen und zum Verkauf anbieten wollte. Was daraus geworden ist, weiß ich leider nicht. Buonanotte, Frank!"

Nun war er alleine, nur noch von den Geräuschen der Nacht umgeben. Die Zikaden hatten ihr Zirpen eingestellt, auch der Esel Horatio schlief, nur hin und wieder hörte Frank ein Knacken im Unterholz; kühle Nachtluft strömte in den Raum. Ihn fröstelte, er schloss die Terrassentür. Planlos begann er, sich im Zimmer umzusehen. Nichts deutete auf einen überstürzten Aufbruch hin; das Zimmer war aufgeräumt und sauber, außer einer feinen Sandschicht, die auch hier alles überzog. Frank war unsicher, was er tun sollte. Was hoffte er zu finden? So setzte er sich auf das Sofa, vergrub seine Nase in die Kissen und ließ über den Duft Sophias noch deutlich wahrnehmbare Präsenz auf sich wirken. Wie bereits als Kind und Jugendlicher fühlte er sich ungeheuer geborgen, und eine wohlige Wärme breitete sich in ihm aus. Frank genoss das Gefühl zwischen Wachsein und Träumen einige Zeit. Dann zwang er sich, in die Gegenwart zurückzukehren und das Zimmer zu untersuchen. Er forschte nach Hinweisen, die ihm etwas über Sophias derzeitigen Aufenthaltsort sagen konnten.

An der Seitenwand des Schrankes klebten ein paar Schnappschüsse. Auf einem Bild war eine lange Essenstafel zu sehen, an der viele lachende Menschen saßen – und ganz in der Mitte eine Ahnung von Sophia. Direkt daneben ein anderes Foto, nun deutlicher: Sophia mit einem gut aussehenden Italiener, Sefrano? Bei Sophias Anblick stockte Frank das Herz: die gleiche, wilde Haarpracht wie als Achtzehnjährige, ein umwerfendes, raumfüllendes Lachen, das er zu hören und zu spüren meinte, Lachfalten um die Augen, etwas fülliger, aber eindeutig Sophia. Frank löste das Foto vom Schrank und nahm es an sich. Wenn er nach Sophia suchte, musste er wissen, wie sie heute aussah, vielleicht anderen Menschen ihr Bild zeigen können.

Dann öffnete er den Schrank. Die Kleidung war fast vollständig ausgeräumt, doch am Boden standen zwei große Kartons, die Frank nun zum Sofa trug. Er setzte sich, atmete tief durch – hin- und hergerissen zwischen einem schlechten Gewissen, ohne die Erlaubnis von Sophia in ihrem Privatleben zu forschen, und seinem Bedürfnis, endlich mehr über ihr Leben zu erfahren.

Der erste Karton war voller Fotos, ungeordnet breiteten sie Sophias siebenunddreißig Jahre währendes Leben vor Frank aus. Die Szenen der ersten achtzehn Jahre waren Frank seltsam vertraut. Er war auf fast keinem der Fotos abgebildet, und doch war ihm, als sei er bei vielen Geschehnissen dabei gewesen. Die Estranos beim Sonntagsspaziergang, Francesca beim Kochen, Sara, die eine Grimasse zog, die Familie vor dem Weihnachtsbaum, Sophia und Sara bei der Einschulung ...

Dann eine Handvoll Fotos aus der Zeit, in der Sophia frisch nach Italien zurückgekehrt sein musste. Sie zeigten eine ihm fremde Sophia: mit streng aus dem Gesicht gekämmten Haar, in Schuluniform, mit ernstem und traurigem Gesichtsausdruck. Ein paar Jahre später hatte Sophia ihr Lachen wiedergefunden: Frank sah ihr beim Malen, Bildhauern und Zeichnen am Strand über die Schultern, meinte den milden Wind zu spüren und saugte ihren Duft ein, wie nach Vanille, gemischt mit dem Geruch von Ölfarben. Er sah und spürte ihre unbändige Lebensfreude und ihre Neugierde auf die Zukunft. Weitere Fotos zeigten sie auf dem Anwesen „Il Lischetto", zusammen mit Maurice und weiteren, Frank unbekannten Personen. Immer wieder sah er Fotos, auf denen Sophia und Sefrano alleine abgebildet waren. Anders als die anderen waren sie auf der Rückseite datiert. Schließlich hatte Frank die vergangenen Lebensjahre von Sophia und Sefrano in knapp zwanzig Fotos aussortiert vor sich liegen. Anfangs strahlte ihm intensives Glück, Heiterkeit und Verliebtheit entgegen; in der Mitte Vertrautheit. Und die neuesten Fotos vermittelten Melancholie und Traurigkeit – Blicke zwischen Sefrano und Sophia, die Frank nicht zu deuten vermochte. Auch wenn Bilder manchmal mehr als tausend Worte sagten – in diesem Falle hätte er, um sicher zu sein, die Worte hören müssen, die zwischen ihnen gesprochen worden waren.

Frank schob die Fotos zur Seite, da sie ihm bei der Suche nach Sophia nicht wirklich weiterhalfen. Sie lähmten ihn eher, da sie seine Sehnsucht, Sophia endlich wiedersehen zu wollen, verstärkten. So sah er sich stattdessen weiter im Zimmer um und entdeckte einen großen Papierkorb. Frank leerte den Inhalt auf dem Boden aus, sortierte den Müll, fand ein paar handschriftliche Notizen von Sophia, die sich als Einkaufslisten entpuppten, Schokoladenpapier, eine Chipstüte und schließlich die Visitenkarte einer Galerie in Arezzo. Wenn er Glück hatte, war es die Galerie, in der Sophias Werke zum Verkauf ausgestellt waren. Frank legte die Adresse zu dem Foto von Sophia und Sefrano und warf den Abfall zurück. Dann wandte er sich der zweiten Kiste zu und öffnete sie. Vor ihm lagen drei unterschiedlich große in Leinen gebundene Tagebücher und zahlreiche Skizzenhefte.

Bei ihrem Anblick überkam Frank erneut das Gefühl unrechtmäßigen Schnüffelns. Er beschloss, nur ein wenig darin zu blättern, um herauszufinden, ob die Bücher irgendeinen Hinweis auf Sophias möglichen Aufenthaltsort enthielten. In den ersten zwei Tagebüchern, die Sophia während ihres Studiums geführt haben musste, fanden sich keinerlei Hinweise.

Das dritte dagegen erregte Franks Aufmerksamkeit umso mehr. Es begann vier Tage, nachdem er Sophia das letzte Mal gesehen hatte, und endete eine Woche vor ihrem Verschwinden. Das Buch enthielt außer den handschriftlich gefüllten Seiten ein Foto, auf dem ihm eine fröhliche Sophia im Alter von etwa acht Jahren und ein ernst dreinblickender Junge, der er selbst war, im Alter von sechs Jahren entgegenblickten.

Die Aufzeichnungen begannen mit den Worten: „Lieber Frank!" Und da wusste Frank, dass er kein schlechtes Gewissen haben musste, diese Zeilen zu lesen. Er räumte die Fotokiste in den Schrank zurück, holte sich vom Bett eine Decke, denn plötzlich fröstelte es ihn, und begann, in dem Buch zu lesen.

TEIL V - Botschaften

1

Lieber Frank,
ich weiß nicht mehr weiter, alles ist ganz fürchterlich. Vier Tage ist es her, seit mein Vater uns erwischt hat. Und nun bin ich hier in Italien, das ich nur aus dem Urlaub kenne, und darf nicht wieder nach Deutschland und zu dir. Dabei wünsche ich mir nichts sehnlicher, als endlich wieder mit dir zusammen zu sein!

Am Anfang, da war alles mehr ein Spiel. Ich fand die älteren Jungen plötzlich langweilig und wollte sehen, wie es mit einem jüngeren ist, um meinen Freundinnen etwas Neues zu erzählen. Dass du dich in mich verliebt hattest, sah ich dir schon von weitem an. Ja, und als meine Eltern ein paar Tage weg waren und du Geburtstag hattest, da war die Gelegenheit günstig. Es lief alles genau so, wie ich es mir vorgestellt hatte. Du warst völlig verrückt nach mir und total süß. Schon als wir an deinem Geburtstag das erste Mal zusammen waren, habe ich mich in dich verliebt. Denn du bist so anders als all die Jungen, die ich sonst kenne. Stundenlang kann ich dir zuhören, wenn du mir Geschichten aus deinen Büchern erzählst. Ich möchte deine Worte überall spüren und hören, mich von ihnen mit dir zusammen in das Land meiner Träume tragen lassen. Und ich sehne mich danach, die Landkarte deines Körpers weiter zu erkunden. Stattdessen sitze ich in der Wohnung meiner Tante und warte darauf, dass mein Onkel nach Hause kommt. Er soll mich noch heute in ein hundert Kilometer entferntes und von Nonnen geführtes Mädcheninternat bringen. So schnell werde ich keine Gelegenheit haben, nach Deutschland zurückzukommen. So werde ich dir in diesem Buch schreiben, was ich erlebe, bis wir uns endlich wiedersehen. Du fehlst mir so sehr!

Deine Sophia

„Iah, iah, iah", verkündete der Schrei des Esels Horatio das Ende der Nacht. Draußen war es noch dunkel, nur am Horizont zeigte sich ein erster Lichtstreifen. Frank schreckte schlaftrunken hoch und brauchte einen Augenblick, um sich zu orientieren. Sein Blick fiel auf das am Boden liegende Tagebuch und sofort wusste er wieder, wo er war. Obwohl es erst fünf war, war für ihn an Schlaf nicht mehr zu denken. Zudem waren Franks Glieder nach der Nacht auf dem Sofa völlig steif, und so beschloss er aufzustehen.

Er ging ins Bad, duschte, zog sich frische Kleidung an, packte seine Sachen und begegnete, als er in Sophias Zimmer zurückkehren wollte, Maurice. „Buongiorno! Du bist aber ein Frühaufsteher! Hast du gestern noch etwas gefunden?" „Ich glaube schon. Im Abfall lag eine Visitenkarte einer Galerie in Arezzo. Vielleicht hat Sophia dort ihre Bilder ausgestellt und ihre neue Adresse hinterlassen; nachher werde ich hinfahren." „Na, da wirst du dich noch ein paar Stunden gedulden müssen. Wenn du Lust hast, können wir zusammen frühstücken und du kannst mich auf den Markt begleiten, ich könnte ein wenig Hilfe beim Ein- und Ausladen gut gebrauchen, und am späten Vormittag kannst du dann die Galerie aufsuchen. Was hältst du davon?" Frank wäre zwar am liebsten im Haus geblieben, um weiter in Sophias Tagebuch zu lesen und die Umgebung, in der sie sich offensichtlich so wohl gefühlt hatte, näher kennenzulernen. Dennoch wollte er Maurices Bitte nicht ausschlagen, schließlich hatte dieser drei Jahre lang mit Sophia und Sefrano unter einem Dach gelebt und konnte ihm sicherlich noch einiges von den beiden berichten. „Ich komme gerne mit!" Nach einem weitgehend schweigsam eingenommenen Frühstück, bei dem jeder seinen Gedanken nachhing, half Frank Maurice dabei, die für den Verkauf bestimmten Erzeugnisse wie Schafskäse, Olivenöl und Honig – alles in Bio-Qualität – einzuladen. „Dass ich deine Hilfe brauche, ist, wie du merkst, etwas übertrieben. Ich finde es nur schön, einmal wieder menschliche Gesellschaft zu haben", sagte Maurice, während er die Ladeklappen des Lieferwagens schloss. Begleitet von Hundegebell und vom Brüllen

Horatios verließen sie mit dem Lieferwagen und Franks Leihauto den Hof. Die Sonne ging gerade auf und färbte die Landschaft pastellfarben, über den Hügeln stieg Morgennebel auf. Nach etwa fünfzehn Minuten Fahrt erreichten sie den Marktplatz von Arezzo. Dort herrschte ein reges Treiben. Die meisten Händler hatten ihre Stände bereits aufgebaut und fingen an zu verkaufen. Maurice wurde nicht beachtet, nur seine Standnachbarn grüßten ihn freundlich. „Buongiorno! Na, Maurice, haben die anderen dich wieder einmal übersehen? Nimm es nicht allzu persönlich. Für die ist jeder, der aus einer großen Stadt kommt und plötzlich sein Glück als Bio-Bauer versucht, nicht normal. Vermutlich sind sie nur neidisch und würden umgekehrt ihr Glück gerne in der Stadt versuchen, aber haben nicht genug Mumm dazu."

Frank half Maurice beim Aufbau des Standes, dann kamen bereits die ersten Stammkunden. „Buongiorno! Maurice, Ihr Honig ist einfach der Beste. Ich nehme drei Gläser mit." „Füllen Sie mir bitte einen Liter Olivenöl ab, und dann hätte ich gerne noch ein halbes Pfund Schafskäse." „Oh, schade, Sie haben immer noch kein Brot dabei. Wann kommen denn die anderen aus dem Urlaub zurück?"

So ähnlich ging es fast ununterbrochen weiter, und eine Unterhaltung zwischen Maurice und Frank war stets nur kurz möglich. „Hat Sophia auch Waren auf dem Markt verkauft?" fragte Frank. „Und wie! Sie war unser absolut bestes ‚Pferd im Stall'. Die Leute mochten sie, und manche kauften nur etwas, um ein paar Worte mit ihr wechseln zu können. Sie hat so eine Art an sich, die alle Leute für sie einnimmt. Und gerade sie fällt auf jemanden wie Sefrano herein." „Wie meinst du das?" „Nun, ich kann verkehrt liegen. Aber ich hatte immer den Eindruck, dass er sie nur ausnutzt. Die eigentlich Begabte ist Sophia, aber Sefrano hat dafür gesorgt, dass sie nicht an sich geglaubt hat und das Malen sein ließ." „Ja, aber sie hat doch gemalt?" „Erst wieder seit ein paar Monaten, und da hat es bereits in ihrer Beziehung gekriselt." „Warum hat sie sich dann nicht einfach von ihm getrennt?" „So einfach ist das nicht. Irgendwie hat sich Sophia abhängig von ihm gemacht, glaube ich." Maurice schwieg kurz betroffen. „Aber statt ihr zu helfen habe ich so getan, als bekäme ich von alldem nichts mit. Ich wollte mich nicht einmischen, aber eigentlich war ich einfach nur zu feige."

Als es auf elf zuging, brach Frank auf, verabschiedete und bedankte sich für Maurices Gastfreundschaft und folgte der Wegbeschreibung zu der Galerie, die auf der Rückseite der Visitenkarte abgedruckt war. Sie hatte bereits geöffnet. Die Galeristin war mit einem Paar im Gespräch und stand vor einem großformatigen Bild.

„Die Künstlerin Sophia Estrano befindet sich noch ganz am Anfang ihrer Karriere. Aber wie Sie sehen, steckt in ihr ein ungeheures künstlerisches Potential. Ich bin mir sicher, dass man bereits in wenigen Jahren für ihre Werke hohe Preise zahlen wird. Noch allerdings sind sie erschwinglich. Gerade das Richtige, um sich eine Sammlung aufzubauen. Aber überlegen Sie es sich ganz in Ruhe, schauen Sie sich nur weiter um." Die Galeristin wandte sich um und Frank zu. „Signore – kann ich Ihnen helfen?" erkundigte sich die elegant gekleidete, etwa fünfzig Jahre alte Galeristin freundlich. „Ich möchte mich gerne umschauen. Mir wurde gesagt, dass Sophia Estrano bei Ihnen ausstellt. Ihre Werke interessieren mich." „Gerade stehen wir vor einem Bild von ihr. Das Paar da hinten interessiert sich auch für ihre Werke. Langsam scheint es sich herumzusprechen, wie begabt Sophia ist. Schauen Sie sich nur um – ich habe einige Bilder von ihr hängen." Dann ließ die Galeristin Frank alleine, und er hatte Zeit, die Werke in Ruhe zu betrachten. In dieser Umgebung, mit viel weißem Raum um die Bilder, intensivierte sich die Farb- und Formenwirkung noch mehr.

Frank war beeindruckt. Die Bilder übten eine starke Anziehung auf ihn aus. Er sah auf die Preise, die zwischen 500 und 1200 Euro lagen.

Frank, der sonst eher sparsam lebte und größere Ausgaben länger plante, entschloss sich zu einem Spontankauf. Eine Landschaft in der Toskana, abstrakt angedeutet, in erdigen Tönen mit einem Hauch von Orange und Blau für 1000 € hatte es ihm besonders angetan. „Ich würde dieses Bild gerne kaufen", sprach er die Galeristin an. „Eine gute Wahl, ich beglückwünsche Sie. Sophia Estrano befindet sich erst am Beginn einer sicherlich großartigen Karriere."

„Allerdings kaufe ich es nur, wenn Sie mir verraten, wo ich die Künstlerin finde. Ich muss unbedingt ihre neuesten Werke kennenlernen." „Ich fürchte, da kann ich Ihnen nicht helfen. Die Künstlerin ist umgezogen und hat mir ihre neue Adresse noch nicht mitgeteilt." Bedauernd blickte die Galeristin Frank an. „Aber wie erhält sie dann ihr Geld?" hakte Frank nach, der in den zurückliegenden Tagen immer wieder die Erfahrung gemacht hatte, dass sich Hartnäckigkeit auszahlte. „Nun, das Geld überweise ich ihr. Ihre neue Bankverbindung hat sie mir mitgeteilt. Warten Sie, ich sehe einmal nach, wo die Bank ihren Sitz hat."

Die Galeristin ging in das Hinterzimmer und kehrte nach kurzer Zeit mit einem Notizzettel zu Frank zurück. „Es ist die ‚Banca nazionale' in Volterra. Vielleicht erfahren Sie dort mehr über sie!"

Danach wickelten sie die Formalitäten des Bilderkaufs ab und Frank unterschrieb die Zollanweisungen, damit das Bild zu ihm nach Deutschland geschickt werden konnte. Seit Tagen dachte er das erste Mal bewusst an sein Zuhause. Sein Urlaub ging in einer Woche zu Ende, und er würde in sein altes Leben zurückkehren. Eine Vorstellung, die ihm fremd war, ihm gar nicht behagte und die er deshalb sogleich wieder verdrängte.

Umso wichtiger war es, Sophias Spur möglichst rasch zu folgen, sich auf den Weg nach Volterra zu begeben.

Lieber Frank,

fast ein halbes Jahr bin ich nun schon im Internat. Noch immer vergeht kein Tag, an dem ich nicht an dich denke. Wir müssen strenge Regeln befolgen, sonst bekommen wir zum Beispiel den wöchentlichen Ausgang oder das Taschengeld gesperrt. So versuche ich mich anzupassen. Das erste Mal in meinem Leben passe ich in der Schule gut auf. Ich wundere mich selbst, es macht mir richtig Spaß und ich lerne gerne. Vor ein paar Monaten habe ich endlich etwas gefunden, bei dem ich alles, was mich traurig macht, vergesse. Ich male! Nicht diese Kinderkritzeleien von früher, sondern richtig, mit Ölfarben und Staffelei. Mein Kunstlehrer, ein Pater, hat gesagt, dass ich sehr begabt bin, und er gibt mir sogar extra Unterrichtsstunden in seiner Freizeit. Die Nonnen denken, dass ich lauter Heiligenbilder male und loben mich sogar. Wenn die wüssten, was ich alles male – sogar Akte! Ich kopiere andere Maler, studiere das Licht der Impressionisten, die Wildheit der Fauves und die strengen Linien der Kubisten. Das erste Mal in meinem Leben weiß ich, was ich werden will. Wenn ich nicht mit dir zusammen sein kann, dann will ich wenigstens Künstlerin werden! Nach meinen Schulabschluss will ich auf die Kunstakademie gehen. Ob mein Vater mir dies erlaubt, weiß ich nicht, aber Mama wird ihn schon überzeugen. Sie hat immer, wenn wir uns sehen und ich ihr mein leidendes Gesicht präsentiere, ein schlechtes Gewissen, dass sie mich in einer Nacht- und Nebelaktion nach Italien zurückgeschickt haben. Seit ein paar Wochen lebt der Rest der Familie auch wieder in Italien, das hast du sicherlich mitbekommen. Vater hat eine Anstellung an der Florenzer Oper gefunden und feiert nun seine ersten großen Erfolge. Ja, mein berühmter Vater, und seine Tochter lässt er so im Stich. Ich werde ihm nie verzeihen, dass er uns auseinandergebracht hat! Du fehlst mir so sehr! Ich muss Schluss machen, auf dem Gang höre ich Stimmen näher kommen.

Buonanotte, deine Sophia

Frank befand sich auf dem Weg nach Volterra. Es lag nicht weit von Arezzo entfernt, dennoch war die Fahrt auf den schmalen, kurvigen Landstraßen anstrengend. Er dachte über das Telefonat mit Daniele nach. Dieser hatte ihn, kurz nachdem er die Galerie verlassen hatte, angerufen und auf den neuesten Stand gebracht. Zum Abschied hatte er ihn gewarnt. „Pass auf dich auf! In Italien weiß man nie, was passiert, wenn man krummen Geschäften auf der Spur ist. Mein Chef Marcelli hat sich auffallend interessiert nach deinem Verbleib erkundigt. Ich habe ihm ausweichend geantwortet, weiß aber nicht, ob er sich damit zufrieden gibt." „Aber ich folge doch nur Sophias Spuren, was soll da schon passieren", beruhigte Frank seinen Freund, aber eine gewisse Unruhe blieb nach ihrem Gespräch zurück.

Der Himmel war aufgerissen, der Frühherbst zeigte sich von seiner schönsten Seite. Die Luft war kühl, aber in der Sonne war es weiter angenehm warm. Je näher Frank Volterra kam, desto eintöniger wurde die Landschaft. Hatte er die Gegend um die „Fattoria Il Lischetto" bereits als karg erlebt, folgte nun ein Landstrich, der von archaischer Ödnis geprägt war. Die Hügelketten vulkanischen Ursprungs, weit höher als um Florenz herum, mit nichts als staubiger Erde der abgeernteten Felder, vertrockneten Gräsern, einzelnen Gehöften, umgeben von Zypressen und geduckt stehenden Büschen, die wie Oasen inmitten abweisender Kargheit wirkten. Trutzig auf einem Berg thronte Volterra. Selbst bei Sonnenschein wirkte dieser Ort schwermütig und düster. Eine enge, kurvige Straße führte hinauf. Kurz vor der Stadt ließ Frank das Auto auf einem Parkplatz stehen und ging die letzten Meter zu Fuß; so konnte er sich die einst von den Etruskern gegründete Siedlung näher ansehen. Noch immer beschworen die Baudenkmäler rund um die Piazza dei Priori die Blütezeit des Mittelalters herauf und bescherten der Stadt Heerscharen von Touristen. Auch Frank war fasziniert von den Palazzos. Für Augenblicke vergaß er sogar, weshalb ihn sein Weg hierher geführt hatte.

Liebes Tagebuch,
viele Jahre habe ich geglaubt, nie mehr wirklich lieben zu können.
Doch in dem Spruch „Die Zeit heilt alle Wunden" steckt tatsächlich
Wahrheit.
Zunächst habe ich nur im Malen meine Sehnsucht stillen können. Vater
hat mir dank der Überredungskünste von Mama tatsächlich erlaubt,
Kunst zu studieren. Das Studium habe ich in den vergangenen drei Jah-
ren mit aller Energie und viel Erfolg angepackt. Doch plötzlich ist mir
dies alles nicht mehr wichtig. Denn ich habe mich verliebt! Sefrano, ein
Student aus dem Abschlusssemester. Und das Wunderbare: auch er liebt
mich! In ein paar Wochen macht er seine Abschlussprüfungen, und dann
will er in die Welt hinaus. Er hat mich gefragt, ob ich ihn begleite. Mit
dem Studium kann ich danach noch weitermachen, mit ihm durch die
Welt reisen aber nicht. Ich wollte immer schon die Welt kennenlernen.
Wann gibt es eine bessere Gelegenheit!?
Das Leben ist einfach wunderbar und ich könnte jeden umarmen, dem ich
begegne.

Frank stand vor der „Banca nazionale". Wäre er eine Viertelstunde
später gekommen, hätte die Bank zur Mittagsstunde geschlossen;
so jedoch konnte er unter den strengen Blicken des vor der Bank
stehenden Sicherheitspersonals die Schalterhalle betreten. Frank
musterte die Schalterbeamten und stellte sich schließlich am Schal-
ter einer mütterlich wirkenden Endfünfzigerin an. Beruflich und
privat hatte er bei dieser Altersgruppe meist Vorschusslorbeeren.
„Buongiorno, signora! Ich hoffe, Sie können mir helfen."

Er holte ein Foto von Sophia hervor, während die Bank-
angestellte ihn aufmerksam musterte. „Ich bin auf der Suche nach
dieser Frau, Sophia Estrano ..." „Ja, und was wollen Sie dann hier
bei uns?" „Signora Estrano ist Künstlerin und ich muss unbedingt
weitere Werke von ihr kennenlernen. Ihre Galeristin kennt ihre
Adresse nicht, wohl aber den Namen der Bank, an die sie das Geld
verkaufter Werke überweist. Ja, und dies ist die Bank. Ich hoffe,

dass Sie mir weiterhelfen können und mir ihre Adresse mitteilen."
„Und Sie denken, ich gebe die Adresse unserer Bankkunden
einfach an wildfremde Menschen weiter? Ich kenne Sie doch gar
nicht, weiß nicht, was Sie vorhaben. Sehen Sie zu, dass Sie schnell
wieder gehen!"

Die letzten Sätze sprach die Dame deutlich erregt und so laut,
dass andere Kunden und auch das Wachpersonal aufmerksam
wurden und zu ihnen hinüber sahen. „Beruhigen Sie sich bitte,
signora, ich gehe ja schon." Frank trat möglichst unauffällig den
Rückzug an. Zwar hatte er nichts erreicht, dennoch war Frank
erleichtert, als er wieder draußen war. Er konnte die Bankan-
gestellte verstehen und hätte selbst vermutlich ähnlich, nur etwas
freundlicher reagiert – wildfremden Menschen hätte auch Frank
keine Adresse gegeben. Frank war unschlüssig, wie es weitergehen
sollte. Die Chancen, etwas über Sophias Aufenthaltsort herauszu-
bekommen, schienen schlecht zu stehen.

Frank merkte, dass er Hunger hatte. Seit dem Frühstück, noch
zusammen mit Maurice, waren einige Stunden vergangen. Da es
sich mit einem leeren Magen schlecht denken ließ, setzte Frank sich
an einen Tisch eines Straßenlokals. Die Sonne strahlte ihm warm
ins Gesicht, der Ort erschien nun nicht mehr düster. Die fla-
nierenden Menschen – Touristen sowie Italiener in ihrer Mittagspause – wirkten fröhlich und entspannt. Dennoch ergriff Frank,
während er auf sein Essen wartete, eine zunehmende Mutlosigkeit.
So kurz vor seinem Ziel hatte er sich gewähnt, und plötzlich
wusste er nicht mehr, wie es weitergehen sollte. So weit war er
gekommen, nun konnte er doch nicht einfach aufgeben. Vielleicht
sollte er die „Banca nazionale" beobachten. Irgendwann kam
Sophia sicherlich vorbei, um ihre Bankgeschäfte zu regeln und
Geld zu holen. Dies wiederum könnte Tage oder sogar Wochen
dauern, die Idee war somit untauglich. Frank nahm Sophias
Tagebuch aus seiner Tasche. Er hatte es einem Instinkt folgend
mitgenommen und trug es mit sich herum, um diese bisher einzige
Verbindung zu Sophia nicht auch noch zu verlieren. Ehe Frank

weiter darin las, saugte er den Geruch des Buches auf. Selbst hier im Freien, umgeben von vielfältigen anderen Gerüchen, nahm seine Nase untrüglich Sophias Duft nach Vanille auf.

4

Liebes Tagebuch,
wie schön es doch wäre, die Zeit zurückdrehen zu können.
Sefrano und ich sind nun über zehn Jahre ein Paar. In unseren ersten gemeinsamen Jahren waren wir sehr ineinander verliebt und erkundeten die Welt. Zwar hatten wir nicht viel Geld, aber dies störte nicht, solange wir zusammen sein konnten. Seit Sefrano jedoch versucht, mit seiner Kunst mehr Geld zu verdienen, ist unsere Beziehung gestört. Viele Jahre habe ich gedacht, dass ich ihn ausbremse, weil ich mit meiner Malerei erfolgreicher war als er. Ich habe sogar aufgehört, selbst zu malen, doch es hat nichts gebracht. Auch als wir von der Stadt aufs Land gezogen sind, damit Sefrano in Ruhe arbeiten kann, während ich durch meine Arbeit auf dem Hof für unseren Lebensunterhalt sorge, hat sich nichts gebessert. Seine Schaffenskrisen werden immer raumfordernder – und unsere Beziehung wird immer schwieriger.
Ich dagegen habe in „Il Lischetto" endlich einen Ort gefunden, an dem ich mich zu Hause fühle. Mir geht es hier sogar so gut, dass ich wieder mit dem Malen begonnen habe. Und: ich bin erstmals seit langer Zeit stolz auf mich – eine Galeristin wird meine Werke zum Verkauf anbieten.
Vielleicht wäre es das Beste, mich von Sefrano zu trennen und endlich mein eigenes Leben zu beginnen. Wir haben uns auseinandergelebt, nichts ist mehr wie am Anfang. Wir streiten uns häufig.
In letzter Zeit muss ich immer wieder an Frank denken. Was wohl aus ihm geworden ist?

Drei Monate sind seit dem letzten Eintrag vergangen. Heute gibt es Grund zum Feiern. Sefrano hat einen Käufer für seine Werke gefunden. Endlich haben wir Geld. Viel wichtiger aber ist, dass Sefrano wieder an sein Können glaubt. Er wirkt so stolz und glücklich. Ist es schön, endlich wieder vom Leben verwöhnt zu werden!

Fast ein halbes Jahr liegt seit dem letzten Eintrag hinter mir. Schon wieder ist die Welt verändert. Statt bunter Farben müsste ich düstere wählen, um meine Stimmung auszudrücken.

Vor fünf Monaten ist Mutter nach kurzer schwerer Krankheit gestorben. Wie gerne hätte ich mich mit Vater versöhnt, der an ihrem Grab so alt wirkte, doch es ist nicht möglich. Denn dann müsste ich ihm mit seiner Meinung über Sefrano, von dem er nie etwas gehalten hat, Recht geben. Und so weit bin ich noch nicht.

Wie bin ich nur so naiv gewesen!? Warum sollte plötzlich jemand anderes bereit sein, viel Geld für Sefranos Bilder zu bezahlen? Schließlich hat er keinen Namen und malt nicht besser als zuvor!

Ich bekomme ihn meist nur noch in der Nacht zu Gesicht. Am Tage verkriecht er sich in einem Nebengebäude, zu dem keiner außer ihm und seine Auftraggeber Zutritt hat. Denn neuerdings malt Sefrano nicht mehr, sondern restauriert Bücher. Vor seinem Kunststudium hat Sefrano eine Buchbinderlehre gemacht und im Studium den Schwerpunkt Restauration belegt. Nun scheint er seine Bestimmung gefunden zu haben und verdient plötzlich viel Geld. Dennoch habe ich kein gutes Gefühl; auch Nachfragen wehrt er immer gleich ab. Schon lange sind wir uns nicht mehr entspannt begegnet.

Heute hat Sefrano mich gebeten, in Florenz verschiedene Bücher und Autographen in einem Antiquariat zu verkaufen. Angeblich ist ein Kunde kurzfristig abgesprungen. Ich bin zwar skeptisch, aber welchen Grund hätte ich, ihm diese Bitte auszuschlagen? Außerdem brauchen wir dringend Geld.

Gerade habe ich meinen letzten Eintrag gelesen. Ich staune immer wieder über meine Naivität. Es stimmt wohl, dass Liebe blind macht. Jetzt, da ich nicht mehr liebe, ist mein Blick frei. Was ich sehe, zwingt mich eigentlich zu raschem Handeln, aber ich bin viel zu verstrickt und fühle mich wie gelähmt. Warum kommt nicht jemand, der mich aus diesem Wirrwarr befreit? Aber das gibt es wohl nur in Filmen.

„Ich bin da, ich kann dir helfen, aber wo bist du?" rief Frank innerlich aus, während er die letzten Worte der Eintragungen las, die Sophia wenige Tage vor ihrem Verschwinden aus „Il Lischetto" geschrieben hatte. Er schlug das Tagebuch zu. Er musste Sophia finden. Vermutlich lebte sie sogar ganz in der Nähe. So schwer durfte es doch nicht sein, schließlich war er bereits so weit gekommen! Frank bezahlte sein Essen und schlug den Weg Richtung Auto ein. Sein Blick fiel in die unendliche Weite der hügeligen Landschaft, die in allen Brauntönen, die diese Welt zu bieten hatte, zu leuchten schien. Die Umgebung Volterras musste die Schaffenskraft Sophias angeregt haben, denn die Werke, die Frank bisher von ihr gesehen hatte, trugen alle das Thema „Himmel und Erde" als Motiv. Und lehmige Erde mit viel Himmel darüber gab es an diesem Ort und rundherum reichlich. Warum sollte Sophia nicht auch in den vergangenen Monaten gemalt haben? Wenn sie gemalt hatte, konnte sie Bilder verkaufen, um Schritt für Schritt unabhängig von Sefrano zu werden.

In Volterra gab es viele Touristen, die sicherlich gerne eine Erinnerung an ihren Urlaub mit nach Hause nehmen wollten. Warum sollte Sophia also nicht auch vor Ort nach einer Galerie gesucht haben, die ihre Werke verkaufte? Wenn es ihr ernst damit war, ein eigenes Leben zu beginnen, brauchte sie ein eigenes Einkommen.

Frank blieb stehen und kehrte in den Ort zurück, in der die ersten Geschäfte nach der Mittagspause ihre Rollläden wieder hochließen. „Scusi, signore, könnten Sie mir bitte sagen, wo ich eine Galerie finde?" sprach Frank einen kultiviert aussehenden Italiener um die sechzig an. Dieser schien sich auszukennen. „Gerne, signore. Wir haben in Volterra sehr schöne Galerien. Für jeden Kunstgeschmack bieten wir etwas. Was suchen Sie denn?" „Ich bin an Werken von jungen, einheimischen, vielversprechenden Künstlern interessiert. Es wäre sehr schön, wenn Sie mir sagen können, in welcher Galerie ich richtig bin, signore." „Eine gute Wahl. Da hat unser Land viel zu bieten! Sie sollten in die ‚Galeria Luna' gehen. Arrivederci!" „Mille grazie, arrivederci, signore!" verabschiedete sich Frank und schlug sogleich die Richtung ein, in die der Mann gezeigt hatte.

Schon kurze Zeit später stand Frank vor dem Schaufenster der „Galeria Luna" und erkannte sogleich, dass er hier richtig war. Im Fenster hingen Werke, die unschwer auf Sophia hinwiesen. Zwar waren es nur Pastellskizzen, aber das Motiv, die Strichführung, die Farb- und Formgebung – das war eindeutig Sophia.

Frank war erneut fasziniert von der intensiven Wirkung, die diese Bilder auf ihn ausübten. Er blieb einen Moment stehen, bevor er die Galerie betrat. „Buongiorno signore, kann ich Ihnen helfen?" Aus dem Halbdunkel trat ein leger gekleideter Mann, etwa Mitte vierzig, auf Frank zu. „Si, gerne. Ich bin auf der Suche nach der Künstlerin Sophia Estrano. In einer Galerie in Arezzo habe ich ein Bild von ihr erstanden und bin so fasziniert von ihrem Können, dass ich gerne mehr über ihre Arbeit erfahren möchte. Dort habe ich gehört, dass sie in Volterra lebt. Da Sie Bilder von ihr ausstellen, haben Sie sicherlich ihre Adresse?" „Da muss ich Sie leider enttäuschen. Eine Adresse hat sie mir nicht mitgeteilt, aber signora Estrano kommt regelmäßig vorbei, um neue Bilder zu bringen und ihre Einnahmen abzuholen. Sie müssen wissen, ihre Pastellskizzen werden viel von Touristen gekauft. Die möchten sich ein Stück der Toskana mit nach Hause nehmen. Gestern war sie da, das heißt, diese Woche kommt sie eigentlich nicht mehr.

Doch halt, wenn Sie Glück haben, kommt sie heute Abend vorbei. Da ist die Vernissage von einem Künstler, den Sophia sehr schätzt. Wenn Sie Zeit und Lust haben: auch Sie sind herzlich willkommen!" „Grazie, signore! Ich komme sehr gerne. Dann hebe ich mir das Betrachten der Werke bis heute Abend auf und nutze nun lieber noch das schöne Spätsommerwetter. Arrivederci." „Arrivederci."

Ganz in der Nähe der Galerie fand Frank ein kleines Hotel, in dem er ein Zimmer mietete.

Immer wieder las er die letzten Zeilen aus Sophias Tagebucheintrag und fragte sich, was seitdem geschehen war.

TEIL VI - Begegnung

1

Auf sein Äußeres legte Frank meist nicht viel Wert; heute war er lange unschlüssig, was er zu der Vernissage anziehen sollte. Schließlich entschied er sich für ein flaschengrünes Leinenhemd und eine modische schwarze Jeans, die er in Florenz gekauft hatte. Es war noch zu früh, um das Hotel zu verlassen, aber Frank konnte sich auf nichts mehr konzentrieren. Da klingelte sein Handy. „Buonasera, Frank. Hier ist Lorenzo. Hast du schon etwas über meine Tochter herausgefunden?" Frank freute sich, die altbekannte, wohltemperierte und zugleich müde und brüchig kleingende Stimme zu hören. „Buonasera, Lorenzo. Noch nicht viel. Aber wenn ich Glück habe, begegne ich ihr in den nächsten Tagen. Es wird schon klappen. Ich kann sehr hartnäckig sein!" Frank erwähnte nicht, dass er hoffte, Sophia bei der Vernissage am Abend zu treffen. Er wollte bei Lorenzo keine falschen Hoffnungen wecken. Um vom Thema abzulenken, erkundigte sich Frank nach Lorenzos Alltag und dem Befinden seines alten Freundes Marco Christini.

„Marco ist erneut auf eigene Verantwortung nach Hause entlassen worden. Die Ärzte haben ihm dringend geraten, in eine betreute Wohnanlage zu ziehen. Sein Herz arbeitet nicht mehr zuverlässig, und sein Blutdruck rauscht manchmal so in den Keller, dass es ihm schwindelig wird. Wenn er dann zu Hause umfällt, ist niemand da, der helfen kann." Frank, der den Antiquar in den wenigen Stunden des Zusammenseins schätzen gelernt hatte, hakte nach: „Und was sagt dein Freund selbst dazu?"

„Der will von alledem nichts wissen. Bequemer hätte er es schon gerne, aber Marco hängt sehr an seinem Antiquariat und will seine Schätze nicht einfach wildfremden Menschen überlassen." Eine Weile redeten sie noch über vergangene Zeiten. Lorenzo gab ein paar Anekdoten aus Franks Kindheit zum Besten, so dass für beide diese längst vergangenen Erlebnisse wieder gegenwärtig wurden und sie ein paar Mal herzhaft zusammen lachten. „Schön, dass du angerufen hast, Lorenzo! Ich melde mich, wenn es etwas Neues gibt, und grüße bitte deinen Freund Marco von mir!" beendete Frank das Gespräch nach einer halben Stunde, denn es war Zeit für ihn zu gehen.

Kaum hatte Frank aufgelegt, klingelte das Telefon erneut. Diesmal war es Daniele, der wissen wollte, ob Frank schon etwas erreicht hatte. Frank erzählte ihm alles, auch von seiner Hoffnung, demnächst vielleicht endlich Sophia gegenüberzustehen.

„Bitte sei vorsichtig, Frank. Du kennst diese Frau gar nicht mehr. Irgendwie habe ich bei der ganzen Geschichte kein gutes Gefühl mehr. Noch kannst du zurück." „Was ist denn mit dir los? So kenne ich dich gar nicht. Was soll schon passieren?" beschwichtigte Frank. „Wahrscheinlich hast du Recht. Ich weiß auch nicht, was ist. Wahrscheinlich bin ich unruhig, weil heute deine Chefin, Frau Santorin, meinen Chef angerufen hat. Ich habe das Gespräch nur indirekt mitbekommen, als es um dich ging." „Was gab es denn über mich zu sprechen?" „Nun, ich habe gehört, dass Marcelli deiner Chefin von deinem Besuch in unserer Bibliothek erzählt hat. Was sie erwidert hat, konnte ich leider nicht hören. Nur, dass Marcelli plötzlich besonders aufmerksam wurde und so etwas Ähnliches sagte wie: ‚Das ist ja interessant. Das hätte ich ihm gar nicht zugetraut, er wirkte so zuverlässig. Der wird sich wundern, wenn er nach Deutschland zurückkehrt.' Aber wahrscheinlich habe ich etwas verkehrt verstanden. Die zwei haben Englisch miteinander gesprochen, und das beherrsche ich im Gegensatz zur deutschen Sprache nur mäßig. Aber ein ungutes Gefühl habe ich dennoch." „Mach dir mal um mich keine Sorgen. Ich komme ganz gut zurecht – meine Chefin kümmert mich gerade herzlich wenig."

So unbelastet Frank sich Daniele gegenüber auch gab, nach dem Gespräch war er verunsichert. Weshalb hatte seine Chefin in der Bibliothek angerufen? Was nur hatte sie Marcelli über ihn erzählt?

Hatte sie das Fehlen der Bücher bemerkt? Schnell gewann jedoch die Spannung, endlich Sophia wiederzusehen, die Oberhand und verdrängte seine grüblerischen Gedanken.

2

Wenig später trat Frank auf die schwach erleuchtete Straße. Die Luft verbreitete den würzigen Duft des nahenden Herbstes. Da Frank nur wenige Schritte laufen musste, hatte er keine Jacke mitgenommen, nun fröstelte ihn. Die Fenster der Kunstgalerie waren hell erleuchtet. Er blieb zunächst auf der gegenüberliegenden Straßenseite stehen, um die Gäste in Ruhe zu beobachten. Um die fünfzig Menschen bevölkerten die Galerie, die meisten in schicker, heller Kleidung, ein paar in lässigem Freizeitlook. In kleinen Gruppen standen sie vor den Bildern, unterhielten sich angeregt, mit einem Sektglas in der Hand. Eine Frau, die Ähnlichkeit mit Sophia hatte, war nicht zu sehen.

Enttäuscht betrat Frank die Galerie. In diesem Augenblick löste sich aus einer Gruppe im hinteren, von außen nicht einsehbaren Teil der Galerie eine Frau mit langen, lockigen rotschwarzen Haaren, einem eng anliegenden ärmellosen schwarzen Kleid und steuerte direkt in Franks Richtung.

Sophia! Wie oft hatte Frank von ihr geträumt, sich den Moment ihrer Begegnung vorgestellt, und merkte nun, dass er letztlich unvorbereitet für diese Begegnung war. Was nur sollte er sagen? Da kam ihm der Zufall zur Hilfe. Sophia stolperte, und der Inhalt ihres Sektglases ergoss sich auf Franks Hemd, das rasch einen dunkleren Farbton annahm.

„Entschuldigung, signore! Wie kann ich es nur wieder gutmachen?" Mit einem charmanten Lächeln schaute Sophia in Franks Augen.

Bevor er irgendetwas sagen konnte, sprach sie ihn in gebrochenem Deutsch an. „Frank? Sage, du bist es?" Dabei musterte sie ihn. „Ja, Sophia, ich bin es", brachte Frank mit erstaunlich ruhiger Stimme in Italienisch hervor und lud Sophia damit zugleich ein, ihm in ihrer Muttersprache zu antworten. „Sag, was tust du hier, an diesem Ort, in dieser Galerie? Kann es solch einen Zufall geben? Ich habe in den letzten Monaten plötzlich immer wieder an dich gedacht!" erwiderte Sophia so leise, dass Frank Schwierigkeiten hatte, sie zu verstehen.

Aufmerksam betrachtete er sie. Ihre Haare wurden von ersten dünnen Silberfäden durchzogen, um die Augen herum waren deutlich sichtbare Falten zu sehen, und sie war etwas fülliger geworden. All diese Veränderungen verstärkten ihre feminine Ausstrahlung und Sinnlichkeit jedoch, wenn da nur nicht der Bruch durch einen traurigen und gehetzt wirkenden Gesichtsausdruck wäre, sowie eine Nervosität, die jede Faser ihres Körpers erfasst zu haben schien. Frank bemerkte, dass Sophia sich immer wieder zu der im Hintergrund stehenden Gruppe umsah.

„Was ich hier mache? Eine lange Geschichte und vielleicht jetzt nicht der richtige Ort und die richtige Zeit, um sie dir zu erzählen. Können wir uns nicht morgen treffen?" Frank wunderte sich, wie sachlich seine Stimme klang, mit einem Herz, dessen Klopfen eigentlich jeder im Raum hören musste. In diesem Moment löste sich aus der Gruppe ein schlanker, gutaussehender und zugleich unklar und verlebt wirkender Mann und trat auf Sophia zu. Frank erkannte ihn von den Fotos wieder, es musste ihr Freund Sefrano sein. „Sophia, was stehst du hier mit einem Fremden zusammen? Wer ist dieser Mann überhaupt?" erkundigte sich Sefrano leise, mit scharfem Unterton und warf Frank einen abschätzigen Blick zu. „Es ist nichts weiter. Ein Tourist aus Deutschland, der heute in dieser Galerie ein Bild von mir gekauft hat und nun etwas zu meinen Werken hören wollte. Ich bleibe noch kurz, und dann kehre ich zu euch zurück", antwortete Sophia ruhig. Sefrano schien die Antwort zufriedenzustellen, denn ohne Frank und Sophia eines weiteren Blickes zu würdigen, wandte er sich ab und steuerte den Getränketisch an.

„Sefrano ist immer gleich schrecklich eifersüchtig. Es ist hier wirklich nicht der richtige Ort zum Reden. Was hältst du davon, wenn wir uns morgen um elf in dem gegenüberliegenden Café treffen?" schlug Sophia vor. Frank merkte, dass es ihr schwer fiel, die Fassung zu wahren. Ihre ganze Haltung war angespannt, und ihre Stimme klang nervös. „Eine gute Idee! Ich werde da sein. Doch nun sollte ich mich wohl lieber ‚geschäftsmäßig' von dir verabschieden, damit du keine Schwierigkeiten bekommst." Frank reichte Sophia die Hand und verabschiedete sich förmlich von ihr. „Arrivederci, signora Estrano." „Arrivederci, signore", und schon gesellte sich Sophia wieder zu den Leuten im hinteren Teil des Raumes. Sefrano legte demonstrativ und besitzergreifend seinen Arm um ihre Taille.

Frank holte sich ein Sektglas und betrachtete äußerlich in aller Ruhe, aber innerlich in Aufruhr die ausgestellten Werke. Kurz darauf kam der Galerist auf ihn zu. „Wie ich gesehen habe, haben Sie die Bekanntschaft von signora Estrano gemacht. Aber wir haben durchaus auch Bilder anderer vielversprechender Künstler da. Sehen Sie sich nur in Ruhe um!" „Das werde ich gerne tun! Vielen Dank, signore!" Um kein Aufsehen zu erregen, betrachtete Frank auch die anderen ausgestellten Werke, ohne jedoch wirklich etwas wahrzunehmen. Er musste sich zusammenreißen, um nicht immer wieder zu Sophia zu schauen. Einmal noch kam er kurz in ihrer Nähe vorbei. Als sich ihre Blicke trafen, nickten sie einander wie flüchtige Bekannte zu.

Wie konnte man zu einem anderen Menschen solch eine Nähe spüren und zugleich lagen nur Ferne und Unerreichbarkeit zwischen ihnen! Lange noch stand Frank nach Verlassen der Galerie auf der gegenüberliegenden Straßenseite und beobachtete das Treiben. Sophia war nicht mehr zu sehen und Frank hatte das

Gefühl, als habe ihre kurze Begegnung nur in seiner Phantasie stattgefunden.

3

Nach einer unruhigen Nacht, die nur in den frühen Morgenstunden Schlaf brachte, erwachte Frank gegen sechs und war zu aufgewühlt, um erneut einschlafen zu können. So schlüpfte er schnell in die Kleidung vom Vortag, zog eine Jacke über das Hemd und verließ das Hotel. Er verspürte Lust auf einen Spaziergang. Die Sonne war noch nicht aufgegangen. Außer in einer Bäckerei, in der bereits Licht brannte, war noch nichts von dem die Nacht bald ablösenden Tagestrubel zu spüren. Mit weit ausholenden Schritten ging Frank los. Schon bald war er am Rande der Stadt angelangt und bog in einen Feldweg ein. Die Luft trug einen Hauch von Feuchtigkeit, gemischt mit einem nussigwürzigen Duft. Am Horizont zeigte sich der erste rote Streifen der bald aufgehenden Sonne. Frank war bereits eine Stunde unterwegs, als ihn plötzlich Schwindel übermannte, der ihn schwanken ließ. Einige Minuten setzte er sich auf einen großen Stein, sah der aufgehenden Sonne zu, bevor er mit wiedergefundenem Gleichgewicht den Rückweg zum Hotel antrat. Nach dem Duschen frühstückte er. Doch die Zeit bis zu seiner Verabredung schien nicht zu vergehen, es blieben immer noch fast zwei Stunden Zeit bis zu dem vereinbarten Treffen mit Sophia. Frank war unruhig und unkonzentriert. Er zog sich auf sein Zimmer zurück und holte die sorgfältig verpackten Bücher und Autographen aus seiner Tasche. Obwohl es sich bei ihnen, wie Professore Spinozea mit seiner unfehlbaren Lasermethode bewiesen hatte, um wertlose Fälschungen handelte, waren sie für Frank wertvoller als alle anderen Bücher, die er je in seinen Händen gehalten hatte. Schließlich hatten sie ihn zu Sophia geführt. Sie verströmten noch immer einen schwachen Duft nach

Vanille. Ein Duft, den er am Vorabend bei der Begegnung mit Sophia in der Galerie nicht wahrgenommen hatte.

Frank wartete bereits seit einer halben Stunde am vereinbarten Treffpunkt, als Sophia das Café betrat. Sie war außer Atem, als sie an seinen Tisch trat. Trotz ihrer Gehetztheit und ihrem bei Tage ungeschminkten Gesicht, das eine tief aus ihrem Innern kommende Müdigkeit ahnen ließ, nahm er erneut ihre ungeheure Präsenz und Schönheit wahr. „Entschuldige bitte, Frank, dass ich komme zu spät. Ich ..." „Nessum problema, Sophia. Hauptsache, du bist nun da!" antwortete Frank auf Italienisch und erntete dafür von Sophia einen erstaunten Blick. „Ich habe vergessen, dass du inzwischen viel besser italienisch sprichst als ich deutsch. Aber sag, unsere gestrige Begegnung war doch kein Zufall? Mein Galerist hatte mir erzählt, dass am Nachmittag ein Mann nach mir gefragt hatte, warst du das, Frank?" Prüfend schaute sie ihm in die Augen.

„Nein, ein Zufall ist es nicht – ich habe nach dir gesucht", erwiderte er mit gefasster Stimme. „Nach mir gesucht? Nach fast zwanzig Jahren? Hast du keine Frau und Kinder, die daheim auf dich warten? Was willst du hier? ..." Frank unterbrach sie.

„Sophia, so viele Fragen auf einmal, wo soll ich beginnen?" „Das musst du selbst wissen. Ich habe Zeit!" Sophias warme Stimme wirkte nun entspannt. Und so begann Frank zu erzählen. Anfangs noch angespannt, überkam ihn bereits nach kurzer Zeit Gelassenheit. Er hatte nichts zu verlieren, nur zu gewinnen. Sophia war eine aufmerksame Zuhörerin, nur ab und zu stellte sie eine kurze Zwischenfrage, aber dann ließ sie Frank in seinen Erzählfluss eintauchen. Wenn er sie bat: „Aber jetzt erzähle mir auch von dir!", antwortete sie ausweichend: „Das hat Zeit!" Und so erzählte Frank weiter von ihrem plötzlichen Verschwinden, von seinem Studium, seinem Freund Jochen, dem Tod seiner Mutter, der Arbeit in der Bibliothek und seinem italienischen Freund Daniele. Nur von Anna erzählte er Sophia nichts.

Seit fast zwei Stunden saßen sie mittlerweile zusammen, und obwohl er immer noch nichts über ihre vergangenen Jahre erfahren hatte, fühlte sich ihre Nähe so vertraut an, als seien sie sich vor kurzer Zeit erst begegnet. „Ja, und weshalb bist du hier in Italien und hast nach mir gesucht?" Sophias Worte wurden jäh durch das Klingeln ihres Handys unterbrochen. „Pronto? Ach, du bist es, Sefrano. – Weshalb ich noch nicht zu Hause bin? Ich hatte doch einen Arzttermin. – Ach, du hast dort angerufen, und ich war nicht da? – Ich war doch bei einem ganz anderen Arzt und musste lange warten. Jetzt trinke ich gerade einen Kaffee. Nun höre schon auf. Ich erledige noch kurz ein paar Besorgungen, und dann komme ich. Bis bald! Ciao!"

Bereits während des Telefonats hatte Frank wahrgenommen, wie sich jede Faser von Sophias Körper erneut zu spannen schien. Nun, da sie das Gespräch beendet hatte, war sie distanziert und wirkte in sich gekehrt. „Was ist los, Sophia? Ich sehe doch, dass es dir nicht gut geht!" „Es ist nichts. Ich ärgere mich nur, dass ich schon wieder aufbrechen muss, wo wir uns nach so langer Zeit wiedergesehen haben." Sie versuchte, ruhig zu klingen. „Können wir uns morgen treffen?" „Morgen geht es nicht, aber übermorgen. Sefrano hat dann außer Haus ein längeres Treffen mit seinen Geschäftspartnern. Ich sollte jedoch zu Hause erreichbar sein. Wie wäre es, wenn du gegen zehn zum Frühstück zu mir kommst? Aber nun muss ich wirklich los!" Hastig erhob sie sich. „Sophia, warte noch! Ich weiß noch nicht einmal, wo du wohnst!" „Gib mir schnell deine Serviette."

Hastig schrieb Sophia ihre Adresse auf, reichte Frank ihre Wangen für Abschiedsküsse, und weg war sie. Mit ihrem zugeworfenen „Ciao" meinte er einen leichten Duft wie nach Vanille wahrzunehmen. Benommen blieb er noch eine Weile sitzen, bevor er die Rechnung bezahlte und ebenfalls das Café verließ.

4

Der nächste Tag zog sich für Frank endlos hin. Die Stunden zerflossen zäh. Zunächst versuchte er sich abzulenken. Die Zeit füllte er mit einer Stadtführung, dem Besuch einer archäologischen Kunststätte und einiger Kirchen - und musste doch nur unentwegt an Sophia denken. Erneut fiel ihm auf, dass sie bei ihrer Begegnung am Vortag nichts von sich erzählt hatte. Sie war zwar freundlich gewesen, hatte aufmerksam zugehört, aber sobald es im Gespräch um ihr Leben ging, war sie ausgewichen. Weshalb? Was war nur los mit ihr? Weshalb übte dieser Sefrano eine solche Macht über Sophia aus?

Am frühen Nachmittag gab Frank das Nachdenken auf. In einer Trattoria suchte er sich einen Terrassenplatz und verbrachte die Stunden bis in den Abend hinein mit Nichtstun. Zunächst probierte Frank die verschiedenen Kaffeevariationen aus. Davon vollends überdreht, stieg er auf die Probe regionaltypischer Weine um. Irgendwann fiel es ihm schwer zu unterschieden, welche Wahrnehmungen seiner Phantasie und welche der Wirklichkeit entsprangen. Da beschloss er, es gut sein zu lassen und in sein Hotel zurückzukehren. Dort angekommen, fühlte er sich wieder hellwach und sah auf die vergangenen Jahre seines Lebens zurück, genauer gesagt, die Jahre ohne Sophia. Es wurde ihm bewusst, dass diese Jahre irgendwie vergangen waren. Über diese Jahre gab es für ihn außer seinen beruflichen Aktivitäten nichts Besonderes zu berichten. Seine Freizeit hatte er vor allem damit gefüllt, sich nutzloses Wissen anzueignen, das wenige Monate später von neuem Wissen überdeckt wurde und zu nichts mehr zu gebrauchen war.

Andere Menschen hatte er nur bis zu einem gewissen Grad an sich herangelassen. Es gab niemanden, auf den er sich mit Herz und Seele eingelassen hatte. Frank erschien es, als hätte er die ganzen letzten Jahre leer und einsam vertan. Nie hatte er etwas gewagt, Entscheidungen immer wieder vertagt und wirklich glücklich war er nicht gewesen. Ein Leben wie lauwarmer Milchkaffee. Wie gut hatte es dagegen Daniele getroffen. Trotz der Behinderung Rosas lebten sie spürbar glücklich und unbeschwert, voller Vertrauen in ihr Leben.

Als sich seine Gedanken nur noch im Kreise drehten und das Selbstmitleid zunahm, beschloss Frank, ins Bett zu gehen. Fast augenblicklich fiel er in einen tiefen Schlaf. Am frühen Morgen erwachte Frank – alle Glieder taten ihm weh, der Mund war ausgetrocknet, der Magen gereizt, aber der Geist wieder klar. An Schlaf war nicht mehr zu denken, so unternahm Frank nach dem Duschen erneut eine Morgenwanderung. Zwar fiel leichter Nieselregen, aber die Luft war mild. Frank tat es gut, den Regen auf der Haut zu spüren, die vielfältigen Gerüche wahrzunehmen. Es war viel Lebendiges in ihm! Wer zwang ihn, sein Leben so fortzuführen wie bisher, wenn nicht er selbst?

Nach dem Spaziergang ging es Frank besser. Er machte sich frisch und trank im Hotel einen Kaffee und aß ein Cornetto. Appetit verspürte er keinen, aber das Brötchen linderte das flaue Gefühl in der Magengegend. In gut einer Stunde würde er Sophia wiedersehen. Auf der Straßenkarte ließ Frank sich vom Kellner den Weg zu der von Sophia angegebenen Adresse zeigen. Sie lebte etwa fünf Kilometer außerhalb von Volterra, auf einem der Hügel, in einem alleinstehenden Gehöft. Nur ein landwirtschaftlicher Weg führte zu ihr.

5

Es hatte aufgeklart. Sonnenschein hüllte die Landschaft in warmes Licht. Ohne sich zu verfahren, fand Frank den von der Hauptstraße abzweigenden Schotterweg, rechts und links des Weges nichts als trockene Erde. Hin und wieder durchbrachen Zypressen die Kargheit und Eintönigkeit der Landschaft. Nach einer Kurve lag das alte eingeschossige Steinhaus mit angrenzendem Wirtschaftsgebäude plötzlich vor ihm. Frank parkte das Auto auf dem Hof und stieg aus. Vor dem Haus spendeten Akazien Schatten, die Wand wurde von Kletterpflanzen wild umrankt, ringsherum befand sich ein verdorrter Rasen. Unter einer größeren Akazie stand ein grober Holztisch mit einer Bank und Stühlen – und Sophia, die den Tisch deckte. Als sie Frank kommen sah, ging sie ihm entgegen. Sophia trug einen weit schwingenden, knöchellangen Rock in ineinanderfließenden Rottönen und ein eng anliegendes schulterfreies schwarzes Shirt, das ihre weiblichen Rundungen perfekt zur Geltung brachte. Ihre Locken wurden mit einem ins Haar gebundenen Tuch gebändigt.

Sophia begrüßte ihn mit drei Wangenküssen und einem Lächeln voller Herzlichkeit und Wärme. Ihre Stimme und ihre Ausstrahlung wirkten entspannt. „Buongiorno, Frank. Schön, dass du da bist! Ich bin gerade dabei, den Tisch zum Frühstücken zu decken." Sie zeigte auf eine rotweiß-karierte Tischdecke, zwei Teller und Becher. „Wenn du Lust hast, kannst du mitkommen und mir helfen." Sophia lächelte Frank an, er erwiderte ihren Blick. Gemeinsam betraten sie das Haus, in dem es angenehm kühl war. Sie schien seine Gedanken lesen zu können. „Hier drinnen ist es selbst im heißen Sommer kühl. Die dicken Steinmauern halten die Außenwärme zurück. Komm, lass uns in die Küche gehen und die restlichen Sachen holen." Von einem geweißten Flur, in dem nur ein alter naturbelassener Kiefernschrank und ein alter Stuhl standen, ging es durch eine offenstehende Tür in eine große Küche, die einfach, aber behaglich wirkte. Am Rand stand ein großer Gasherd, in einer Ecke ein Holzofen, auf der anderen Seite eine große Spüle aus Stein, ein Kühlschrank, mitten im Raum ein Eichentisch mit einer Sitzbank und vier Stühlen davor. In offenen Regalen waren Töpfe und Geschirr eingeordnet, von der Decke hingen Gewürze, durch das geöffnete Fenster fiel Sonnenlicht hinein und tauchte alles in warme Farben. Sophia stand am Kühlschrank und holte Schinken, Käse, Butter, Marmelade und

Honig heraus. Frank genoss es, sie zu beobachten, ohne dass sie es zu bemerken schien. Als sie sich in seine Richtung drehte, um Kaffee zu machen und Brot zu schneiden, durchbrach er die Stille. „Schön hast du es hier, Sophia. Die Atmosphäre erinnert mich an die Küche deiner Mutter – da war es auch immer so behaglich." „Ich glaube, das haben italienische Küchen so an sich. In ihnen wird viel Lebenszeit verbracht, und dies spürt man den Räumen an. Komm, lass uns in den Garten gehen, ich habe wirklich Appetit." Sophia reichte Frank das Tablett, nahm die Kaffeekanne und einen Brotkorb, dann traten sie hinaus.

Am Tisch, unter der Akazie, saßen sie einander gegenüber und aßen zunächst schweigend. Immer wieder sah Frank Sophia verstohlen an. Er bemerkte, dass auch sie ihn beobachtete. Sie nahm das Gespräch auf. „Ich glaube, ich bin es dir schuldig, aus meinem Leben zu erzählen. Es war damals eine schlimme und schwierige Zeit, nachdem mein Vater uns gewaltsam getrennt hatte. Wenn ich ganz ehrlich bin, habe ich ihm das bis heute noch nicht verziehen. Aber er ist ein alter Mann, und meine Mutter ist gestorben." Als Sophia zu erzählen begann, waren plötzlich alle Jahre der Trennung überwunden. Unermüdlich, manchmal ins Detail gehend, dann wieder ganze Jahre überspringend, berichtete sie. Frank erwähnte nicht, dass er viele Geschichten bereits von ihrem Vater gehört und in ihrem Tagebuch gelesen hatte. Mit Sophias Worten und ihrer angenehm temperierten Stimme klang alles neu. Hin und wieder stellte er kurze Zwischenfragen, machte Anmerkungen, aber vor allem hörte er aufmerksam zu. Mit glänzenden Augen berichtete sie von den ersten gemeinsamen Jahren mit Sefrano, ihren Plänen und Wünschen. „Und wie geht es euch jetzt?" unterbrach Frank. Da wich Sophia ihm aus. „Ach, weißt du, ich würde gerne einmal eine Pause mit dem Erzählen machen. Wie du in der Galerie gesehen hast, male ich wieder. Ich würde dir gerne mein Atelier zeigen." Und schon erhob sich Sophia. Frank hatte gar keine andere Wahl, als ihr ins Haus zu folgen.

Sie betraten einen Wohnraum, der nur mit wenigen Möbeln eingerichtet war, aber trotzdem behaglich wirkte. Die offensichtlich alten Sofas setzten mit orangen Überwürfen und farbigen Kissen Akzente, auf dem Steinboden lagen Flickenteppiche und die weißgekalkten Wände schmückten großformatige Landschaftsbilder. „Sind die alle von dir, Sophia? Die sind wunderschön! Das Licht, die Farben!"

„Ja, Sefrano hat schon lange nichts mehr für uns gemalt, und die alten ‚Schinken' von sich – so nennt er sie selbst – wollte er hier nicht aufhängen." Sophia führte Frank weiter zu einer Terrassentür, die in einen großen Wintergarten führte. Licht durchflutete den Raum. Am Rand blühten üppige Pflanzen, an der Hauswand lehnten großformatige Leinwände, mitten im Raum standen zwei Staffeleien mit angefangenen Bildern sowie ein Tisch voller Farben, an einer Wand lud ein altes Sofa zum Ausruhen ein. Frank war begeistert. Dieser Raum war eindeutig Sophias Welt. Neben dem Geruch nach Farben trug er einen intensiven Duft nach Vanille. Frank atmete ihn tief ein und ließ den Raum auf sich wirken, den Blick dabei weit in die Ferne gerichtet, der unverbaut in die Hügellandschaft fiel. „Nun, was sagst du zu meinem Atelier?" „Es ist wunderschön. Nun wundert es mich nicht, dass du so fantastische Bilder malst. Auch wenn es gerade etwas unvermutet kommt – eine Frage trage ich schon seit Jahren mit mir herum: Weshalb duften du und deine Sachen immer so gut und intensiv nach Vanille?"

Frank schaute Sophia tief in die Augen. Sie hielt dem Blick stand: „Weshalb willst du das wissen?" „Dieser Duft ist dein Markenzeichen; er war es, der mich bis hierher zu dir geführt hat", antwortete er und blickte sie unverwandt an. „Es ist ganz einfach. Als Kind hat mir dieser Duft Geborgenheit vermittelt. Wenn ich traurig war, habe ich mir aus Mamas Speisekammer immer Vanillestangen genommen, sie zerrieben und daran gerochen. Irgendwann kam ich dann auf die Idee, das Pulver in meine Körpermilch zu rühren, um mich damit einzureiben. Und dabei ist es geblieben. Ich habe das Gefühl, dass die Vanille meiner Haut und mir gut tut. Ich füge mittlerweile auch einem Teil meiner Farben pulverisierte Vanille zu. Weil es gut riecht – ein schwacher Duft bleibt nach dem Trocknen am Bild haften. Und weil es erdige Farbtöne in ihrer Leuchtkraft intensiviert. Aber nun erzähl endlich, warum du mich gesucht hast. Neulich wurden wir mitten in unserem Gespräch unterbrochen."

Mit wenigen Sätzen versuchte Frank die letzten Wochen zusammenzufassen. Er suchte Sophias Blick. „Wo fange ich an zu erzählen? Es ist etwas kompliziert. Ich mache es kurz. Vor einigen Wochen hat die Bibliothek, in der ich arbeite, eine Kiste mit wertvollen Büchern und Autographen – das sind eigenhändige Niederschriften, beispielsweise von Komponisten – aus Italien geschenkt bekommen. Der Absender war nicht zu entziffern, aber als ich die letzten Bücher herausnahm, duftete es plötzlich wie nach Vanille, wie nach dir! Da musste ich wissen, ob ich Recht habe. So bin ich in meinem Urlaub mit diesen Büchern im Gepäck nach Italien aufgebrochen. Über viele Umwege habe ich den Händler gefunden, bei dem du die Bücher verkauft hast und schließlich den Mann, in dessen Besitz die Bücher gelangten und der sie unserer Bibliothek geschenkt hat. Und zum Schluss habe ich dich gefunden."

Frank hatte sich entschlossen, zunächst nur das Nötigste zu erzählen. Prüfend schaute Sophia Frank an. „So viele Zufälle kann es doch gar nicht geben – da muss mehr dahinterstecken. An deinem Blick sehe ich, dass du mir noch nicht alles gesagt hast." „Du hast Recht. Ich weiß zwar nicht, ob es gut ist, es dir bereits jetzt zu erzählen, aber du gibst sonst keine Ruhe. Ich will es dir nicht länger verschweigen – dein Vater war es, der die Bücherkiste geschickt hat." „Mein Vater? Ja, und wie sind die Bücher zu ihm gelangt? Warum wählte er so einen umständlichen Weg, statt direkt Kontakt mit dir aufzunehmen?" hakte Sophia ungläubig nach. „Nun, dein Vater ist alt geworden, und ich glaube, er hat das Gefühl, in seinem Leben noch ein paar Dinge in Ordnung bringen zu müssen. Zudem musste er deiner Mutter vor ihrem Tod versprechen, wieder Kontakt zu mir aufzunehmen, um sich für sein Verhalten von damals zu entschuldigen." „Ja, aber dann hätte er sich doch ganz direkt bei dir melden können!" „Da hatte er wohl Angst, dass ich ihn abweisen würde. Schließlich hat er mich bei unserer letzten Begegnung nicht gerade freundlich behandelt." Frank wies auf seine Narbe am Kinn. „Zudem wollte er, dass ich nach Italien zu ihm reise. Das habe ich ja auch gemacht. In dem Treffen mit ihm ist mir dann klar geworden, dass es ihm nicht wirklich nur um mich, sondern vielmehr vor allem um dich ging, Sophia." „Warum um mich?" Prüfend blickte Sophia Frank an. „Nun, seit dem Tod deiner Mutter habt ihr keinen Kontakt mehr. Er kennt nicht einmal deine neue Adresse. Irgendwie hofft er wohl, dass du ihm endlich vergibst, wenn wir zwei uns wieder begegnen." „Das ist alles kompliziert, ich weiß nicht, ob es dafür inzwischen nicht bereits zu spät ist", war das einzige, was Sophia nach einiger Zeit des Schweigens einfiel. Dabei sah sie ihn nachdenklich und prüfend an. Frank war verunsichert und hielt sich daher weiter an ihrem Gespräch fest. „Eine Sache verstehe auch ich immer noch nicht, Sophia." Frank holte die Autographen und Bücher, die nach Vanille dufteten, hervor. „Wie sind diese wertvollen Werke in deinen Besitz gelangt, und warum duften sie so intensiv nach dir?" Frank erwähnte bewusst nicht, dass es sich um Fälschungen handelte. Er musste erst herausfinden, welche Rolle Sophia in diesem Zusammenhang spielte. „Von Sefrano. Er hat sich in den letzten Jahren auf die Restaurierung antiquarischer Bücher spezialisiert und vielfältige Kontakte aufgebaut. Er kennt sich mittlerweile richtig gut aus. Auf Flohmärkten und bei Haushaltsauflösungen kauft er die Werke günstig ein, restauriert sie in seiner Werkstatt, die im Nebengebäude untergebracht ist und verkauft sie dann weiter. Er hat sich zu einem angesehenen Buchrestaurator entwickelt. Sogar die Florenzer Bibliothek gehört zu seinen Kunden." „Aber ich verstehe immer noch nicht, weshalb du diese Werke an einen Antiquar verkauft hast", hakte Frank nach. „Nun, wir brauchten dringend Geld, ein Käufer war abgesprungen, und da hat Sefrano sich entschlossen, die Werke an den Antiquar zu verkaufen. Es kommt immer wieder einmal vor, dass ich diese Verkäufe für ihn mache. So hat Sefrano Zeit, weiter zu restaurieren. Außerdem ist er der festen Überzeugung, dass die Käufer meinem Charme erliegen und wir dann einen besseren Preis für die Werke erzielen. Ich verstehe allerdings immer noch nicht, wie diese Werke in die Hände meines Vaters gelangten, Frank."

„Das lässt sich schnell erklären, Sophia. Da war der Zufall im Spiel. Der Antiquar, an den du die Werke verkauft hast, ist ein lang-jähriger Freund deines Vaters, Marco Christini. Er hat dich erkannt, wusste, dass dein Vater dich sucht und hat ihn aus dem Neben-zimmer angerufen. Leider warst du schon weg, als dein Vater kam. Da blieben ihm nur die Werke. Er hat sie von seinem Freund erworben, hatte aber kein wirkliches Interesse an ihnen. So hatte er die Idee, sie mit in die Kiste zu packen, die er zu meinen Händen an die Bibliothek geschickt hat. Unbewusst hat er damit genau das Richtige getan, damit ich mich auf die Suche nach dir begebe." „Das hätte Vater wirklich einfacher haben können. Außerdem konnte er doch gar nicht sicher sein, dass du diesem versteckten Hinweis folgst", erwiderte Sophia ungläubig. „Das vielleicht nicht, aber die deutsche Gründlichkeit ist ihm noch sehr vertraut. Und weil die Bücherkiste viele wertvolle Werke enthielt, war ihm klar, dass wir wissen wollten, woher sie stammen, um uns bedanken zu können. Ich war neulich bei ihm und da hat er mir erzählt, dass er nur noch wenige Tage warten wollte, bevor er sich doch direkt bei mir gemeldet hätte. Aber bei allem, was zwischen uns war, fiel ihm dies einfach schwer." Mit diesen Erklärungen versuchte Frank, Sophia die verschlungenen Pfade der Bücher näher zu bringen.

„Ist das kompliziert. Wenn es nicht wirklich passiert wäre – der Beweis ist, dass du mit den Büchern vor mir sitzt –, würde ich es vermutlich nicht glauben. Aber es ist schön, dass du jetzt hier bist."

Warm lächelte Sophia Frank an. Er fühlte sich in ihrer Gegenwart so wohl wie schon lange nicht mehr.

„Aber verrate mir endlich, wieso duften die Werke nach dir, nach Vanille?" Frank ließ nicht locker. „Das war eigentlich ein Missgeschick, aber nun denke ich eher, es war das Schicksal, das uns endlich wieder zusammenführen wollte. Auf dem Schreibtisch, auf dem ich die Werke abgelegt hatte, stand ein kleines Tongefäß mit fein zerriebenem Vanillepulver, das ich unter die Erdtöne meiner Farben mische. Beim Staubsaugen bin ich gegen den Tisch gestoßen, das Gefäß fiel um und das Vanillepulver hat sich über die Bücher ergossen, die ich dort zum Einpacken bereitgelegt hatte. Ich hatte ganz schön damit zu tun, die Rückstände wieder zu entfernen. Hatte schon Angst, dass Schäden zurückbleiben. Aber glücklicherweise hat es niemand außer dir bemerkt." Sophia lächelte. „Nun, da sich alles aufgeklärt hat, könnten wir in die Sonne zurückgehen", schlug sie vor.

Gleichzeitig steuerten sie die Haustür an und stießen leicht zusammen. Ohne zu überlegen schloss Frank Sophia in die Arme, suchte ihre Lippen und spürte ihren Vanilleduft nun ganz nah. Sophia wies ihn nicht ab, sondern erwiderte Franks Küsse mit der gleichen Intensität. Endlich! Wie viele Jahre hatte Frank bewusst und unbewusst von dieser erneuten Begegnung geträumt! Da unterbrach das Klingeln eines Telefons jegliche Nähe. „Geh nicht ran", wollte Frank Sophia bitten, doch da spannte sich ihr Körper bereits an und Frank wusste, dass der magische Augenblick zwischen ihnen unwiederbringlich verloren war. Rasch löste sie sich von ihm, eilte in das Wohnzimmer, in dem das Telefon stand, und hob den Hörer ab. „Pronto? Weshalb es so lange gedauert hat? Ich war im Atelier. – Ach, ihr kommt nun doch hierher? Wann denn? – Okay, Sefrano, ich kann euch etwas kochen. Erwarte nur nicht zu viel, ich war schließlich noch nicht einkaufen. Ciao."

Nach diesem Telefonat war Sophia wie verwandelt. Sie behandelte Frank abweisend und distanziert. „Das war wohl eben die Erinnerung an alte Zeiten. Aber sei mir nicht böse, ich kann nicht. Ich bin mit Sefrano zusammen und liebe ihn." Der letzte Satz kam fast trotzig aus ihrem Mund. „Ich möchte dich bitten, nun zu gehen. Sefrano wird in gut einer Stunde mit zwei Kunden hier sein, und ich habe versprochen, für sie zu kochen", sagte Sophia, ohne Frank anzusehen. „Aber ich spüre doch, dass zwischen Sefrano und dir irgendetwas nicht stimmt! Das eben zwischen uns war für mich nicht nur eine Erinnerung an alte Zeiten, da habe ich auch bei dir viel Sehnsucht gespürt. Was ist los, Sophia?" Sie wich seinem Blick aus. „Hast du nie deine schwachen Momente? Ich mag dich, wirklich. Aber wir kennen uns doch gar nicht mehr. Sefrano dagegen liebe ich – uns verbinden viele gemeinsame Jahre und Erlebnisse. Geh jetzt, bitte. Sefrano macht Schwierigkeiten, wenn er sieht, dass du zu Besuch bist; er kann sehr emotional reagieren." Bereits während Sophia redete, ging sie in die Küche und begann mechanisch den Tisch für vier Personen zu decken. Frank spürte, dass er nun nicht mehr an sie herankommen würde. „Kann ich dich wenigstens wiedersehen?" „Ich weiß nicht, ob das eine gute Idee ist." „Und was soll ich mit dieser Antwort anfangen? Falls du es dir noch anders überlegst, du findest mich im Hotel Piero." Ohne eine Antwort zu geben, begleitete Sophia Frank hinaus, ging zu dem verwaisten Frühstückstisch und räumte das Geschirr ab, ohne sich noch einmal zu ihm umzudrehen.

6

Frank stieg in sein Auto, startete den Motor und fuhr los. Fünfhundert Meter vom Haus entfernt und von dort nicht mehr einsehbar, stoppte er das Auto vor einem baufälligen, unbewohnten Haus. Mittlerweile war es fast zwei, und die Sonne schien so warm wie im Hochsommer. Frank stieg aus; bevor er weiterfuhr, musste er sich darüber klar werden, wie es weitergehen sollte. Innerhalb weniger Minuten mit einem so heftigen Auf und Ab der Gefühle konfrontiert zu werden, war zu viel für ihn: eben noch Sophia so nah – und nun, nur wenige Meter von ihrem Haus entfernt, das Gefühl, sie vielleicht für immer verloren zu haben. Schließlich hatte sie ihm deutlich gesagt, dass sie Sefrano liebte und nicht ihn, Frank. Doch plötzlich war er sich da nicht mehr so sicher. Sophia hatte ihn kurz zuvor geküsst und ihn in den Stunden davor immer wieder spüren lassen, wie wohl sie sich in seiner Gegenwart fühlte. Und – wenn sie sich wirklich auf Sefrano freute und ihn liebte, warum strahlte sie dann mit jeder Regung ihres Körpers Angst aus, sobald Sefrano erwähnt wurde? Dass Sophia Sefrano einmal geliebt hatte, sprach nicht gegen diese Wahrnehmung. Aber auch Frank war einmal davon überzeugt gewesen, Anna zu lieben, und wie schnell hatte sich dies geändert! Obwohl ihre Trennung noch nicht lange zurücklag, verschwendete Frank kaum noch einen Gedanken an die gemeinsame Zeit mit ihr. So schnell sollte er nicht aufgeben. Zudem war da immer noch die Sache mit den gefälschten Büchern, die er aufklären wollte. Im Gespräch mit Sophia war ihm klar geworden, dass sie zwar von den Fälschungen nichts ahnte und er von ihr nicht mehr erfahren konnte, sie aber emotional noch immer abhängig von Sefrano war. Die einzige brauchbare Spur führte weiter zu Sefrano.

Plötzlich wusste Frank, was er zu tun hatte. Er parkte das Auto so, dass es von der Straße aus nicht zu sehen war und schlich vorsichtig zurück zu dem Grundstück. Er beeilte sich, um rechtzeitig vor Sefranos Ankunft dort zu sein. Sophia war nicht zu sehen, sicherlich war sie in der Küche beim Kochen. Frank hatte Zeit, sich einen guten Platz zu suchen, von dem aus er in Ruhe beobachten konnte. Neben einem Schuppen gab es einen Unterstand, in dem Holz gelagert wurde. Frank schichtete es ein wenig um, so dass eine Sichtlücke frei wurde; von hier konnte er sowohl das Haus als auch den Hof beobachten, ohne selbst gesehen zu werden. Eine halbe Stunde verging, dann wurde am Horizont eine

Staubwolke sichtbar. Kurz darauf fuhren zwei Autos auf den Hof. Ein alter, aber gut erhaltener Fiat und gleich dahinter ein Mercedes der A-Klasse mit getönten Scheiben. Aus dem ersten Wagen stieg Sefrano, aus dem Mercedes stiegen ein Frank unbekannter Mann und Marcelli, der Leiter der Florenzer Bibliothek. Frank war nicht wirklich überrascht, ihn an diesem Ort und zu dieser Gelegenheit wiederzusehen. Die Bücher aus „Danieles" Bibliothek waren laut Professor Spinozea eindeutige Fälschungen; da schien sich endlich ein Puzzleteil zum anderen zu fügen.

Sophia hatte die Autos gehört und kam den Männern entgegen. Frank konnte sogar die nun folgende Begrüßung verstehen: „Benvenuto, signore. Schön, dass Sie wieder einmal unsere Gäste sind. Kommen Sie doch bitte ins Haus." Mit einer Handbewegung lud Sophia die Männer ein, ihr ins Haus zu folgen. Für Frank folgte nun eine Zeit des Wartens. Die Zeit verging zähflüssig: eine Viertelstunde, eine halbe Stunde, eine Stunde. Frank überlegte gerade, ob es überhaupt Sinn machte, noch länger zu warten, da hörte er Marcellis Stimme. „Vielen Dank, signora Estrano, das Essen war wie immer hervorragend. So eine einfache Küche und dabei so wohlschmeckend!" „Ja, danke viel, signora! Essen geschmeckt hat sehr gut."

Mit drei Gläsern in der einen und einer Flasche Rotwein in der anderen Hand trat Sefrano heraus, gefolgt von Marcelli und dem Unbekannten. „Sophia, Liebste. Ich setze mich mit den Herren noch ein wenig in den Schatten unter den Baum. Dann kannst du Siesta halten oder malen, und wir stören dich nicht länger." Und schon steuerte Sefrano den Tisch und die Stühle an, auf denen Sophia und Frank noch vor kurzem gesessen und gemeinsam gefrühstückt hatten. Die drei setzten sich, Sefrano schenkte allen ein Glas Wein ein. „So, meine Herren, nun können wir zum geschäftlichen Teil kommen. Hier können wir ungestört reden. Sehen Sie sich nur um – weit und breit keine Menschenseele! Ich gehe derweil in die Werkstatt und hole mein neuestes Werk." Die Männer sahen sich um, dann unterhielten sie sich leise miteinander, bis Sefrano zurückkehrte. „Sehen Sie nur, signore Romanov, signore Marcelli: können Sie noch unterscheiden, welches das Original und welches die Fälschung ist?" Sefrano reichte den Herren zwei von weitem gleich aussehende Schriftstücke. Worum es sich handelte, konnte Frank aus der Entfernung nicht erkennen. „Nein, bei beste Willen, nein! Sie sind ein wirklich Künstler. Original und Fälschung – was ist was? Ich bin von Künsten Ihren überzeugt, sehen Sie, Marcelli." Der von Sefrano als signore Romanov Bezeichnete reichte die Schriftstücke an Marcelli weiter. Dieser betrachtete sie aufmerksam und nahm schließlich sogar eine Lupe zur Hilfe. „Stimmt, Sie haben es einfach raus, Sefrano, von der Papierwahl bis hin zur Ausführung. Einfach perfekt. Da schmerzt es fast nicht, dass die Florenzer Bibliothek zunehmend Fälschungen besitzt und sich die Originale in Ihrem Besitz befinden, signore Romanov! Doch nun lassen Sie uns über das Geschäftliche reden. Wann können Sie liefern?" „Nun, dieses Werk könnten Sie heute schon mitnehmen, bei den zwei anderen ist noch ein letzter Alterungsprozess nötig. Sagen wir, morgen Abend um sieben?" „Das passt, da sind wir sowieso noch hier, schließlich bin ich offiziell bei einer Bibliothekstagung in Volterra. Dann kann ich morgen tagsüber an den Besprechungen teilnehmen und muss nicht schon wieder eine Unpässlichkeit vortäuschen, so wie heute", antwortete Marcelli. „Geht auch für mich Ordnung. Morgen Abend nehme Werke ich mit. Ich bringe Ihnen morgen mit Geld vereinbart. Fifty–fifty, wie immer?"

Erst jetzt merkte Frank, dass der mit Romanov angesprochene Mann – um die sechzig, mit grobschnittigem Gesicht – einen östlich klingenden Akzent hatte. Wohl einer dieser neureichen Russen, die die europäischen Kulturgüter aufkaufen wollten und dachten, für Geld könne man alles haben. Womit der Herr leider nur allzu recht zu haben schien. Während Frank über das soeben Erlebte und Gehörte nachdachte, erhoben sich die drei Männer und verabschiedeten sich voneinander. „Also dann bis morgen Abend! Arrivederci." „Ciao." „Arrivederci!"

Wenig später startete das Auto, und schon bald war nur noch eine Staubwolke zu sehen. Obwohl Frank genug gehört hatte, ihm langsam kühl wurde, er dringend pinkeln musste, Durst hatte und sich in sein Hotelzimmer zurücksehnte, musste er sich noch gedulden, bevor er seinen Beobachtungsposten verlassen konnte.

Sefrano war offensichtlich mit sich und dem nahenden Geschäftsabschluss zufrieden. Erneut setzte er sich auf die Bank unter den Baum, goss sich ein weiteres Glas Wein ein und schien das Leben zu genießen. Erst als die Flasche leer getrunken und eine weitere halbe Stunde vergangen war, verließ er seinen Platz, um ins Haus zurückzukehren. Frank wartete noch einige Minuten, dann verließ er seinen Beobachtungsposten. Mit viel Abstand zum Haus, so dass er nicht gesehen werden konnte, ging er zu seinem Auto und fuhr zurück nach Volterra. „Nun muss ich aber aufpassen, dass ich Marcelli nicht in die Arme laufe", dachte Frank. Vorsichtshalber erkundigte er sich in seinem Hotel, ob ein signore Marcelli dort wohne und war erleichtert, als die Rezeptionistin ihm mitteilte, dass ihr ein Gast mit diesem Namen nicht bekannt war.

Frank zog sich auf sein Zimmer zurück, rief Daniele an und erzählte ihm von den Ereignissen des zurückliegenden Tages. „Mensch, da fehlen mir eigentlich die Worte", rief Daniele aus, „das muss ich erst einmal verarbeiten! Bist du sicher, dass du alles richtig verstanden hast und dir nicht nur einbildest?" „Daniele, ich glaube, du kennst mich inzwischen gut genug, und weißt, dass ich nicht zum Scherzen neige! Sag, kannst du nicht herkommen, um mit mir zu überlegen, wie es weitergehen soll?" „Zu dir kommen kann ich leider nicht. Stell dir vor, ich laufe Marcelli in die Arme. Zudem kann ich hier in Florenz die Bibliothek nicht im Stich lassen, schließlich muss ich ja Marcelli vertreten. Frank, das ist jetzt ein Fall, in dem Professionalität gefragt ist. Sei mir nicht böse, aber das ist eindeutig eine Nummer zu groß für uns. Ich habe in Volterra einen alten Schulfreund, der bei der Polizei arbeitet. Den rufe ich gleich an und berate mich mit ihm. Ich melde mich danach wieder bei dir."

Etwa eine halbe Stunde verging, dann klingelte Franks Telefon: „Hier ist Daniele. Also, ich habe meinen alten Kameraden erreicht und ihm alles erzählt, was ich wusste. Er kommt gleich bei dir im Hotel vorbei, um alles auch noch einmal von dir zu hören. Rufst du mich dann wieder an? Pass bitte gut auf dich auf! Marcelli und die anderen sind sicherlich nicht zu unterschätzen. Ciao."

Kaum hatte Frank das Gespräch beendet, klingelte es erneut. Frank hob ab: „Hallo Frank, hier ist Lorenzo. Du meldest dich gar nicht mehr, da bin ich unruhig geworden. Und – hast du Sophia mittlerweile gefunden?" „Hallo Lorenzo. Ja, ich habe Sophia gesehen und wollte mich auch noch melden. Wann du sie sehen kannst, weiß ich noch nicht. – Nein, ich glaube nicht, dass Sophia etwas dagegen hätte. Kannst du dich bitte noch bis übermorgen gedulden? Bis dahin sehe ich sie sicherlich wieder und kann dann mit ihr darüber sprechen. – Nein, ich glaube, es geht ihr gut. – Warum ich es nur glaube? Es ist fast zwanzig Jahre her, seit ich sie gekannt habe. Da ist es nicht ganz leicht, sie nun einzuschätzen. – Lorenzo, sei mir nicht böse, ich muss jetzt Schluss machen. Ich erwarte Besuch."

Kaum hatte Frank aufgelegt, da klopfte es an der Zimmertür. „Signore Mühe?" „Si, wer ist da?" „Sergente Fossili. Ihr Freund Daniele Carloni hat mich angerufen. Darf ich hereinkommen?" „Natürlich!" Frank öffnete die Tür. Er war dankbar, dass der sergente in Zivil gekommen war, so gab es im Hotel wenigstens kein Gerede. In der nächsten Stunde erzählte Frank sergente Fossili bis ins Detail von seinem Verdacht und von dem für den Folgetag vereinbarten Termin und Ort der Übergabe. Fossili machte sich detaillierte Notizen und telefonierte zwischendurch mit einem Kollegen in Florenz, den er bat, Professore Spinozea aufzusuchen, um sich Franks Aussage bestätigen zu lassen. Einen weiteren Kollegen ließ er die Namen des „Fälschertrios", wie er sie nannte, überprüfen. Dabei stellte sich heraus, dass Sefrano bereits in Arezzo ins Visier der Polizei geraten war. Letztendlich hatte man ihm nichts nachweisen können und ihn wieder gehen lassen müssen. Der überstürzte Aufbruch von Sefrano und Sophia zeigte also, dass an Franks Verdacht etwas dran war. „Aber es muss alles wasserdicht sein, damit wir den morgigen Zugriff planen können und genügend Beweismaterial in der Hand haben. Könnten Sie mir bitte auch Ihre Werke überlassen? Romanov, ein russischer Staatsbürger, ist im Zusammenhang mit dem Schmuggel von Kunstwerken schon einmal in Ermittlungen geraten. Bisher konnte man ihm allerdings noch nichts nachweisen. Wenn Sie wirklich Recht haben, wird er uns dieses Mal allerdings nicht entwischen – dafür werde ich sorgen!" erklärte sergente Fossili nachdrücklich. Auf Franks Bitte, beim Zugriff Sophia aus dem Spiel zu lassen, wich der sergente aus. „Wir müssen sie auf jeden Fall mit aufs Revier nehmen und vernehmen. Wenn sie wirklich nicht Bescheid weiß, so wie Sie vermuten, wird sie nicht lange in unserem Gewahrsam bleiben. Darauf können Sie sich verlassen."

Nachdem alles besprochen war, verabschiedete sich Fossili von Frank. Er hatte sich nicht darauf eingelassen, dass Frank bei dem Zugriff am Folgeabend dabei sein wollte. „Aber ich könnte Ihnen helfen, die Personen zu identifizieren", versuchte Frank es erneut. „Nein, es ist zu gefährlich – Sie würden den ganzen Einsatz gefährden. Ich rufe Sie aber ganz bestimmt an, wenn der Zugriff erfolgt ist. Sie müssen die Drei auf dem Revier sowieso identifizieren. Aber trotzdem: vielen Dank für Ihr Angebot – nichts für ungut! Arrivederci, buonanotte, signore Mühe." Freundlich und mit Handschlag verabschiedete sich der sergente von Frank. „Buonanotte, sergente Fossili."

An Schlaf war in dieser Nacht erneut nicht zu denken. Unruhig wälzte Frank sich im Bett herum, auch geplagt von einem schlechten Gewissen. Obwohl Sophia wohl nichts Unrechtes getan hatte und auch von nichts wusste, hatte Frank das Gefühl, sie verraten zu haben.

7

Am frühen Morgen schlief Frank doch noch ein. Gegen zehn weckte ihn ein Klopfen an der Tür. „Uno momento, per favore!" Frank sprang aus dem Bett, öffnete die Tür und stand vor Sophia. Ungewaschen, unrasiert und übernächtigt gab er nicht unbedingt das klassische Bild eines attraktiven, begehrenswerten Mannes ab. Sophia dagegen sah fantastisch aus, trug eine lange, rote, transparente Tunika mit einem schwarzen Top darunter und eine schwarze, weite Leinenhose. „Störe ich dich? Soll ich lieber wieder gehen?" Unsicher schaute Sophia Frank an, der immer noch kein Wort gesagt hatte. „Nein, natürlich nicht! Komm bitte herein. Gestern konnte ich nicht einschlafen, und nun habe ich verschlafen. Gib mir ein paar Minuten Zeit, dann bin ich wieder bei dir!" Frank ließ Sophia eintreten, bot ihr einen Sessel an, öffnete das Fenster, suchte sich Kleidung zusammen und verschwand im Bad. Wenig später war das Rauschen des Duschwassers zu hören.

Sophia sah sich im Zimmer um. Überrascht sah sie, dass auf dem Schreibtisch ihr Tagebuch lag, nahm es in die Hände, betrachtete es nachdenklich und begann darin zu lesen. Vieles war so lange her – durch das Lesen holte sie es zurück in die Gegenwart. Sie war so in ihr Geschriebenes vertieft, dass sie gar nicht bemerkte, wie Frank aus dem Bad trat. Dieser sah, was Sophia in ihren Händen hielt: „Tut mir leid, Sophia. Ich weiß, man liest eigentlich nicht in fremden Tagebüchern, aber da du die ersten Zeilen an mich gerichtet hattest, habe ich mich dazu berechtigt gefühlt. Ich hoffe, du verzeihst mir!"

Es dauerte eine Weile, bis Sophia antwortete. Lange musterte sie ihn nachdenklich. „Was weißt du noch von mir? Sag es mir!" „Dass du in Wirklichkeit nicht mehr so glücklich mit Sefrano bist, wie du mir gestern vorgespielt hast. Sonst wärst du jetzt nicht hier bei mir." Frank wunderte sich über die Sicherheit, die in seinen Worten mitschwang. „Da hast du Recht. Sonst wäre ich jetzt nicht hier bei dir. Die ganze Nacht habe ich …" Bevor Sophia aussprechen konnte, war Frank zu ihr getreten und schloss sie in seine Arme. „Sag jetzt nichts mehr. Es tut so gut, dass du endlich hier bei mir bist! So lange habe ich dich vermisst."

In den nächsten Stunden schwiegen die Worte zwischen ihnen. Sophia und Frank entdeckten sich über das Fühlen neu. Beide waren gereift, hatten Erfahrungen mit anderen Partnern gemacht und wussten sehr genau, was sie voneinander wollten. Zunächst fast schüchtern einander entdeckend, entspannten sie sich mehr und mehr. Sie genossen jede Faser des anderen Körpers und versanken immer tiefer.

Frank entdeckte eine neue Sophia, ihr Körper duftete neben der ihm vertrauten Vanille nach einer Mischung aus Rosen und Sandelholz mit der würzigen Note von Muskat. Frank konnte nicht genug von dieser Entdeckung bekommen und grub seine Nase tief in alle ihre Hautfalten. Noch nie hatte Frank so viel Lust gespürt.

Irgendwann schmiegten sich beide erschöpft aneinander und genossen einfach die Nähe des anderen. Beide wünschten sich, diese Stunden der Unendlichkeit übergeben zu können, doch irgendwann wurde Sophia unruhig. Sie musste nur den Namen „Sefrano" erwähnen, da wusste Frank, dass er sie nun nicht mehr würde halten können.

Dennoch hatten beide das Gefühl, eine neue Chance miteinander bekommen zu haben. Als ob die Stunden des Zusammenseins sie zu anderen Menschen gemacht hätten und plötzlich alles möglich wäre.

„Mein Tagebuch scheint Zauberkraft zu besitzen, das habe ich mir manchmal gewünscht. Wie wundervoll, dass du gekommen bist, Frank. Ich weiß zwar noch nicht, wann und wie ich die Kraft und den Mut aufbringe, aber ich werde mich von Sefrano trennen. Nun muss ich allerdings gehen, denn er erwartet Kunden zum Abendessen. Heute habe ich keine Kraft mehr für einen Streit mit ihm. Ich rufe dich morgen an, dann überlegen wir, wie es mit uns weitergehen kann. Heute bin ich nicht mehr zum klaren Denken fähig."

Sophia duschte schnell im Bad, richtete ihre Haare und musste dann endgültig aufbrechen. „Ciao, mia amore" – und noch einmal umarmte und küsste sie ihn mit einer Intensität, die ihn alles vergessen und schwindeln ließ. „Ciao, bella mia!" Sophia verließ das Zimmer; zurück blieb ein nachdenklicher Frank.

8

Im Zusammensein mit Sophia hatte er die Gedanken verdrängt an den bevorstehenden Zugriff der Polizei auf das Gangstertrio Sefrano, Marcelli und Romanov. Kaum hatte Sophia ihn verlassen, wurde Frank von Unruhe erfüllt. Warum nur hatte er den Fall der Polizei übergeben? Hatte er damit nicht Sophia ihrer Willkür ausgeliefert? Was war, wenn sie doch über die Fälschungen Bescheid wusste und Sefrano die ganze Zeit gedeckt hatte? Wie würde sie reagieren, wenn sie hörte, dass Frank hinter allem steckte? Erst in drei oder vier Stunden erfuhr er vielleicht Näheres. Bis dahin musste er Geduld haben - und dies fiel ihm ausgesprochen schwer.

Frank duschte nochmals ausgiebig, zog sich sorgfältig an und machte sich auf den Weg in den Ort. Lange bummelte er durch die Gassen, drehte sich dabei auch einmal im Kreis, denn die Zeit verging langsam, und die Stadt war klein. Schließlich setzte Frank sich vor ein kleines Lokal, bestellte, obwohl er keinen Appetit verspürte, ein leichtes Fischgericht, dazu Weißwein und Wasser. Auch als seine Mahlzeit beendet war, hatte sich sergente Fossili noch nicht über das Handy bei ihm gemeldet. Mittlerweile war es abends nach acht. Frank war besorgt, ob alles planmäßig gelaufen war. Er bezahlte die Rechnung, kehrte in sein Hotelzimmer zurück, schaltete das erste Mal, seit er in Italien war, den Fernseher ein und ließ sich von einer italienischen Daily–Soap berieseln. Zwei weitere

Stunden vergingen, noch immer hatte niemand angerufen. Frank überlegte, ob er sich auf dem Polizeirevier nach dem Stand der Ermittlungen erkundigen sollte, da endlich klingelte das Telefon. „Pronto?" Sergente Fossili war am Apparat und bat ihn, ins Polizeipräsidium zu kommen. Dort wollte er alles Weitere besprechen, am Telefon sei dies leider nicht möglich. Frank ließ sich nicht lange bitten, sondern brach umgehend zu der genannten Adresse auf.

Außer sergente Fossili, der ihn in Zivil begrüßte, waren zwei uniformierte Polizisten in dem großen, mit drei Schreibtischen, Computern, Aktenschränken und mehreren Stühlen vollgestellten Büro.

„Buonasera, signore Mühe. Schön, dass Sie gleich kommen konnten. Um es vorweg zu nehmen: dank Ihren Hinweisen ist es uns heute tatsächlich gelungen, das Fälschertrio festzunehmen. Wir haben mitten in der Werk- und Geldübergabe zugreifen können, da war alles Leugnen zwecklos. Signore Sefrano Lacelli hat die Tat gleich gestanden, die anderen zwei versuchen noch, sich herauszureden, die sind verschlagener. Aber die werde ich so lange verhören, bis ich auch von ihnen ein umfassendes Geständnis bekomme. Ein Kollege aus Florenz ist auf dem Weg hierher; er wird mich entsprechend unterstützen. Schließlich ist die Florenzer Bibliothek betroffen, da ist es gut, wenn ein Vertreter dieser Stadt in die Ermittlungen einbezogen wird. Ich möchte Sie nun bitten, das Protokoll von unserem gestrigen Gespräch zu unterschreiben." Fossili hielt Frank zwei mit Computer geschriebene Seiten zur Unterschrift hin. „Brauchen Sie mich nicht zur Identifizierung der Festgenommenen?" „Ist nicht nötig, da wir die Drei ja auf frischer Tat ertappt haben! Zurzeit nehmen wir noch die Werkstatt von Lacelli auseinander, damit wir uns über das Ausmaß der Fälschungen klar werden." „Können Sie mir bitte sagen, was mit Sophia Estrano ist, der Lebensgefährtin von Sefrano Lacelli?" „Eigentlich darf ich über den Stand von laufenden Ermittlungen nichts sagen. Aber ohne Sie wären uns diese Fische nicht ins Netz gegangen, da will ich eine Ausnahme machen. Nun, Sophia Estrano wird momentan noch von einer unserer Ermittlerinnen befragt. Aber so wie sich uns der Fall bisher darstellt, scheint sie tatsächlich unbeteiligt und ahnungslos zu sein. Vermutlich kann sie die heutige Nacht bereits wieder zu Hause verbringen. – Aber mehr kann ich Ihnen wirklich nicht sagen." „Das muss ich wohl akzeptieren. Ich werde dann gehen." „Falls wir Sie doch noch brauchen, melden wir uns bei Ihnen. Könnten Sie sich bitte bis morgen noch zu unserer Verfügung halten? Aber nun schlafen Sie erst einmal gut und erholen sich. Schließlich haben Sie doch Urlaub." Frank verstand, dass sergente Fossili ihm freundlich, aber bestimmt deutlich gemacht hatte, dass das Gespräch zu Ende war und er sich ab jetzt aus der Polizeiarbeit heraushalten sollte.

Frank verließ das Polizeipräsidium. Vor Aufregung hellwach, machte er einen Nachtspaziergang. Kaum verließ er den Ortsrand, wurde es stockdunkel; es gab keine Straßenbeleuchtung, die Hügel lagen als dunkle Schatten vor ihm, und er sah nicht, wo seine Füße hintraten. So kehrte Frank um und schlenderte durch die erleuchteten Gassen, bevor er sich auf den Weg in sein Hotel machte. Immer wieder war er kurz davor, zu Sophia zu fahren, doch dann beschloss er, dass er nichts übereilen wollte.

Nach den Aufregungen brauchte sie sicherlich erst einmal ein wenig Zeit für sich. Die Frage, wie sie Sefrano verlassen sollte, hatte sich ja nun von alleine gelöst. So griff Frank stattdessen zum Telefon, um Daniele anzurufen. „Hallo Daniele, hier ist Frank. Du wirst dich wohl darauf einstellen müssen, dass dein Chef Marcelli nicht mehr in die Bibliothek zurückkehrt!" „Was du nicht sagst! Erzähle mir Näheres." Frank berichtete Daniele alles, was er bisher über den Fall wusste. „Kennst du schon die näheren Hintergründe?" „Bisher nicht, die Vernehmungen laufen ja noch. Da werden wir uns wohl noch etwas gedulden müssen." „Und was ist mit deiner Sophia? Hast du schon mit ihr gesprochen?" „Nein, seit dem Zugriff der Polizei nicht. Ich werde sie morgen früh mit frischen Brötchen überraschen. Leider habe ich nicht mehr viel Zeit mit ihr, in zwei Tagen muss ich nach Stuttgart zurückkehren."

„Oh, dann sehen wir uns ja fast nicht mehr. Wie gut, dass du noch einen Teil deines Gepäcks bei uns hast, so musst du auf jeden Fall noch einmal vorbeikommen. Ansonsten wären wir sicherlich nicht mehr so interessant für dich, jetzt, wo du Sophia endlich wiedergefunden hast. Als ich Rosa alles erzählt hatte, meinte sie: ‚Das klingt wirklich wie ein Märchen.` Weißt du eigentlich, was für ein Glück du hast? Findest Sophia und entledigst dich deines Nebenbuhlers auf elegante Weise ... Na, dann träume mal etwas Schönes! Buonanotte!" „Buonanotte, Daniele, und grüße bitte alle von mir!" Nachdem Frank den Hörer aufgelegt hatte, ging er ins Bett. Erschöpft von der Anspannung und Aufregung schlief er ein. Es war keine gute Nacht – Alpträume plagten ihn und er wachte immer wieder schweißgebadet auf.

9

Am nächsten Morgen konnte Frank sich nicht mehr erinnern, was er geträumt hatte, fühlte sich aber wie erschlagen. Auch die Dusche weckte seine Lebensgeister nicht wirklich. Lediglich der Gedanke an Sophia machte ihn munter. Bei einem Bäcker kaufte er frische Brötchen, in einem Blumenladen einen schönen Wildblumenstrauß; Rosen erschienen ihm zu einfallslos. Dann setzte er sich in seinen Wagen und fuhr den nun schon bekannten Weg zu Sophia. Anders als in den Tagen zuvor, die sommerlich warm waren, hatte es um einige Grad abgekühlt, und kräftiger Regen fiel auf die ausgetrocknete Erde. Nach einer viertelstündigen Fahrt sah Frank im Hintergrund Sophias Wohnhaus auftauchen.

Sein Herz fing kräftiger an zu schlagen, und er spürte eine freudige Unruhe. Er parkte das Auto, nahm die Brötchen und Blumen und lief auf das Haus zu. Auf sein Klingeln hin tat sich zunächst nichts. Erst nach ein paar Minuten öffnete sich die Tür, und eine übernächtigt aussehende Sophia stand vor ihm.

Wütend und fassungslos sah sie ihn an. „Dass du dich noch hierher traust! Ich verstehe wirklich nicht, wie du mir das antun konntest. Fast die ganze Nacht habe ich auf dem Polizeirevier verbracht und wurde ausgefragt. Von einem der Beamten, die ich kenne, fiel in einem Nebengespräch dein Name. Da wusste ich, dass ich alles dir zu verdanken habe. Bist du eigentlich stolz darauf, was für eine überzeugende Show du gespielt hast? Ich bin glatt auf dich hereingefallen. Vermutlich warst du nie wirklich an mir als Person interessiert, sondern hast mich nur benutzt, um an Sefrano heranzukommen. Du hast uns verraten, das verzeihe ich dir nie."

Sophia wollte die Tür schließen, doch Frank stellte seinen Fuß dazwischen. „Sophia, lass dir bitte erklären. Es ist wirklich dumm gelaufen, aber ..." „Dumm gelaufen? Was für eine dumme Entschuldigung! Warum hast du nicht vorher mit mir gesprochen? Wir hätten gemeinsam einen Weg gefunden. Aber nein, du gehst lieber gleich zur Polizei!"

Immer wenn Frank versuchte, etwas zu entgegnen, unterbrach ihn die empörte Sophia. Sie konfrontierte ihn mit Vorwürfen und war so aufgebracht, dass Frank keine Chance hatte, seine Sicht darzustellen. Plötzlich unterbrach Sophia ihren Redefluss, musterte Frank von oben bis unten mit einem kühlen Blick. „Lass gut sein. Schließlich sind wir erwachsen. Unsere Wege müssen sich nicht mehr kreuzen. Du lebst in Deutschland, ich in Italien. Dabei soll es zukünftig wieder bleiben. Ich möchte dich nun bitten, endlich zu gehen." Frank, dem vor Verzweiflung die Stimme brach, machte einen letzten Versuch. „Sophia, bitte lass mich in Ruhe erklären. Wenn du dann mit meiner Antwort nicht zufrieden bist, verschwinde ich endgültig aus deinem Leben! Ich liebe dich doch!" Doch Sophia ließ sich nicht darauf ein. „Nein, da gibt es nichts mehr zu reden."

Sie schloss die Tür endgültig vor Frank. So oft er auch klingelte, Sophia öffnete nicht.

Nach einer halben Stunde, Frank war mittlerweile bis auf die Haut durchnässt, legte er die Blumen und Brötchen vor ihrer Tür ab, setzte sich ins Auto, fuhr ins Hotel, packte seine Sachen, checkte aus und fuhr, nass wie er war und ohne sich noch einmal umzusehen, nach Florenz zurück.

Das Castello war bei seiner Ankunft wie ausgestorben. Dies kam Frank gelegen, so hatte er Zeit, seine Gedanken ein wenig zu ordnen, bevor er seinen Freunden begegnete. Er begann, seine Sachen zu packen und setzte sich dann an den Esstisch, um einen Brief an Lorenzo zu schreiben.

Lieber Lorenzo,
ich wünschte, ich hätte die Kraft, dich noch einmal zu besuchen. Doch die Begegnung mit Sophia hat sich anders entwickelt als ich es mir erhofft hatte, und ich brauche Abstand. Ich habe jedoch versprochen, dir ihre Adresse mitzuteilen und möchte mein Versprechen halten. Auf dem Zettel habe ich dir Sophias aktuelle Adresse und Telefonnummer aufgeschrieben. Ich glaube, sie würde sich freuen, wenn du dich bei ihr meldest.
Alles andere kann sie dir dann selbst erzählen.
Meine Visitenkarte mit meiner privaten und beruflichen Adresse habe ich dazugelegt. Ich würde mich sehr freuen, wieder einmal von dir zu hören.
Es war so schön, dich wiedergesehen zu haben. Ich hätte mir gewünscht, uns wäre mehr Zeit miteinander geblieben, doch mein Urlaub geht zu Ende und ich muss zurück nach Deutschland.
Grüße bitte deinen Freund Marco Christini von mir. Ich hoffe, es geht ihm wieder besser!
Ich wünsche dir von Herzen alles Gute. Sei herzlich gegrüßt von

Frank

Nach dem Schreiben des Briefes begann er das Ferienhaus zu putzen. Es war so wohltuend gewesen, dort zu wohnen, doch nun galt es, Abschied zu nehmen und sich dem Alltag zu stellen. Frank stürzte sich regelrecht auf die Hausarbeit und verdrängte dadurch die düsteren Gedanken. Mitten in seiner Putzaktion hörte er Stimmen vor der Tür und schließlich klopfte es. Daniele stand vor der Tür. „Frank, du bist es tatsächlich. Ich habe dein Auto vor der Tür stehen sehen." Daniele schaute ihn prüfend an und meinte dann: „Es ist mit Sophia wohl nicht so gelaufen wie du es dir vorgestellt hast? Weißt du was, ich helfe nur Rosa mit den Einkäufen, und dann komme ich zu dir." Und schon war Daniele weg, so dass Frank gar keine Gelegenheit fand zu sagen: „Eigentlich hätte ich gerne meine Ruhe."

Eine halbe Stunde später klopfte es erneut an die Tür. Daniele trug ein vollbeladenes Tablett. „Das soll ich dir von Rosa bringen. Sie hat gesagt, bei Liebeskummer hilft Essen am besten. Und ich soll nicht eher gehen, bis du alles aufgegessen hast."

Daniele ließ Franks Einwände, dass er keinen Hunger habe, nicht gelten. „Versuche es wenigstens! Sonst bekomme ich ernsthaften Ärger mit Rosa." So probierte Frank zunächst pflichtbewusst, dann aß er mit wachsendem Appetit. Die Speisen waren so köstlich zubereitet, dass Frank tatsächlich das Gefühl hatte, als käme mit dem gefüllten Magen seine aufgewühlte Seele ein wenig zur Ruhe. Daniele aß mit, zunächst schwiegen sie beide.

Erst beim Dessert und nach dem dritten Glas Wein berichtete Frank Daniele von den zurückliegenden Tagen und dem abrupten Ende seiner erneuten Beziehung zu Sophia. „Bist du dir wirklich sicher, dass sie dich nicht wiedersehen will? Ihr deutschen Männer seid auf diesem Gebiet ja nicht gerade Experten." Nachdenklich musterte Daniele Frank. „Absolut sicher. Und wenn ich es mir jetzt so überlege, kann ich ihre Reaktion sogar verstehen. Ich weiß nicht, ob ich mich an ihrer Stelle nicht ähnlich verhalten hätte. Nein, es wird einfach Zeit, die Vergangenheit ruhen zu lassen und nach vorne zu schauen. Morgen fahre ich wieder nach Deutschland zurück. Aber nun erzähle, wie war es heute in der Bibliothek? Habt ihr schon Näheres erfahren?" „Nun, das war vielleicht eine Aufregung! Wenn ich es nicht bereits von dir erfahren hätte, dass

Marcelli nicht kommen würde, hätte ich mir vielleicht Sorgen gemacht. So war ich jedoch vorbereitet, denn statt signore Marcelli standen gleich am frühen Morgen fünf Polizisten mit einem Durchsuchungsbefehl für die Bibliothek vor der Tür. Deshalb bin ich heute auch früher gekommen, denn die Bibliothek ist bis zum Ende der Woche geschlossen. Die Polizisten haben bereits Klappkisten voller Unterlagen und Bücher weggetragen. Auf meine Nachfragen wollten sie mir zunächst keine Auskunft geben, stets hieß es nur: „Wir ermitteln bei Ihnen im Falle Ihres Leiters signore Marcelli. Und dann haben sie mich verhört. Als sie jedoch erfuhren, dass du und ich Freunde sind und wir schon länger den Verdacht haben, dass mein Chef die Bibliothek betrügt, waren sie zufrieden und ich konnte wieder gehen. Du siehst also: auch ich habe einen ereignisreichen Tag verbracht."

Die Zwei saßen noch eine Weile zusammen, doch irgendwann verspürte Frank das Bedürfnis, alleine zu sein. „Daniele, bitte sei mir nicht böse, aber ich brauche noch Zeit für mich. Morgen ist ja Samstag. Gegen elf möchte ich losfahren, kann ich davor noch einmal gemütlich mit euch frühstücken?" „Natürlich, Frank, du weißt, wie willkommen du bei uns bist! Morgen kann ich ohnehin später anfangen, denn die Bibliothek ist ja geschlossen. Natürlich muss ich ein wenig nach dem Rechten sehen, jetzt wo Marcelli nicht mehr da ist. "

10

Am nächsten Morgen erwartete Frank in der Küche der Carlonis ein üppiges und gemütliches Abschiedsfrühstück. Maria und Vincenzo fielen ihm in die Arme und fragten traurig: „Stimmt es, dass du heute wieder wegfährst? Du bist doch gerade erst wiedergekommen. Das ist nicht schön." Enttäuscht blickten die Kinder Frank an. „Seid nicht traurig. Ich komme sicherlich bald einmal wieder!" versuchte Frank die Kinder zu trösten. Auch Rosa streckte ihm vom Rollstuhl aus ihre Arme entgegen und umschloss ihn zur Begrüßung lange. „Schön, dass wir uns noch einmal sehen. Schade nur, dass deine Zeit bei uns schon vorbei ist! Aber du weißt ja – du bist uns jederzeit willkommen!" Daniele umarmte Frank ebenfalls sehr herzlich und hielt ihm die aktuelle Zeitung unter die Nase: „Schlag einmal im Regionalteil die erste Seite auf." Frank nahm die Zeitung und setzte sich; ihm fiel sogleich ein Artikel ins Auge.

Fälschertrio aufgeflogen
Buch- und Autographenfälschungen in sechsstelliger Höhe

Volterra / Florenz (BS) - **In einer groß angelegten Aktion gelang es der Polizei von Volterra, am Donnerstagabend ein Fälschertrio festzunehmen. Die drei Männer arbeiteten seit knapp einem Jahr zusammen und haben der Florenzer Bibliothek Schäden in sechsstelliger Höhe zugefügt.**

Drahtzieher der Aktivitäten ist der Leiter der berühmten Florenzer Bibliothek, signore Marcelli, der im letzten Jahr im großen Stil mit Fördergeldern aus verschiedenen Kulturfonds, unter anderem aus Deutschland und der Schweiz, teure Handschriften (sogenannte Autographen) und wertvolle alte Buchausgaben für die Florenzer Bibliothek erwarb. Statt die Originale auszustellen, ließ er von dem Künstler Sefrano Lacelli Fälschungen anfertigen, die in der Bibliothek präsentiert wurden. Die Originale verkaufte er zum halben Katalogwert an den russischen Sammler Romanov. Marcelli wirtschaftete das Geld in die eigene Tasche.

Das Trio hätte vermutlich noch länger ungestört arbeiten können, wenn nicht der stellvertretende Leiter der Bibliothek, Daniele Carloni, und sein deutscher Kollege Frank Mühe Verdacht geschöpft hätten. Auf Umwegen waren gefälschte Werke in die Stuttgarter Bibliothek in Süddeutschland gelangt und hatten die Aufmerksamkeit des fachkundigen Bibliothekars erregt; er wandte sich an seinen italienischen Kollegen. Mühe reiste nach Italien und stellte mit Carloni auf eigene Faust erste Nachforschungen an. Vom angesehenen Professore Spinozea der „Università degli Studi Firenze" erhielten sie fachliche Unterstützung. Mit einer neu entwickelten Lasertechnik konnte er beweisen, dass es sich bei den vorgelegten Werken tatsächlich um Fälschungen handelt. Frank Mühe heftete sich daraufhin an die Spuren des Fälschertrios und wandte sich, als er den Termin für eine Übergabe herausbekommen hatte, an die Polizei. Diese konnte die Täter auf frischer Tat überführen. Alle drei sitzen mittlerweile in Untersuchungshaft.

Marcelli ist seines Postens als Leiter der angesehenen Florenzer Bibliothek mit sofortiger Wirkung enthoben. Als potenzieller Nachfolger gilt sein Stellvertreter Carloni, der wesentlich zur Aufklärung des Fälscherskandals beigetragen hat.

„Gratuliere, Daniele! Dann hat wenigstens für einen von uns die Aufdeckung dieses Fälscherskandals ein gutes Ende. Marcelli war mir am Anfang gar nicht so unsympathisch – nie hätte ich geahnt, dass so ein kriminelles Potenzial in ihm steckt!" Frank lächelte seinen Freund tapfer an. Nach und nach füllte sich die Küche, denn auch die restliche Verwandtschaft wollte von Frank Abschied nehmen. Rosas Vater schenkte ihm sechs Flaschen seines prämierten Chiantis. „Damit im dunklen Herbst keine trüben Gedanken aufkommen und du manchmal an uns denkst." Rosa reichte ihm im Auftrag der ganzen Familie einen großen Korb. „Hier haben wir dir unsere Spezialitäten eingepackt, damit du den Wein nicht auf nüchternen Magen trinken musst und du uns nicht vergisst."

Nach und nach verabschiedeten sich alle von Frank, bis er mit den Carlonis in der Küche alleine zurückblieb. Dann war auch für sie die Zeit des Abschiedes gekommen. „Ich danke euch sehr für eure wunderbare Gastfreundschaft! Freunde wie ihr sind etwas ganz Besonderes. Natürlich seid ihr mir in Deutschland immer willkommen."

Noch einmal sah Frank sich in der heimeligen Küche um, umarmte jedes Familienmitglied, dann verließ er das Haus und stieg in das Leihauto, das er bereits vor dem Frühstück beladen hatte. Mit dem international agierenden Autovermieter hatte er geklärt, dass er es bei einem Verleihservice in Stuttgart abgeben konnte. Eine Rückfahrkarte für den Zug hatte er nicht, da er im

Vorfeld nicht gewusst hatte, wann er zurückreisen würde. Frank war froh über diese Entscheidung. So musste er sich auf den Verkehr und den ihm unbekannten Rückweg konzentrieren und hatte nicht viel Zeit zum Grübeln.

Die Rückfahrt war anstrengend - der Verkehr sehr dicht, dazu regnete es fast ununterbrochen heftig. Um Mailand herum verpasste Frank trotz Navigationsgerät die richtige Abfahrt und landete mitten im chaotischen Mailänder Stadtverkehr. Irgendwann fand er dann auf die richtige Ausfahrt zurück. Am Comer See – mittlerweile hatte es aufgeklart und der Blick auf die umliegende Bergwelt war reingewaschen – legte Frank eine längere Pause ein. In einem Restaurant, mit Terrasse zum See, aß er etwas. Dann vertrat er sich bei einem kleinen Spaziergang die Beine und trank einen Kaffee, bevor er weiterfuhr.

Immer wieder wurde der Verkehr dichter, besonders um Zürich herum, doch Frank hatte Glück und geriet in keinen längeren Stau. Nach über vierzehn Stunden und dementsprechend geschafft war Frank wieder von Heimat umgeben. Er war dankbar, keinen Unfall gebaut zu haben. So lange am Stück alleine zu fahren, war eigentlich verantwortungslos, aber Frank wollte nur noch nach Hause und keine Zeit verlieren.

Selbst in der Dunkelheit wirkten die Hügel auch nach über drei Wochen Abwesenheit seltsam vertraut. Bald war Frank von den Lichtern der Großstadt umgeben, fuhr in seine Straße ein, fand sogar in der Nähe seiner Wohnung einen Parkplatz, nahm sein Gepäck, schloss erst die Haustür, dann vier Stockwerke höher die Wohnungstür auf und kam sich seltsam fremd in seinem Zuhause vor. Den Wagen würde er erst am nächsten Tag zurückgeben.

TEIL VII - Rückkehr

Als Frank am nächsten Morgen erwachte, brauchte er einen Augenblick, um zu begreifen, dass er wieder zu Hause, mitten in Stuttgart war. Statt auf grüne Zypressen, Olivenhaine und Weinberge blickte er nun auf die Mauern gegenüberliegender Gebäude. Nur der Blick aus dem Küchenfenster bot ein wenig Grün.

Nach den Wochen der tiefen Kontakte zu anderen Menschen, dem Eingebundensein in den Familienalltag der Carlonis und seiner Suche nach Sophia kam sich Frank seltsam fremd vor in seinem Leben. Nicht einmal seine Bücher gaben ihm ein Gefühl der Vertrautheit. Dazu der abgestandene Geruch nach seiner wochenlangen Abwesenheit in den Räumen, der sich auch durch Lüften so schnell nicht vertreiben ließ. Am liebsten wollte Frank seine Sachen gar nicht erst auspacken, sondern alles, was ihm wichtig war, einpacken und sich aus dem Leben davonstehlen, das ihn ab Montag erwartete. Er spürte, dass ihn die Wochen in Italien verändert hatten.

Wenig später klingelte Frank bei der Nachbarin, die während seiner Abwesenheit die Post entgegen genommen hatte. „Grüß Gott, Frau Maier. Ich wollte mich wieder zurückmelden und die Post abholen." „Grüß Gott, Herr Mühe. War Ihr Urlaub schön? Es ist recht viel Post zusammengekommen. Anfang letzter Woche kam ein Einschreiben. Ich habe es für Sie quittiert, der Postbote kennt mich schon so lange, der vertraut mir! Wissen Sie schon das Neueste? Der Sohn unseres Vermieters will hier einziehen, und jetzt droht einem Mieter eine Kündigung wegen Eigenbedarf. Mich trifft es glücklicherweise nicht, ich wohne ja schon so lange hier. Hoffentlich versuchen die es nicht mit Ihnen. Sie sind ja so ein ruhiger und höflicher Mensch." Wenn Frank seine Nachbarin nicht unterbrochen hätte, wäre er mit noch mehr Gerüchten konfrontiert worden. „Ich muss jetzt gehen und meine Sachen auspacken. Als Dankeschön habe ich Ihnen einen guten Wein aus Italien mitgebracht. Machen Sie sich damit einen gemütlichen Herbstabend. Und noch einmal ganz herzlichen Dank, dass Sie meine Post geleert haben!" Mit diesen Worten hielt Frank seiner Nachbarin den Wein entgegen und nahm ihr seine Post ab. Er ging einen Stock höher in seine Wohnung zurück und war froh, die Tür hinter sich schließen zu können.

Auf dem Wohnzimmertisch sortierte er die Post. Das meiste war Werbung und wanderte ungesehen ins Altpapier. Zurück blieben Rechnungen, eine monatliche Fachzeitschrift, eine Karte von seinem Freund Jochen aus dem Griechenlandurlaub, ein Brief ohne Absender und Briefmarke sowie das Einschreiben. Frank öffnete zunächst den Brief ohne Absender.

Sehr geehrter Herr Mühe,

wir müssen Ihnen leider mitteilen, dass wir die Kündigung Ihrer Wohnung nicht wie von Ihnen gewünscht zurücknehmen können. Wir brauchen den Wohnraum inzwischen für unseren Sohn, der nach seinem Studium in Stuttgart eine Arbeit gefunden hat und hierher zurückkehrt. Wir können Ihnen jedoch anbieten, die Wohnung noch bis zum 30. März zu mieten.

Mit freundlichen Grüßen

Berthold Pfleiderer

Einige Wochen vor seinem Urlaub hatte Frank seine Wohnung gekündigt, da er mit Anna zusammenziehen wollte. Als sie sich kurz vor seiner Abfahrt getrennt hatten, hatte Frank seinen Vermietern einen Brief geschrieben mit der Bitte, die Kündigung zurückzunehmen. Wie weit diese Geschehnisse in die Ferne gerückt waren! Die Antwort war nicht gerade das, was er erwartet hatte, dennoch berührte Frank die Nachricht nicht allzu sehr. Zudem blieben ihm noch einige Monate, um sich nach einer neuen Wohnung umzusehen. Bei der angespannten Lage des Wohnungsmarktes sicherlich kein leichtes Unterfangen, aber mit seinem sicheren Arbeitsplatz und guten Gehalt durchaus machbar. Nachdem Sophia ihn so hart zurückgewiesen hatte, konnte nichts anderes ihn wirklich aus der Bahn werfen.

Nun also noch der zweite Brief, das Einschreiben; Absender war die Landesbibliothek. Bereits beim Öffnen hatte Frank ein ungutes Gefühl, das sich bestätigte, als er den Brief las.

Sehr geehrter Herr Mühe,

hiermit müssen wir Ihnen mitteilen, dass wir Ihnen fristlos kündigen, da Sie sich des Diebstahls schuldig gemacht haben.
Sie haben aus dem Bestand der Bibliothek vor Antritt Ihres Urlaubes wertvolle Werke entwendet. Wenn Sie diese nach der Rückkehr aus Ihrem Urlaub innerhalb der Frist von einer Woche wieder zurückgeben, sehen wir von einer strafrechtlichen Verfolgung ab. Andernfalls sehen wir uns gezwungen, eine Strafanzeige zu erstatten.

Mit freundlichen Grüßen
Sabine Santorin

Frank schluckte – das saß wirklich! Woher nur wusste seine Chefin, dass er die Bücher und Handschriften mitgenommen hatte? Plötzlich dämmerte es Frank – Anna musste dahinterstecken.

Geahnt hatte er schon länger, dass Anna bei ihrer Trennung die Drohung gegen ihn ernst gemeint hatte. Immer wenn Frank in Italien an sie gedacht hatte, tauchte die Erinnerung an ihre letzte Begegnung auf.
　　Jetzt wurde ihm alles klar. Frank hatte ihr von den Werken erzählt, hatte diese Bücher als Grund für seine Italienreise

angeführt und ihr erzählt, dass er sie in seinem Reisegepäck hatte. Da sie Franks Chefin aus seinen Erzählungen kannte, konnte sie sich zusammenreimen, dass Frank die Bücher mitgenommen hatte, ohne Frau Santorin zu informieren. Für Anna war es ein Leichtes gewesen, seiner Chefin einen entsprechenden Hinweis zu geben und ihn als Dieb dastehen zu lassen. Vor seinem Urlaub hatte Frank für Frau Santorin noch eine Eingangsliste der in der Bücherkiste enthaltenen Werke erstellen müssen und mit ihr abgesprochen, ihr die kostbaren Bücher und Autographen gleich nach seiner Rückkehr aus dem Urlaub zu zeigen. Da die Bücherkiste für seine Chefin offen zugänglich stand, verglich sie nach Annas Denunziation sicherlich nur noch die Werkliste mit den tatsächlich vorhandenen Werken und hatte ganz richtig festgestellt, dass die scheinbar wertvollsten fehlten. Dies konnte Frank ihr nicht einmal verübeln. Die Kündigung selbst war für Frank nicht das Schlimmste, sondern die Beschuldigung, gestohlen zu haben. Zudem war er erstaunt, welch große Wut Anna gegen ihn hegen musste. Dies hätte er ihr nicht zugetraut, aber auf seine Menschenkenntnis konnte er sich anscheinend sowieso nicht verlassen. Sonst hätte er sicherlich Ideen gehabt, wie er Sophias Vertrauen in ihn zurückgewinnen konnte. Wie schnell eine wohlgeordnete Welt innerhalb kürzester Zeit in sich zusammenfallen konnte, spürte Frank nun mit aller Heftigkeit. Am Vortag noch war er gemütlich mit seinen Freunden in Italien am Frühstückstisch gesessen, und wenige Stunden später war alles, was er sich aufgebaut hatte, vom Einsturz bedroht. Wie sollte es nur weitergehen?

TEIL VIII – Berufung

„Miteinander plaudern und lachen, sich gegenseitig Gefälligkeiten er-
weisen, gemeinsam schöngeistige Bücher lesen, einander bald necken, bald
Achtung bezeugen, bisweilen Meinungsverschiedenheiten austragen, aber
ohne Hass, wie man ja auch wohl mit sich selber uneins ist, durch den
nur selten vorkommenden Streit die sonst meist bestehende Über-
einstimmung würzen, einander belehren und voneinander lernen, die
Abwesenden schmerzlich vermissen, die Rückkehrenden freudig begrüßen,
durch solche und ähnliche Zeichen, wie sie in Liebe und Gegenliebe, durch
Kuss, Rede, Blicke und tausend freundliche Gebärden sich kundtun, die
Herzen in Glut versetzen und die vielen zur Einheit verschmelzen."

Aurelius Augustinus

Und so erhebe ich mein Glas nun stolz auf meinen Nachfolger,
der als Meisterdetektiv der Buchfälscher in die Geschichte ein-
gehen wird!"
„Ich erhebe mein Glas auf den besten aller Freunde, den ich je
hatte."
„Ich auf den Sohn, den ich nun geschenkt bekommen habe."
„Er lebe hoch!" kommt es aus etwa zwanzig Mündern.

„Meine Freunde, ihr macht mich ganz verlegen. Ich weiß gar nicht,
womit ich euch und das alles hier verdient habe. Eigentlich kommt
mir noch jeder Tag wie ein Traum vor. Wenn mir jemand vor
einem halben Jahr erzählt hätte, dass ich in Deutschland alles
aufgeben, nach Italien ziehen und ein neues Leben beginnen
würde, hätte ich ihn für verrückt erklärt. Doch ihr seid der Beweis
– genauso ist es gekommen. Es begann mit der Bücherkiste, die du,
Lorenzo, mir geschickt hast. Mit unserer Freundschaft, Daniele. Mit
der Reise nach Italien, um mich auf die Spur der Bücher zu
begeben; dabei bin ich dir, Marco, und deinem fantastischen
Antiquariat begegnet.

Ja, und dann meine Rückkehr nach Deutschland. Alles erschien mir nur noch kalt und leer, ich verlor meine Wohnung, meinen Arbeitsplatz. Auch wenn ich wenig später rehabilitiert wurde – durch deine Schenkung, Lorenzo, war ja auch die Stuttgarter Bibliothek vom Fälschungsskandal betroffen.

Und plötzlich kam wie ein Rettungsring der Anruf von dir, Lorenzo. Du hast gespürt, dass in meinem Leben einiges in Unordnung geraten war und machtest dir gleichzeitig Sorgen um deinen guten Freund Marco, der längst seinen Ruhestand verdient hatte, seine geliebten Bücher aber nicht Fremden überlassen wollte. Deine Frage, ob ich mir vorstellen könnte, für Marco ein würdiger Nachfolger zu werden, hat alles verändert! Und anders als sonst habe ich die vielleicht wichtigste Entscheidung in meinem Leben nicht mit dem Kopf, sondern mit dem Bauch getroffen und sofort ein Wort mit nur zwei Buchstaben gesagt, nämlich ‚Ja‘. Ihr glaubt gar nicht, wie froh ich darüber bin! Und nun lasst uns das Glas auf die besten aller Freunde erheben. Ich danke euch so sehr, dass ihr mir zeigt, welche schönen Seiten das Leben bereithält. Salute!"

Mit einem Lächeln blickt Frank in die Runde. Alle sind sie gekommen, um mit ihm die Geschäftsübernahme von Marcos Antiquariat zu feiern. An einem neuen mondförmigen Messingschild prangt nun der Name „Antiquariato Luna", im Hof hängen Girlanden, auf dem Tisch sind Antipasti aufgebaut, und der Wein fließt reichlich. Bis spät in die Nacht hinein feiern sie. Es ist der erste milde Abend und er zeigt den Übergang vom Frühjahr zum Sommer an. Erst am frühen Morgen gehen die letzten Gäste, und Frank zieht sich in den ersten Stock zum Schlafen zurück. Noch stehen überall die Umzugskartons unausgepackt herum, die Zimmer sind weitgehend kahl, doch schon bald wird sein neues Zuhause belebt sein. Frank legt sich ins Bett, das Marco ihm zusammen mit einigen anderen Möbeln überlassen hat, und schläft augenblicklich ein.

Plötzlich schreckt er hoch, es hat geläutet. Wer will mitten in der Nacht etwas von ihm? Frank ist verwundert. Doch dann fällt sein Blick auf die Uhr – es ist bereits nach zehn. Zwar ist Sonntag, aber in Florenz ist es nicht unüblich, darüber hat sein Vorgänger Marco ihn gestern noch aufgeklärt, dass auch am Sonntag Kunden kommen. Da haben sie schließlich in Ruhe Zeit zum Schauen. So antwortet Frank: „Uno momento, per favore. Ich komme gleich zu Ihnen." Dann stolpert er ins Bad, putzt schnell die Zähne, zieht sich Hose und Hemd an. „Etwas übernächtigt sehe ich noch aus, und auf dem Hof ist es chaotisch, aber das wird einen echten Buchliebhaber nicht erschrecken", denkt Frank, während er die Treppe hinunterläuft, die Tür öffnet – und zu träumen scheint.

„Buongiorno. Ich suche das Buch ‚Der Duft nach Vanille` – bin ich da bei dir richtig?"

Danke!

Der Weg von der Idee bis zum Veröffentlichen des Romans war weit. Dass ich ihn bis zum Ende gegangen bin und nicht zwischendurch aufgegeben habe, verdanke ich vielen lieben Menschen, die mich immer wieder ermutigt haben und mir mit Rat und Tat zu Seite gestanden sind. Einige von ihnen möchte ich namentlich nennen.

An erster Stelle möchte ich dich nennen, meinen geliebten Mann Martin. Wie viele Stunden hast du mit Frank, Sophia und den anderen Romanfiguren verbracht!? Wie viel Sprachgefühl, Genauigkeit und gute Ideen beim Überarbeiten eingebracht!? Einen besseren Lektor als dich gibt es für mich nicht. Ein riesengroßes Danke für deine große Unterstützung, deine Begeisterungsfähigkeit, deine Geduld, deine Liebe.

Und da seid ihr, meine lieben Eltern – Helga und Helmut Stährmann. Auch ihr habt mich von Anfang an ermutigt. Selbst du, mein lieber Vater, hast dir den Roman gerne vorlesen lassen, obwohl Romane sonst nicht so dein Ding waren. Leider erlebst du die Veröffentlichung nun nicht mehr, aber du lebst in uns allen weiter.

Und da seid ihr, wert-volle Familienangehörige, Freundinnen und Freunde. Danke, Franciska, Gertrud, Giusi, Hans, Heike, Katharina, Lisa, Martje, Petra, Rebecca und Wolfgang, dass ihr euch Zeit für meinen Roman genommen und mir konstruktives Feedback gegeben habt.

Dir, Nina, danke ich für die so ansprechende Gestaltung des Buchumschlags, mit der du Frank und Sophia zum Leben erweckst.

Ein Dank gilt dir, Torsten: mit schönen Fotos hast du mich ins rechte Licht gerückt.

Und du, Franciska, hast ebenso wie Martin immer an die Veröffentlichung geglaubt und mich aufgebaut – danke.

Auf Wegbegleiter wie euch ist einfach Verlass!

Mein letztes „Danke" gilt Ihnen, meinen Leserinnen und Lesern. Danke, dass Sie den Debütroman einer Ihnen unbekannten Autorin gelesen haben oder lesen wollen.

Mehr zum Roman ...

... erfahren Sie unter www.birte-staehrmann.de

Zeitfracht Medien GmbH
Ferdinand-Jühlke-Straße 7
99095 Erfurt, Deutschland
produktsicherheit@kolibri360.de